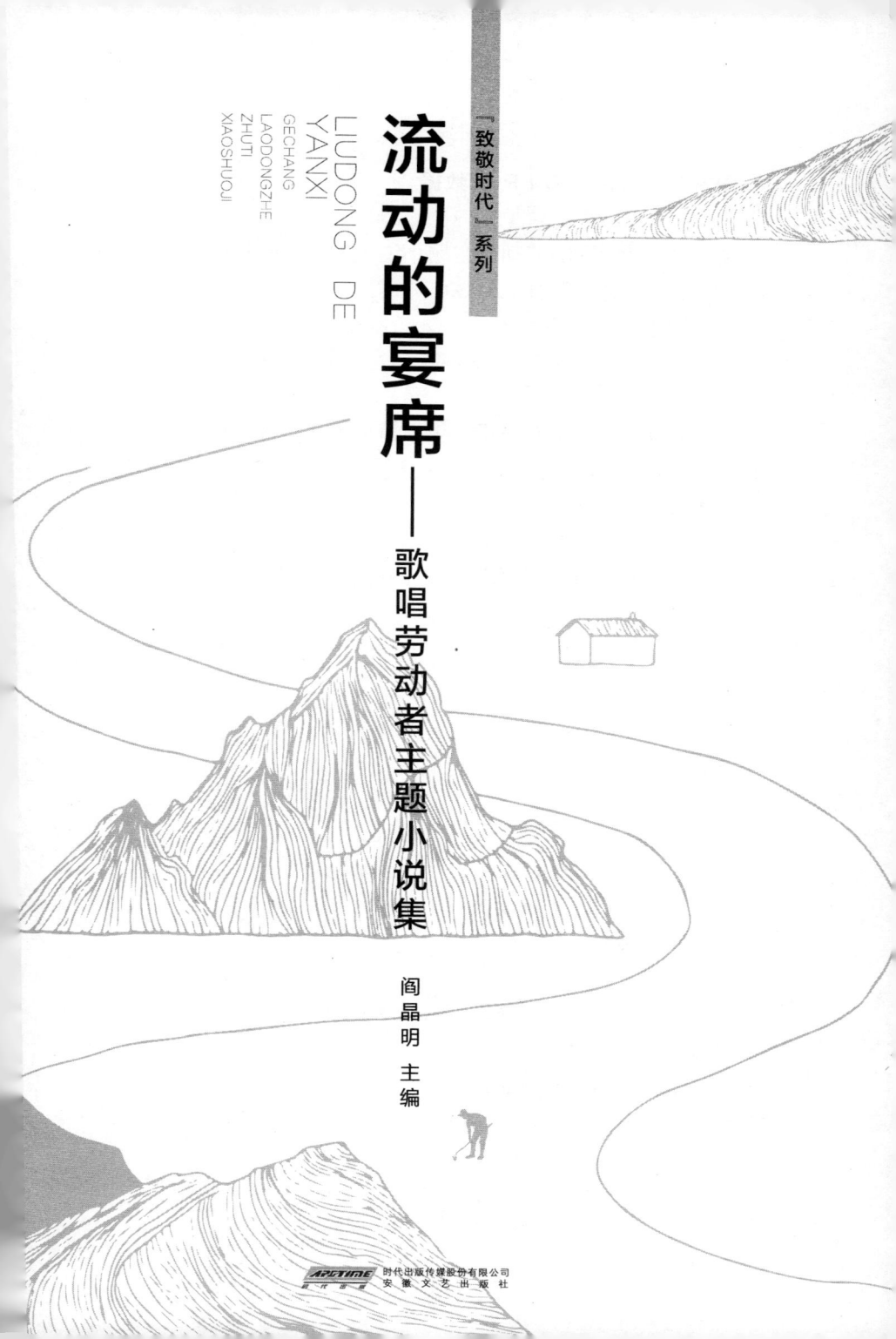

致敬时代 系列

流动的宴席——
歌唱劳动者主题小说集

LIUDONG DE YANXI
GECHANG LAODONGZHE ZHUTI XIAOSHUOJI

阎晶明 主编

时代出版传媒股份有限公司
安徽文艺出版社

图书在版编目（CIP）数据

流动的宴席：歌唱劳动者主题小说集/阎晶明主编．——合肥：安徽文艺出版社，2023.6
（"致敬时代"系列）
ISBN 978-7-5396-7667-8

Ⅰ.①流… Ⅱ.①阎… Ⅲ.①中篇小说—小说集—中国—当代②短篇小说—小说集—中国—当代 Ⅳ.① I247.7

中国国家版本馆 CIP 数据核字 (2023) 第 003407 号

出 版 人：姚 巍　　　责任编辑：胡 莉　宋潇婧
特约编辑：罗路晗　　　封面设计：鸿儒文轩·末末美书

出版发行：安徽文艺出版社　　　www.awpub.com
地　　址：合肥市翡翠路 1118 号　　邮政编码：230071
营 销 部：(0551) 63533889
印　　制：三河市华东印刷有限公司

开本：880×1230　1/32　印张：8.25　字数：191 千字
版次：2023 年 6 月第 1 版
印次：2023 年 6 月第 1 次印刷
定价：35.00 元

（如发现印装质量问题，影响阅读，请与出版社联系调换）
版权所有，侵权必究

目录

MULU ///

001　此刻天长 / 王方晨

027　自画像 / 陈武

097　流动的宴席 / 李知展

142　轻舟已过 / 王清海

161　唱戏的人 / 王清海

177　薄　冰 / 王芸

196　绿鸵鸟行动 / 王芸

215　地铁二号 / 苏二花

此刻天长

/王方晨

刻者米旺的归来，把一条路都踩老了。

首次走进人们视野的米旺，是一具淋过雨的"空纸壳"。不见了十几年前熟稔的行头：肩挎一条褡裢似的蓝布袋，里面装了全套刻章工具。每逢集日，他都要赶去塔镇给人刻章的。

日日行立于东三条，何曾去想一条路的历史？眼看这天涯倦客临近，人们蓦地想到脚下的路竟如此古老，尽管满眼都是时新的事物。

所谓"古道西风瘦马"，一条踩踏了千百年的路，不得不龙钟了，更因浮尘不起，衰草连天，而有了寂寥透骨的意思。

道路尽头，就是这块土地的中心——塔镇。其实仅在近些年，它才是笔直的，也只有到了极度扩张后的塔镇，才叫东三条。又因直通村里，村庄好像随之另有了同样的名字。当年，沿着这条路，米旺走向塔镇，又从塔镇辗转去了外面的大世界。

看他归来，人皆暗叹，这下古天定有伴了。

"龙帘高卷紫金钩！"

古天定是个喜唱夯歌的老光棍儿，栖惶了一生。村里早要把他送往敬老院安度晚年，他恋村，不去。

十几年前米旺被招赘在南方，孤身而归后，对人没避讳。老婆跟了别人，给他一笔钱就打发了。这笔钱是多少，人们不清楚，但知道他炒股。若非发生世界性金融危机，他还会做下去。也就是说，阔过。问他何不做些实在的，他说不光他炒股，岳父全家都炒，小舅子大学毕业，在证券公司工作，他就是让他们给拉进去的。

拿着前妻给的那笔钱，游山玩水大半载，回来时估计所剩无几。在他屋里，没一件值钱的东西。等他把一张桌子搬到东三条，才知道那就是他的镇宅之宝。

桌子有了年岁，是他在金乡一中读书时自备的课桌。三合板桌面，铸铁的四条腿，放在地上倒还稳当。显然是要重操旧业。几天前，他从塔镇新买了刻章工具。

生意萧条。头一天，租种他的田地的堂哥帮衬，请他刻了斋号。接连两天没开张。已有的就有了，未有的还没想起需要章子。有时他在街上坐一上午，有时坐一下午，收摊就把课桌搬回。

搬课桌不便行走，他就那样像个跛脚，斜着身，一趔一趔地走回家去。这个精瘦的人，衣着整洁，头发不长不短，神气清清淡淡的。谁承想当代农村还会有人这样生活？他就是另一版本的古天定。

跟古天定不同，他洒扫庭除，比女人更细致。换个人，面对一无长物的家，都会夜不安枕。

世上拼死累活的人不鲜见。堂哥米大川辛苦耕种自家的田还不够，又揽了他的那份，一有闲就出门贩卖，啥挣钱做啥，苦累全不计较。但在他的家里，空气都是财富，自然取之不尽。

不愧是阔过的人！一颗章子能刻多半天，说他认真，不如说他只是要找到一件事做。刻章收费，单为了让人安心。

看他刻章，能把人看迷了。

看迷了就忘了去做事。

被人一惊，像醒了大梦。

再一看，他自己还迷着呢。不去把名字写在印石上，就那样久久地盯着印石看，似将骤缩而入。

终于动手，也是慢慢、慢慢、慢慢去刻，要从那字迹里挖出什么似的。刻好了，恍惚觉得一缕白光，嗖！从那章子里飞出来。那就是灵魂回到了身上。

但他简直就是东三条的难题。他不像八下村一个叫立民的苦人，外出三年，成了独臂。他享过福、上过五台山、给村里爹娘带来过荣耀，都是事实。住的虽旧，却还牢固，是当年他父母给盖的婚房。四大间，前出厦。院里砌个长方形花坛，爬了苔。坛中两株老月季，长成了树，繁花压弯了青枝。左看右看，都难叫穷相。

唯一看不过的是，缺女人。

他年纪四十上下，别人拐弯抹角地问他，要不要再娶，找什么样的，他像不感兴趣，使得人乱想，该不会被女人伤了吧？

村里年轻的书记小甲，时时发愁，愁的是怎样让米旺过上红火的好日子，能像其他每户村民，屋里屋外塞得满满的，最好再配辆小轿车。

凭村集体实力，可以把他养起来，但他年轻，不符合被养的标准。小甲要做的，暂且就是不停地让他刻章子。阴刻、阳刻，寿山石、大理石，篆体、宋体，刻了一堆。起先还只刻名字，后来想起什么好词、佳句，也让他刻。米大川喜书法，擅写对联，给自己起斋号，小甲也弄了一个，很显学问，叫作"抱朴斋"。

东三条最喜看米旺刻章的，就数小甲，要找他，十有八九站在米旺的摊子旁，一脸着迷的样子。他的灵魂往章子里去，好像比米旺还要深，说话也就有一搭没一搭的。

"晴雪斋的老郑我认识。他答应给我寻一枚上好的田黄。到时候请你给我刻个'见素'，跟'抱朴'凑一对儿。"

米旺像根古柏，身子纹丝不动。

噌、噌、噌，极细、极低、极短促而又极清晰的声音从刻刀上发出来，听到耳朵里，麻酥酥的。

小甲不说了，只用耳朵听。

"我有个创意，割块泰山石，刻几个时新的字……"他又说。

米旺无声地看他一眼，他就把话咽了。过了一会儿，他又说："我没别的意思。一个字这么大，恐怕得刻上半个月……"他比画着。

工作结束，米旺蘸了印泥，慢慢在一个专用的本子上按了几下，红彤彤的，煞是打眼。主顾不在现场，他就收摊子，等主顾去家里拿。搬着课桌没走两步，不想一个女人突然冲出路旁的院门。

"米旺，桌子放下！"女人脱口喝道。

小甲一愣。没看错，女人垂着眼皮。

女人挺高了胸，梗着脖子，冲到米旺跟前，一把抢过他手中的课桌。

"就放在过道好了。"女人说。

米旺脚下的道路通往池塘边的住宅，是修整过的，但转眼过去几年，没人想到他本不必把课桌搬来搬去。

一时间，小甲就像做错了事。那女人麻利地把课桌给搬进院门，放下后就站在门口，朝着街，笑微微的，情绪好像已平复，但还是垂着眼皮。

米旺停了停，以他不变的步伐，向他家走去了。

"刻上'当代桃源'几个字，"小甲调整了一下表情，继续说，"弄一底座，往街口那么一蹾，就是东三条独一无二的标记。"

"哈哈哈！"那女人猛地大笑起来，笑声响彻东三条。当然，小甲不知她为什么笑。他很不好意思。

好不容易女人才收了声，脸色红扑扑的，双目闪着像细碎的钻石一样的泪花。不得不说，此刻女人很美，但过去村里人从没觉得她美。小甲有些不敢直视。那阵清脆响亮的笑声所包含的意味，他还没来得及细想。

回到家里，小甲暗愧。这么多年，自己究竟为米旺做过什么？几个月前，镇上给村里派驻了帮扶干部，就是那个笑声让他招架不住的女人小管。

看来，他是要跟小管合计合计了。

村里安排小管住在张新良家。户主的一儿一女在外地求学，平时家里就剩夫妇俩。之前小管基本没跟米旺搭过话。小管常去看望古天定。小管一来东三条,古天定家就干净了,身上也齐整了。

不少人撺掇古天定退了五保。他要是贫困户,小管对他这么照顾,可以当作一项帮扶成绩。小管听到风声,就对古天定说:"您老可不要放心上。要真放不下,就给我唱段夯歌,我喜欢听。"古天定嘴闭得像上了锁。

就像小管不在跟前,古天定会忍不住吼上一嗓子夯歌一样,米旺不在跟前,小管也是个蛮开朗的女人。听她站在张新良院门口纵声大笑,憋了很久似的。

第二天上午米旺没上街,下午才来。小管看见了,风一般,立马给他把课桌搬到街上,然后对他说:"给我刻个章子吧。我叫管晓蔻,主管的'管',拂晓的'晓',豆蔻的'蔻'。"不等他答应,又说,"我得回镇上一趟,后天我来取。"

搬桌子、说话,瞬息间完成,好像话一落地,人就没影儿了。

"龙帘高卷紫金钩……"

苍空下,远远传来古天定寥寥的夯歌。

小管这章子,别说后天,后年也刻不出。米旺先看空气,再挑印石,然后对着印石看。等他慢慢拿起刻刀,就是腊月里了。

果然,他这一天似乎什么也没做,古柏一样沉默着。

后天转眼就到,小管没出现。

差不多在第五天,小管才从镇上来。她这回开车来的,把车往张新良家院门口一停,拎上东西先去古天定家。跟以往任何时候都不一样,她简直像个无比健康的母亲,似乎浑身散发出动人的乳香。不怪古天定一见她进门,那张苍老的脸立时布满柔和的神情,赛过乖孩子。她给古天定做好饭,一刻没停,又风风火火地去了米旺家。

"米旺大哥！"一到院门外，她就分外悠扬地喊，"我来取章子了。"

好像到了这一天，东三条的人才看清楚，小管身上滚圆，胳膊、腿、胸脯、小腰，有什么东西扑棱棱要从里面挣出来。她要是植物，就汁液充盈，可以结出最为饱满、芳香、光亮的果实，比如金灿灿的玉米。

事实上，她几乎没去听米旺告诉她章子刻没刻，就在他家四处走动起来，很符合一个女干部的形象，热情亲切，关心群众。等她面带微笑，快速而入心地把他家旮旮旯旯都察看过，才往他跟前一坐，跟他拉起家常。

米旺家里有了两个人，但还是很空。

米旺家里传出来的，只有小管的声音。米旺像在当街刻章一样，在小管跟前保持沉默。你要他边刻章，边跟人闲聊，那不可能，哪怕嗯一声，也是放下了手中的刻刀。听不到米旺说话，就会觉得他在赶着给小管刻章。因误了期约，刀下必加功夫。

亲眼看了才知道，米旺手上什么也没有。小管抻长了脖颈。她坐的位置，恰有一束阳光打过去，让她面若银盆。

走出米旺家的小管，脖颈还抻着，但一脸惬意，就像是听过了古天定的夯歌，两胁生了双翼。

她不回张新良家，直奔村委会，迎面碰到小甲，不由得愣了愣。小甲也愣了愣。看得出双方都觉得有话说，一时竟说不出来。

显然小管是倏地改变主意的。

"你以为米旺是石匠？"小管半调侃半认真地说。

小甲赧然挠头。两人竟就此分道而去。

过几天小管才知道自己小看了小甲书记。东三条艳阳高照，微风和煦，有大黄杏子味，但谁都觉得小管和小甲这两人很怪。

米旺刻章的时候，小甲不来瞧了，小管也只在张新良家里，跟女主人朗声说笑。米旺收工而回，他们却几乎同时站到街头，明显是在主动躲避，各自默默地东看西看，风水先生似的。

从北边来了个"草把子"。到了近前，看出是人，却是跛子，穿的灰褐对襟大褂，脚下一双黑布鞋，头上一团烂草似的黄毛，扎了个核桃大的团髻，望之不凡。

早有人对米旺叫一声："生意上门了！"

米旺头也不抬，而那人在二十步远的地方住了脚。微风吹不起他的衣衫，使他更像个枯槁的草把子。明明是站在东三条，站在路旁屋影、树影之间，却像退去了。

退去了哪里？不是地下，亦非垣堵后，而是光阴里，逝去的古老光阴的深处。就像米旺当初远道而归之时，脚下的一条路，像黄土、空气、星辰一样古老。而他脸上随之发暗，驰掠过古老斑驳的云影。

街上除了刻章子的声音，就听不到什么了。那种不寻常的静寂，惊动了张新良院子里的小管。小管无声地现身在门口。此情此景，似乎最适合每个人都屏息静气。

"老郑！"一声呼叫忽起，差不多使人着恼。小甲从前街口快步走来。"怎不打个电话？好去接你。"口气像埋怨。

草把子缓过神，虽跟小甲握了手，却不寒暄，示意他同走到街旁,目光还在窥着米旺。两人交头接耳。他声音很低,却还是被街上的人听到了。

"瞧,眼里有把錾子。"

课桌后的米旺,身子照旧像截古柏,一动不动。一时间,人们但觉石末飞溅,耄然响起,如同印石上起了团团大雾。

回头急寻那"草把子",见小甲正引着他往家走。蓦地想起来,"草把子"行姿哪里不对,原来一只袖筒是向身后飘摇着的。每走一步,空幻的袖筒都会落下来,在他错动的腰胯上碰触一下。

斜倚住张新良家院门的小管似笑非笑,不易觉察地一撇嘴。

当天下午,米旺就被"请"了。这却是小甲的功劳。米旺被"请"入伙,即将成为晴雪斋的社员。斋主老郑是本县最知名的篆刻艺术家。老郑说米旺厉害,那就是真厉害。

世上高人,多有不全。老郑既跛,又独臂,具备高人的外在条件。

高人眼毒,一眼入骨。

小甲专程给老郑带去一堆印章,让他给"瞧瞧"。这一瞧就不得了,老郑必得要见一面,必得使见面不寻常,也便一瘸一拐徒步而来。

果然,分明是用目光在刻。

没有高声,是不想冒昧惊动。

小甲带独臂老郑去家里吃了午饭。酒过三杯,见老郑一会儿脸沉似忧,一会儿又无端大欢喜,将一颗烂草似的头,挠得咯吱响。难为他跛脚,竟忽地跨到门外,飞也似的。抬头望苍空,如望时辰。小甲有求于他,处处赔小心。临出门,他又要酒。小甲暗咬牙,拿出家中珍藏的唯一一瓶云门陈酿给他。他还挺明白知礼,说声"暂借"。

到了米旺家,不语。小甲遂对米旺介绍了来人身份,又直言相告,入了晴雪斋,印章是另一个价。从晴雪斋出的印,贵的上万。老郑不让多说,独臂潇洒一挥,一句话见出一个坦诚的人:

"恐米兄瞧郑某不起,郑某便在米兄跟前献个丑。"

用的自然是米旺的家伙。小甲的好奇心也让他大大勾起。他一个独臂怎使刻刀?门口也聚了人,俱各好奇。

明明手中只有一把半尺不足、快磨秃的旧刻刀,却如持了锋利的长剑短铗。飞舞满空之象,呼之欲出。随手拈了一印石,勿论寿山、广绿、鸡血,况且也没怎好的,往木凳上一放,就屈身刻将起来。印石竟浑如焊牢在那里,而他头上核桃大的团髻,不知怎的就散了,如起了黄烟。

小甲看傻了眼。当此境,正所谓"未扣时原是惊天动地,既扣时也只是寂天寞地"。

恍惚顷刻间,老郑就将章子弄好了,直了腰,舒了独臂,轻嘘一口气。小甲离得近,看出来刻的二字唤作"忘筌"。人们不知他将说出怎样的江湖黑话来,他却只是轻浅一笑,递章子给米旺。

"将就看吧。"

米旺是接了,谁都相信米旺不会瞧一瞧的。

用不着了。

小甲在旁早早露出了胜利的笑容,像得了百倍的云门。

后来人们断定,米旺未当场答应入社,原因出在小管身上。小管来看热闹倒罢，一关键她的那个神情，让人捉摸不透；二关键那气势，以滚圆的身子排开众人，犹如乘风破浪，不可阻挡，立在人们最前面，又不作声。

米旺可就什么也不说了。

老郑独臂刻章的场面是很让人回味的。那时候，他只一条胳膊，却像有无数胳膊，无数胳膊使力在同一把刻刀上。

常言道："独膀子打拳——露一手。"老郑露的，可不是"一手"。这样的人都视米旺为奇，可知米旺造诣。

直到老郑徒步离去，众人才似乎缓过神。

小甲蓦地想起，自己竟未提出开车送老郑一送。跛脚行路，那个难。头一低，看见"忘筌"不知怎么到了自己手中，心头顿掣一道光。好个"忘筌"！醍醐灌顶也似，两眼直勾勾，回了家。其余人等多有返回原地的。

小甲看米旺，那是越看越不一般。管他真假，先抢了印石去。这一两天内，有说要刻名，有说要刻号，唯恐轮不到小甲。米旺不说答应，也不说不答应。

不一般的人怎么着都对。

米旺反而不上街了。人们遐想，没人时他会像老和尚一样参禅打坐，以捕获新的在篆刻艺术上的灵悟。小管的章子还没刻呢，人们不用急。不过，对他不入晴雪斋，多数人表示遗憾。

旧话重提，从晴雪斋出去的印章，售价一万。老郑这么看重你，想必价码更高。

"听他瞎说。"米旺笑道。

不闲聊了，出去走走。去池塘边坐坐。只半塘水，生了高高的水草。阳光照进去，水光从草丛中反射出来。啾唧啾唧的，不知什么鸟，藏在那里叫。

从池塘边走开，又去村里走。碰到老人就站住说会儿话。要不就去野外。野外更有看头了，一条沟一道壑的，有庄稼地，有果园、蔬菜大棚，时而整齐，时而错落。那些庄稼，他还都认得。有人在地头点种了花草，都是最朴素的。他认出米大川的地了。地里种了那种辣死人的朝天椒，密密麻麻，像伸着无数绿色的小手指。

晴空万里，罩着这一切。

有一天，他搭乘别人的车出了村。有人猜他要去会老郑。像多少年前一样，刻章暂时还养活不了他。那笔数目不明的分手费，终有花尽之时。入伙晴雪斋，到底是条好生路。几天过去，他这是想通了。

等他回来，一问，果真是去了县城，却是探望一个老师。

人们方大悟。谁的本事都非天生，人间米旺也会有个师父。此人不是神仙，不是老道，是他在一中读书时的美术老师。师父领进门，修行在个人。受了启蒙的米旺，掌握如今令晴雪斋斋主折服的技艺，是靠自己的钻研摸索。不是米旺没提过这个老师，也不是第一次看望他，是人们从没认真想到这上面。

"侯老师快七十岁了吧。"

"哪呢！属猴的，七十八了。"

"身子硬朗？"

"可不。"米旺像更亲切了。

从一个街口踅出个女人来，是小管。其实人们是先看到一张飘动的白纸。

小管小心地捏着两个纸角，想必墨迹未干。到了近前，果真是新写的一副对子。字很黑，犹存墨香，有漆光。

米旺留心一瞥，认出是个五言短对：

"道高人不识，地远心自闲。"

"大川写的？"有人问。

"嗯。"小管笑着重点头。不多说，继续往前走。

"大川还真有两下子哎。"

小管走了过去，感觉她的身子在跟那短对一起飘。不知有几人看出来，她的脸庞有些消瘦了。一转头，见米旺也已走开。

米旺去南方，只告知爹娘。

小管常站在张新良家门口。那一天，站着站着，就举步向前。

米旺家门紧闭，月季花朵探出墙头，喷吐一股一股浓郁的馨香。明知院内无人，小管还是悠扬地叫了两声才罢。当然只以为米旺又去逛了。待走到人们视线中，谁都觉得看到了人世间一个最孤独的人。

通过米旺爹娘之口，她得知米旺两天前就不声不响地离开了东三条。说是探望孩子，但人们仍旧有了强烈的预感。这会是米旺的大逃离，很可能一去不回。

求你刻枚章子，不舍得给人就不刻，至于要逃？

小管在人群中什么也不说，什么也不放在心上。她本是一个素面朝天的人，此刻却像直直地站在了空旷寂寞的舞台上，灯光渐暗，红唇将萎，满头的珠饰在摇。她突然间满脸惊惧，宛如看到了青面獠牙的怪兽。

似乎伴着巨大的轰鸣,爱心小屋落户在了东三条。眼望一辆大拖车燃烧着熊熊的火焰从天边冒出来,还没人想到车上拉着何物。橘黄色的屋顶,像博士帽,有种意气干云的味道。四壁搭配多种颜色,看不出材质,后来才知是304不锈钢,难不刷出了木头的质感。门窗俱全,整体的样子很像县城为上班族设立的早餐车,实际上也正是小管从市政部门协调来请人改装的。叫它小屋,因为它并无车轮。

当时,没等拖车进村,小管就走开了。找到小甲的时候,已经平复。

东三条要成立自己的印刻社。她向小甲坦白,甚至说出了更多深刻的大道理。没有文化的繁荣不是真正的繁荣。社会再富有,群众再富有,最终还要回到精神文化上来。饱暖是一个层次,精神文化又是一个层次。东三条要打造自己亮丽的文化名片。

小甲哑口无言。

现在的问题,不是小管的自行其是,而是米旺到底会不会回来。米旺离开了东三条,这真是风云突变。

小甲说出了跟村里人一样的疑问。他本不该介意受到小管的唐突。小管一席话,让他认识到了自己的速成思想。爹有娘有,不如自己有。都因自己太过迷信晴雪斋。

看出小甲不介意,小管明显轻松了,脸上不知怎么就带出了若有似无的笑纹。

"交给我吧,小甲书记。"小管说。

爱心小屋被空置在米旺以往刻章之处,从此开始了长达两个月的漫长等待。风吹雨打日曝,没有减弱它的色彩,仿佛更为艳丽了。尚无主人，就已经吸引了外村人的注意，每天来看的人不少。随着爱心小屋落地，米旺的名气也大大传播了出去。当然也有独臂老郑的功劳。而小甲在七月底得了枚老挝石，老郑说是水料，他便更加盼望米旺归来了。

从远，从近，小甲的目光常打在爱心小屋那里。他把一只手暗暗攥成了拳头，像在使劲。在无人处张开，手心满是汗。

那老挝石竟如在手心被温柔呵护过，细、润、凝、腻，透明了大半，煞是可爱。

看着看着，他不禁摇头。他虽是外行，也知坊间石因字贵的道理。

每天，小甲都吃得很少。他忘了自己苦夏，也忘了夏天。好像不大见小管了，见了小管也常止不住嗒然忘言。其实他很想知道小管有没有联系米旺，却一直没问。

这个夏天的小管，仿佛东三条街头无主的爱心小屋，美丽而寂寞，小甲望之心颤呢。

简单说吧，爱心小屋就是管晓蔻的屋。

"龙帘高卷紫金钩！"

古天定的夯歌又响了，好像不论在哪里，东三条人总能听到，哪怕只是沉吟。老光棍儿枯木朽株般的身体里，装了多少人生的苍凉。

小甲正在村委会接待一帮造访东三条的客人，忽然瞥见门外路上掠过一些朝池塘方向走去的身影。似乎有个声音告诉他，米旺回来了。他顾不得解释，抛下客人就朝外走，半路上张手一看，不禁迷惑，那块"忘筌"竟硬硬地压在了手心。

米旺仍旧一个人回来。小甲先给小管打电话，报告米旺归来的消息。小管没有表现出特别的高兴。

东三条的人无不相信是小管将米旺招回的。如何艰难，得靠想象，但的确已经过去两个月。在这两个月里，小管不停地给米旺打手机。像小甲一样，小管也苦夏。因为苦夏，说起话来就绵软无力。还有人相信小管亲自跑了一趟南方，至少是出差时顺道见了米旺一面。不管怎样，米旺重新站在了他家院子里。

月季花盛开，满院姹紫嫣红，让人看了心乱，但花树旁的米旺双眼清澈，好像在远眺。

不得不说，人们有了近乎失望的发现——那么清澈的眼睛，想来不会掩藏什么——也就是说，人们没有看到錾子。

重归的米旺，大抵是自废武功了。

总有心急的人等不得，求刻。米旺一律摇头。

"不入眼，不入眼。"

小甲一字没提自己得了老挝石的事，更没提爱心小屋。小管第二天来东三条，捎了两块楹联，长短宽窄，跟家中贴的春联仿佛。木头的，黑漆，金字："近来都是有缘客，远去何须别看山。"小甲唤张新良给挂上。爱心小屋更像个样子了。张新良问是谁的字，小管说米大川的。张新良惊道："怎比纸上的好？"又端详一阵，"好太多了。"

这一天，爱心小屋第一次让人见识了内部。当然没有厨具，但有一个书架、一张桌子，都跟墙壁连成了一体。剩余空间还可以放下一张行军床。

不断有人前来参观,但小管自去了古天定家。

吃得少,瓜菜岂能供给多余的气力?她来到古天定家的小院,不像过去忙着干这干那。她往古天定跟前一坐,竟不禁噗嗒落泪。古天定可就大慌了。

"没什么。"她忙说。她是真的瘦了。脸、手腕子,看得到骨头。落在手腕子上的目光里,有自怜的味道,但她振奋地说:"古大爷,把您的夯歌奉献出来吧。这是一笔财富。"

古天定自小跟爹学夯歌,听的人如登仙界。夯歌唱得好,没等说下媳妇,就老了。当年享过荣耀。不幸伤了膝,青石夯就撂在墙角,夯歌也弃了。

人生好时机,错过便不可再得。越老,越不喜提这个。

小管飞快地环视一眼独居老人的屋子,每一丝空虚都将为财富所充满。小管爽性直言,不久之后,她将找个民俗专家帮老人把这笔宝贵财富整理出来。

不足为奇,老人黯淡的扁鸭子嘴又上了锁。

从老人家出来,小管就去米旺家。

米旺入住爱心小屋的过程,可谓极漫长,但相对于东三条古老的历史,甚或相对于个人的一生,这前后五个月却极短暂,像在须臾间。

天气转凉,入秋了。

大片大片发黄的梧桐树叶,很响地落在地上。米旺家的月季花缓了开放的速度。熬过了苦夏的小管,也眼看着丰腴了许多。

在此之前,米旺没刻过一枚章。小管时常出入他家院门,跟他喝茶，帮他做过家务，共坐池塘边看过水。随着苦夏症状渐消，她的声气又高起来，从街上就能听到。

"没女人是不行的！"

有一次，人们隔墙听她说道。米旺怎么回答，没听着，但看米旺平时朗净的神情，没女人，似乎，也行。

她在米旺家，小甲去找她，也不避讳。为何无风言风语传出？东三条的人想过，根本原因，她是镇上干部，照章行事，而米旺，则不过是个情感受挫的乡下男子。弄上一壶老酒，她与米旺在月季花树下对斟对酌，人们也不以为怪。

小管把能说的话说尽，米旺似乎还无动于衷。蝉声绝迹，瓜园罢园，夜间凉水冲澡顶不住，人们越来越感到米旺是真的奇。不嗜烟酒，茶喝点，平时拿白开水凑合，生活不能再简，而又没女人。照推断，唯一的迷恋，就该是摆弄印石、刻刀，但他反复对人声明：

"别让人耻笑了。"

机会就这样降临。

小甲心血来潮，某天中午登门造访，要请米旺给东三条的继续发展"出谋献策"。理由冠冕堂皇，"见过世面"。米旺根本拒绝不了。况且他还带了菜肴：醋熘土豆丝、凉拌黄瓜、油炸花生米、煎鱼干和炒河虾。就是没酒，不知是不是忘了。

"坐，慢聊。"他说。

米旺犹豫了一下，拿出老郑送给他的云门陈酿，小甲像没看见。刚给他斟上，他就立马端起来，一仰脖，吱儿一声，干了，向米旺倾举着空酒盅，说："你也干！"米旺自己斟了，也干了。

小甲似乎不易觉察地一笑。这酒美，真的。低头一看，才发现碗碟雪白，都是极净的。单看这个，就似乎知道，米旺的生活其实有些意思。又看那启封的酒瓶，只觉妙不可言。"米旺，米旺啊米旺。"心里连叫了三声。

"米旺大哥！"门外传来悠扬的呼叫。小管来了。"来巧了。好香啊。"小管说，"酒香，菜香，月季香。"

"我要请米旺大哥给咱们东三条的发展出谋划策。"小甲解释，又邀她，"请坐，一起喝。"

"好主意。"她赞道，"那我不客气了。"

"我再去炒两个菜。"米旺见状，忙说。小管拦他，胸脯一挺："你跟小甲书记喝，炒菜交给女人。"小甲笑而不语。

米旺带她走进厨房。进门就觉静寂。两人站在一起，声音不高地说话，确定炒青菜、青椒，配腊肉和鸡蛋。都是现成的。米旺要打下手，她含笑目示他不用，让他出去，厨房里也就剩她自己。这厨房她见识过的，并无多余的东西。每一样东西都是应有的，感觉就像仅有一碗双筷，主人过着箪食瓢饮的生活。

鸡蛋炒青椒好说，面对腊肉，小管略有犯难。北方人不习惯吃腊肉，这可能就是米旺从浙江带回的印记了。她倒想起一个笑话来，说的是一个吝啬的古人，到集上割块猪肉，不舍得吃，吊在梁上，每当吃饭，就跟家人一起，看一眼，吃口馍馍。一个儿子忽举报，哥哥看多了！

心头一动，那古人莫非有错？看一眼就是拥有，并非不可能。望梅止渴，画饼充饥，独臂老郑说的，米旺眼里有錾子……人生在奇妙中，或许仅觉一二。

米旺赶来端菜,小管打定主意,不让,看他能否作罢。他却不作罢,像抢。在厨房里,她是滚圆的,胳膊、腿、小腰、腕子。身体的每一部分,脸蛋、嘴唇、耳垂、手指肚,血肉密集。米旺摸了一手硬瓷,好像那里陡然炸响一个焦雷,把他炸成了泥塑木雕。却听小管压低声音对他说:

"我就想自己给你办成一件事。"

小管没跟这俩男人对酌,而是回到厨房静坐,从门口蒙眬地看他们。过去很久,她才看清月季花树下,俩男人已将脑袋凑在了一起。她不知他们在鉴赏一块老挝石水料。

月季花香不绝如缕,小管被缠绕住了,身上一阵无力。

尽管没做布告,爱心小屋的开张仍吸引了上百围观者。东三条的热闹景象一直持续到重阳节,收的活照米旺的速度半年也做不完。

办成此事,小管就像从东三条消失了。村里来了省市县的重要客人,都是小甲领来观看。坐在小屋窗后的米旺,也还目朗面净,身上也还齐整,也还在刻字的时候不作声,人们觉得到底应当表现得热情一些。虽说"近来都是有缘人",也是生意。和气生财。开张头几天,几乎是全天候的。那小屋再铺上床,安个炉灶,就等于一个家。米旺想睡,可以睡在这里。

围着爱心小屋,形成了一个小小的集市,每天都会有那么四五个摊子,卖菜、修锅、卖零嘴、点心、玩具。不是你来,就是你去。算卦看相、修脚点痣、卖老鼠药、万花油、假古董的也有。米旺的课桌一直白放在张新良家的过道里,偶尔会被借用。

最有意思的是一个写花鸟字的，这把式人都见过。主要的是人长得有意思，鹤势螂形，如踩高跷，却麻子脸配了对吊白眼。

爱心小屋静悄悄，屋外写花鸟字艺术家自吹自擂，把祖师爷夸上天，每幅字都能一气呵成，龙飞凤舞。

当一个沉默的独臂人接连三四天伫立在距爱心小屋二百米处时，人们无不想到米旺就要收徒了。他就是八下村的立民。结果，他却跟写花鸟字的走了。

这不是一个好征兆。很显然，写花鸟字的那人，放大了米旺的短处。米旺在小屋坐一上午，纹丝不动，会让人想到连泡尿都不撒，屁也不放一个。一般情况下他会回家吃饭。如果带了饭，他就把窗帘合拢，饭毕再拉开。昔日他在塔镇毛老板杂货铺门口摆摊，也没见他吃饭避过人，不知从哪儿学来的贵气。那时做起活来，也不像现在这样慢腾腾。而且，那么多人并没从他的眼睛里看到錾子。

不光是这些看客，连小管都渐渐怀疑起来。小管其实也常在的，只是不大走到米旺跟前去了。她站在张新良家院门口朝爱心小屋看了半天，人们似乎还没发觉。

北风一刮，街上渐渐断了聚集的人群，爱心小屋有时会全天闭门。终于下了雪，东三条街上，没有比顶了一头白雪的爱心小屋更好看的了。小管在想，米旺坐在小屋里的样子像一幅油画。天冷了，不能指望米旺会自备暖风机。她要买来送他，不甚妥。真是个让人操心的人。她暗暗发愁，见了小甲就想着怎样提醒他。手机响了一下，米旺发来了一条微信。

"感谢领导对我的关心。"米旺写道，"我要去南方住段时间。

刻好的章子会寄回村里。劳请代收。米旺。"

领导，代收……

几句话被小管看了无数遍，怎么看都没毛病。

米旺刻好的章子是分两批收到的。第一批在十一月，第二批在元旦之后。每一枚章子都配了小巧的缎面纸盒，并附上客户姓名和鲜红似火的样图。

从第二批章子里，她获得了很大的惊喜，因为有一枚章子是自己的。从没想到"管晓蔻"三字被米旺刻出来会是这种模样。

她拿给小甲看，先问小甲是什么印石。小甲行家样看了半天，说是青田。她点点头，认为是极好的。

又问字好不好，小甲评价，得是上品了。

"多说两个字。"

小甲头上汗出："得是不能再好。"

"得是不能再好？"

"目光刻的。"

走在街上，小管像得了宝贝。

第三天，小管从镇上捎回一台暖风机，放入爱心小屋。

年前米旺没回，爱心小屋就让米大川用了。他站在小屋里，书写一副副春联，一色的"新农村引领新风尚，大手笔挥书大有年""天增岁月人增寿，春满乾坤福满楼"，喜庆。来讨春联的络绎不绝。门窗大敞，开暖风机费电。村里人总是节俭的，暖风机就不开。小管本年最后一次看望了古天定，才离开东三条。不料大年初一刚过，就出现了新冠疫情。当时小管就有预感，米旺不会再回东三条了。爱心小屋又派上用场,成了执勤点,村里人来此领防疫物品,比去村委会更方便。

"龙帘高卷紫金钩!"

半夜里小管朦朦胧胧地听到一声吼,细听又静悄悄,披衣走至门外,仰望漆黑的夜空,忽然觉得不好了。她叫了张新良夫妇,一起赶到古天定家。

果然,那独居老人躺在床上,有丝气无丝气的。白天小管还来过的,不承想晚上就不行了。嘴张动了半天,像鱼干渴久了,头一歪,无疾而终。

因在特殊时期,只得将老人草草安葬。

当街,小管戴着口罩好一场痛哭!

不久,听张新良家的说,小管几个月前悄没声息地离了婚。没几个人知道。她那个男人,不是好东西。他们有个五岁大的儿子,男人留了,仅给她一座空房。

从小管脸上,常能看到冷寂的神色了,好像在探听独居老人远逝的夯歌。那确乎听不到了。但她以前也未听到的,何至于冷寂?

形势好转是在几个月之后。一惊似的,庚子年的春天还没过呢,就远去了。身上滚圆的小管,又将与小甲书记一起面临苦夏。

昼长夜短。日头悬在空中,半天不动一动。到底还是会有人顶了毒烈的日光走来,询问爱心小屋何日开张。问到小管,小管说,等着吧。神情却和话不一致。

跟任何一个夏天一样,烈日下的东三条,显得很空。街边,爱心小屋不知疲倦地熠熠生辉,落地东三条快一年了,还是崭新的,似乎过去百年,也不会破旧。

漆好，懂行的说，是顶级电镀漆。

小管和张新良家的坐在过道里乘凉，有人从街上走过时告诉她们，米旺回来了。她们对视了一眼，都没说话。过了一会儿，张新良家的说，天气预报说后天有雨。小管说，会准的。她起身去了古天定家。其实只是从古天定家歪扭的门缝里张了一眼。她看见了遗弃在墙角的青石夯。

然后，她去米旺家。在米旺家院门外，她悠扬地呼唤："米旺大哥！"花香飞舞。米旺开了院门，她没进去。她低声询问了一句："为什么要回来呢？"他能在南方住这么久，显然有一定的经济支撑，非村里人可比。没等米旺答话，她一转身，滚圆饱满地走开了。

雨过天晴的日子，米旺重新坐入了爱心小屋。光线如此明亮，不用眼睛就能看清一切。跟明亮的光线相比，这刻者的生意，是萧条的。人们不爱出门，好像不仅因为酷热。但米旺好像爱上了这里，上午、下午都到。没生意，他就在窗后的桌前静坐。看他坐在那里，你会想到时间不会流逝，做什么都不用着急。

小甲有空就来看他刻章，往小屋里一坐，四面风吹，畅美。

但又入秋了，还好。

冬天了，不刮风米旺来，刮风就不来。小甲想说，刮风就关上门窗，在屋里开暖风机。但并没几个来刻章子的，把人关在小屋里，不如在家不出来。小甲就没说。小甲想过了，到年底就可能热闹一阵，还要让米大川来这里写春联。

现在小管不大管米旺的事了，陪人参观的时候才问米旺几句话。出于客气，人们会夸米旺刻的字，但也会夸那楹联：

"近来都是有缘人，远去何须别看山。"

都是一个字一个字念的，何等自然、随意！不知不觉就摇头晃脑起来。

这楹联米旺也看。他会油然想起另一副短对："道高人不识，地远心自闲。"一想起这个，就觉静谧满身。

这天寒意刺骨，空气极明亮，却像冰。米旺依旧来了。想着那短对，默默拿起刻刀。似听到什么动静，便抬头望。

东三条好长。那年冬天他从南方归来，把脚下的路走成了老去的时光。此刻，东三条把他的目光也拉长了。于是，他看到一辆车开进村来，一时没认出是小甲书记的车。

从车上走下来草把子独臂老郑，随后走下小管和小甲。一行人一同走向小屋。他们不远不近地停下。

小屋外散有几人，一俟认出老郑，也便立马恭敬起来。

老郑注目凝望，面色遽变。人们揪了心。

"錾子，你说錾子。"

小管暗扯老郑那只空荡的衣袖，声音低而模糊。空气里似蕴了电光石火，只待最后关头的骤迸。但见米旺略将身子一震，就轻淡地投了老郑一眼。

这一眼，独臂老郑随之接了。一接便寂天寞地。接了便没了形迹。与米旺不识了般，一摇头，趄一下，又一摇头，又趄一下。磨转了身，一趄一趄，走开，像在走向时光尽头。

东三条消了音。那米旺继续古柏般在小屋里刻。过许久，始闻刻刀在印石上发出悠然的微声。

已有许多人围了过来。小管猛地向小屋冲去，却被小甲一把拉住。她扭脸看着他,神色有些惊心夺目。小甲似乎想不起要说什么,呶唧着,她好不容易才听清:"你不觉得吗?这样才好。"

街上,明亮的。

自画像

/陈武

1

早餐来一套煎饼果子,是老鲁的固定节目。

今天他要多买两套,请画室的两位画师享用——他觉得人的口味都差不多,就像他们所临摹出来的世界名画,都一模一样,如出一辙。

老鲁叫鲁先圣。没有人叫他鲁先圣,都叫他老鲁。他站在煎饼摊前,手指头快速地滑动着手机。煎饼摊上的面粉香、鸡蛋香、酱香、火腿肠香和错碎的芫荽香、韭菜香,次第触动着他的嗅觉和味觉神经。其实,朋友圈里多如牛毛的信息他并没有上心,他的嗅觉和味觉系统也没有被煎饼果子的香味完全激发,或者说,他没有投入地去享受煎饼果子的扑鼻香味。他分心了。他的注意力被那个女人吸引了——叫女人似乎不妥,应该叫女孩——她就站在那面红墙下。确切地说,那是一段红砖墙。更确切地说,已经不像一面墙了,墙上被涂鸦了,被涂上一些不明就里的超现代符号,黑白蓝绿黄的符号,互相交错,互相重叠,互相游离,互相照应,成了一幅壁画。诡异而艳丽的壁画。整个画家村，没有一面墙像墙了，都成了一幅幅画。她就定定地立在那里，不动，像是涂鸦的一部分了，或者是嵌在了墙上，是墙体的一部分了。老鲁看了她几眼。她高而不瘦，衣着很有特色，砖红色（和墙体相近）的棉麻布长裙，黑色短T恤，T恤上的图案和墙上的图案很接近，这或许就是老鲁错把她当成墙体的一部分的原因吧。事实上，说她是一尊雕像更为恰当。画家村里不是有许多莫名其妙的雕像吗？这些雕像不是某个真实的物体，不是具象的动物、植物，不过是一些造型奇特而怪异的四不像罢了。倒是有点像她。她怪异吗？奇特吗？四不像吗？总之不是太正常——在这个阳光灿烂的清晨，在一面画风奇异的墙体前，一个装成一尊孤零零雕像的女孩，怎么看，都有点反常。

绿化带里突然钻出一只猫，在路牙石上伸个懒腰，又慵懒地抬头望了望这个清晨，望了望老鲁，望了望煎饼摊。它身上的图案夸张、激进而艳丽，一看就不是它自然的毛色，一看就是被涂上的色彩。谁这么恶作剧地拿一只流浪猫来涂鸦？看来，画家村里，没有不被涂鸦的东西了。这只突然出现的流浪猫没有向煎饼摊走来。也许它还不太饿吧。也许煎饼香还不足以吸引它——它走过去了，向女孩走去，走进了阴凉里，从她的脚前经过，沿着墙根，心不在焉地走了。

一只被涂上色彩的、近在咫尺的猫也没有引起她的注意，她甚至都没有看它一眼。她是谁？为什么出现在这里？现在才是早晨六点四十分。五月末的六点四十分，太阳已经热热闹闹地照在画家村的建筑和花草树木上了，鸟儿们也在枝头叽叽喳喳地跳来跳去了。但是，画家村的画家们还在酣睡中，除了卖煎饼果子的大妈和一只早起的彩绘流浪猫，谁会起这么早？她也是画家？不像，但又很像。画家村的画家都不像画家，又都很像画家。她多大啦？老鲁最怕猜女人的年龄了，在他看来，二十五岁和三十五岁都差不多。她的长相，就是典型的年龄模糊相。在等煎饼果子的几分钟里，他脑子里一直在翻涌、猜测着这个女人，就像毕加索的画，各种错位都有。如果不是要画凡·高、莫奈、高更、米勒，如果让他画一幅自己愿意画的作品，这个女孩和懒散穿过清晨的阳光、走进墙体制造的阴凉并从她面前走过的流浪猫，是可以入画的。

三套煎饼果子做好了，老鲁在扫码付款时，多付了一份，总共四十块钱。老鲁对摊煎饼的大妈说："给她做一套。"

大妈知道他说谁。大妈瞥一眼那个依然一动不动的女孩，嘴角牵起一丝会心的微笑，立即操作起来。

2

还没有走到八区毕加索路十七号，老鲁就忘记了那个女孩和那只彩绘流浪猫了。他遇到高兴事了。昨天下午，他接了一个大单子，来自凡·高家乡荷兰阿姆斯特丹的大订单。那是一家和他有着长期合作的画廊，叫HD，分别订了凡·高的《自画像》《向日葵》《星夜》《丰收》和《咖啡馆》，各一百张。五百张画啊，而且单幅价格比法国、德国、意大利和比利时的客户要贵百分之八到百分之十二。HD画廊里的中国籍员工吴小姐，电话里的口气也多了几分兴奋。老鲁更是兴奋，不但请两位画师喝了酒，半夜里还醒了好几次，有一次就是笑醒的。他知道为什么睡着了会笑，肯定和吴小姐的那个电话有关,和订单有关。但具体梦到了什么,他毫无印象了。他只记得躺在床上时,把那个梦回味了好几遍,想着天亮后讲给陈大快和胡俊听,可天亮后就忘得一干二净,怎么也想不起来了。这让他十分懊悔,出门买早点时,从陈大快身上跨过去,看他流着口水吧嗒嘴的样子,知道他也做梦了。这个大订单不会也是梦吧?老鲁有点害怕地想。很快又确定了,不是。老鲁看了看手机,看了看昨天的通话记录,心里美滋滋的。

毕加索路十七号在一个大型车间的后侧(车间里也被隔成了一个个展厅和工作室,还有茶社和纪念品商店),从主干道拐进一条"L"形小巷,拐弯处一排平房中的一间,就是十七号了。十七号的门楣上是他亲手绘的招牌字:先圣画廊。字是金色的,是用油彩直接绘在墙体上的,早晨的阳光照在四个蹩脚的汉字上,汉字光彩夺目,熠熠生辉。

老鲁先是踢了陈大快一脚,又给了胡俊一脚,嚷嚷道:"起来起来,睡不死啊!都几点啦!吃饭!"

昨晚两位画师高兴,喝大了。

陈大快坐起来。他睡在一扇门板上。这扇门板是他某一天趁着夜色从外面顺回来的,算是他临时睡在这里的床铺。他来不及抹去眼角上的一堆眼屎,拢了拢被单,头一歪,又倒下了,嘴里嘟囔道:"老鲁,你要搞死我啊,老子正在和凡·高吃饭,凡·高请我吃一只烧鹅,好肥、好香的烧鹅啊,还有葡萄美酒。凡·高拎拎我的耳朵,摸摸我的脸,塞一条流着油的鹅腿肉到我嘴里,夸我比他画得好,你就给了我一拳头。恨死你了。"

"想得美,还一拳头,一脚好吧。"胡俊已经爬起来了,他卷着

自画像

用来睡觉的瑜伽垫放了一串屁,噼噼啪啪的,似乎在配合他回应陈大快,"我十天不做一个梦,你小子一天做十个梦,连白日梦都敢做——你小子昨天那个梦啊我给你圆得怎么样?嚯,我说你小子做梦吃好东西带没带我?"

"带你?你有资格到我的梦里,我天天做梦,馋死你!"陈大快给胡俊使眼色,在胡俊说话时就不停地使眼色了,仿佛他真有个不可告人的梦。还好,胡俊把关于白日梦的话给模糊过去了。陈大快又反过嘴来对老鲁说,"每次请客都这一套,能不能少吃一回煎饼果子换个口味嘛,想把我们吃残废啊,做老板的也这么抠,让别人怎么活?"

"昨晚的酒喝进狗肚子去啦?早餐还能吃什么?煎饼果子配不上你?想吃好的去梦里吃。"老鲁看到陈大快和胡俊之间的眼色了,不知道这两个家伙背后又嘀咕了什么,撑他道,"凡·高都穷死了,还请你吃肥鹅?"

"就是请了!"陈大快拿屁股拱开胡俊,极不情愿地去刷牙了。

"听着,吃过早餐,大快画《自画像》,一百张,十天画完。胡俊,你画《星夜》还是画《咖啡馆》?也是一天十张,一百张。"

胡俊说:"随便。"

老鲁说:"那就《咖啡馆》吧,这个你最熟。我来干《星夜》。还剩《丰收》和《向日葵》没人画了——人手不够啊。大快,想办法再给我找个画工,临时救急的也行。"

"你这个价,剥削剥削我们还行,找个能画的全面手,嘁,怕是比找一个会上树的猪还难——现在都哪一年啦,猪小排都卖四十块钱一斤了,你还是老价格。"陈大快的话里有一万个不满意。

老鲁听出了他话里的坏情绪，怕引出他更坏的情绪，便不吭声了。

这是一间只有二十四五个平方米的小房子，三十五年前是工厂的保卫科，几年前，被老鲁从别人手里不知是第几手转了过来，成了他的画廊。胡俊和陈大快是他请来的两个画工。胡俊一点也不俊，陈大快也不像从前那么快了。胡俊长得很猥琐，像是被晒蔫而缩水的土豆，脸像土豆，鼻子像土豆，就连脖子，也像是一枚土豆。他年龄不大，四十来岁吧，干这一行却有二十多个年头了，练出了一手炉火纯青的临摹本领，只要拿起画笔，模仿谁就是谁，分毫不差。陈大快也掌握了这手技能，可能比胡俊还能画，手速还快，据说从早上七点画到夜里十一点，一天画过十五幅《向日葵》。因此陈大快跳槽的频率就比胡俊高。胡俊在老鲁这里干了五六年了，都没有要走的打算。陈大快来了不过一年多，就思想反常，几次流露出跳槽的意思——虽没有明说，老鲁能感觉出来他的不安心和蠢蠢欲动。老鲁不怕他跳槽，像陈大快这样的画匠，或比他次一点的，画家村里遍地都是，一撸一大把。但像陈大快这样性价比高（又快又好又便宜）的画师，确实难找了。

"老大，接这么大的单子，该给我们加点肉末了吧！"接着刚才的话茬，陈大快果然来事了，他说的肉末，就是钱；加点肉末就是加工资。他抓起那套煎饼果子，咬一口，看一眼胡俊，明显是想得到胡俊的附和和支持。

胡俊洗脸刷牙的时间比陈大快少多了，他已经边吃煎饼果子边整理画布了——单手把裁好的画布摁在板墙上，四角固定好，再把一管一管不同的颜料挤到调色盒里，没有正眼去看陈大快。陈大快的话他听到了，却假装没听到，那双像土豆一样的肿眼泡上耷拉着厚眼皮，一副事不关己的样子。但他没有立即开工，而是又在板墙上固定了四块画布——他要同时画五幅，他有这个技能的。

至于老鲁，他听到陈大快的话了，却像没听到一样，整理着画具。

不太宽敞的画室里，开始弥漫着新鲜油画颜料的气味。老鲁把事先裁好的属于《自画像》的画布扔一沓给陈大快（属于《咖啡馆》的画布胡俊已经拿走了），扔一沓《星夜》的画布在角落里——那是他的画位。

老鲁也很快投入工作中了。

画室里安静极了。画笔和画布接触、摩擦而发出的声音，细微而隐秘。老鲁左右手各有一支笔，他能一边画画一边辨别出陈大快和胡俊画笔的走势，甚至画到哪一笔了，是第几次上色了，他都能判断出来。这让他敏感地想到一个人。

"大快，白色鸟还画吗？"老鲁嘴动手不停。

"谁？白色鸟？我怎么晓得！"陈大快的话有点冲，带着反感的情绪。

老鲁说："她画《向日葵》最拿手了，《丰收》也是。特别是她画《向日葵》时，像跳舞一样带着节奏。"

陈大快没有接茬。

陈大快不接话，老鲁就后悔了。因为老鲁看到胡俊在听到他的话后，那画笔在半空中停顿了一下——胡俊上什么心呢？老鲁立即想到了陈大快的反常。这种反常不太引起人的注意，比如陈大快所讲的梦，比如对早餐的嫌弃，还有"加点肉末"的提议。这和白色鸟有关系吗？当然没有。可胡俊为什么会敏感呢？陈大快听到"白色鸟"三个字时，回话很冲，而胡俊则愣了个神，这里有什么联系？白色鸟从前也在"先圣画廊"当过一段时间的画师，她是个手脚麻利且有点城府和心机的姑娘，叫白素珍。陈大快来画室就是顶替她的。据说，白色鸟和陈大快很早就相熟了，早年还同居过一段时间。这时候提白色鸟，引起了陈大快和胡俊的反应，可能也只是普通的反应吧。但老鲁想想，确实也不太合适，一是画室刚揽了大单子，需要人手，需要人手可不就要找人吗？找不到人难道不能提高现有画师的工资待遇来刺激产量吗？二是白色鸟和陈大快有过情感上的瓜葛，具体情况不明。这时候说起白色鸟，肯定会分散他们的精力。提高工资和分散精力，这两者都是老鲁不愿意的。

老鲁不合时宜的话的副作用立马显现出来了——陈大快搁下画笔，看起了手机。

整个上午，陈大快看手机的频率很高，几乎每画几笔就要看看，还时不时地写着什么，分明是在和别人聊微信嘛。《自画像》对陈大快来说，驾轻就熟，这么多年来，他画了有上千张了，就算不看那幅印刷体的《自画像》，他也能模仿得惟妙惟肖。但他一个上午只完成了半幅，就到午饭的点儿了。而胡俊，依然保持正常的手速，已经开始画第四张《咖啡馆》了。这个差距太明显了。老鲁想，要出事。

果然出事了，午饭后，陈大快没有像往日那样放下门板小睡半小时，而是郑重其事地找老鲁谈了话，不干了，理由不是待遇低，而是"家里有事"。

鬼事！老鲁想，就是嫌钱少了呗。但，也不至于这么突然啊！

或许，他早有辞职、另谋高就的打算了，只不过是待遇问题加速了他的决定。

3

陈大快的突然辞职，闪着了老鲁。

老鲁想，在这个节骨眼上撂挑子，是故意要弄他难受：你不是小气嘛，不是不给加工钱嘛，不是刚接了大订单嘛，不是需要人手嘛，老子不干了。虽然画家村的画工多，但各有各的专长，有的画室只画莫奈的，有的画室擅长画毕加索的，有的画室专攻高更的。陈大快在这一行混久了，能熟练临摹莫奈、凡·高、高更、伦勃朗、毕加索等多种风格的画，算得上这一行的顶级高手。所以，陈大快的离开，真的踢到老鲁的痛处了。

老鲁的这单活，时间紧，交货急，要求高，一下子还真找不到和陈大快相当的画师。老鲁又想，要是能把白色鸟再请回来，和陈大快也算是半斤对八两了，不差给他的。除了白色鸟，老鲁脑海里搜索着，可记忆的大门迟迟不能打开，那些知名的画师没有一个面目清晰的，都从他的记忆里隐身了。原来，感觉一抓一大把的画师，真要是找一个合适的，还是挺难的。

门被敲响了。

画室的门是玻璃门，如果有人要来观光，是可以直接进来的。"咚咚咚……"只听敲门声，却不见人推门。玻璃上明明写了一个"推"字啊。

"请进。"老鲁不抬头地说。

来者还在继续敲门。

胡俊离门近，应该他去开门。可胡俊背对着门，不但不搭理敲门声，还回应一个屁。他不想耽误哪怕半分钟的时间——这就是留下来的人和想走的人的区别。

"进来！"老鲁把分贝提高了几倍。

让老鲁吃惊的是，来者是他早上请吃煎饼果子的女孩，那个仿佛嵌在红砖墙上的神秘而怪异的符号。

女孩也认出了他，脸上的表情在急速变化，仿佛在说：你在这里。"你是来找工作的？"老鲁下意识地冒出一句。

"是啊是啊，来找工作。"女孩显然是顺水推舟。

老鲁立即意识到，她可能是一个好画工，可能久闻"先圣画廊"的大名了，可能在早上就考察他了。时代真的变了吗？要员工考察老板？他的画廊虽然不能和那些著名的画廊、工作室相提并论，但圈内也是有不少人知道的——那她就是慕名而来的吧。

真是要瞌睡送来了枕头。

"你怎么知道我这里缺画师？"老鲁觉得话多了，赶紧说，"凡·高的画能画吗？我这里只画凡·高，喏，瞧瞧，这是胡老师。知道他画的这幅画吗？"

"《咖啡馆》。文森特·凡·高有好多幅关于咖啡馆的画，这是其中的一幅，也是最著名的一幅。"

老鲁心头一乐，她叫了凡·高的全名了，内行。便领着她向里走了几步，还把路上的障碍物踢开，有快递盒，有废弃的不知被踩了多少次的废画布，有断了杆、掉了头的笔，还有可乐瓶。老鲁指着陈大快没有完成的《自画像》问："这一幅呢？"

"自画像，也是凡·高的。不过叫《自画像》的有很多幅，耳朵缠绷带、叼烟斗的《自画像》，献给保罗·高更的《自画像》，戴草帽的《自画像》，画家的《自画像》。这一幅最经典，被临摹得最多。"女孩的声音提高了些，有些自得地说，"我在学校就临摹过，而且不止一次。"

"学校？"

"是啊。"

"大学生？"

"是啊。"

"那你可以走了。"老鲁非常失望，口气异常坚定。

女孩脸色白了一下，她对老鲁的突然改变深感惊讶。

一直没有停笔的胡俊偷笑了笑，没有声音的笑，只是一股气流。

老鲁太了解大学生了，大多是理论高深，夸夸其谈，惰性十足，让他们十天临一幅可以，要是赶进度，一天临十幅，那是不可能的。而画家村各个画廊里拼打出来的画工，可能没有创造力，没有理论知识，没有宏大理想，但硬功夫了得，临什么就是什么。

女孩没有走，她定定地立在原地，脸上由白泛红。那红晕遗留着，迟迟不退，伴随着她不尴不尬的笑意。她看来是要和老鲁理论理论了。她嘴角抽搐一下，也很轻浅，很难让人察觉。但对细节特别敏感的老鲁还是察觉到了。老鲁占据主场之利，他一直霸道地盯着她看。老鲁惊讶地发现，她不像早上那么怪异，那么有漫画感了，衣服虽然还是那套衣服，却比在高大墙壁的阴影里鲜明了很多。她鹅蛋脸，长颈，皮肤光滑，头发束起来，露出饱满的脑门，一双黑白分明的眼睛亮闪闪的。而且,她也比早上好看了很多。早上可能和花哨、怪异的背景墙有关,可能和她成为墙体的一部分有关。她现在是一个独立的个体了,反而有一种特别的魔力,不是漂亮,不是气质,而是一种神韵,像他看过的某一幅油画。老鲁努力想从凡·高的元素中解脱出来,脑子却瞬间错乱了,越错乱越混沌,半天才沉淀并慢慢浮现出来。老鲁激灵了一下,没错,她不是那个戴珍珠耳环的少女吗?四周的光线、背景,都是戴珍珠耳环的少女的再现。

"你家不是缺画工吗?"她开始反击了,"大学生怎么啦?"

"大学生也挺好呀。"老鲁口气软了,准备给她一次机会,"你叫什么名字?"

准备蓄势和老鲁辩论的女孩,没想到对手变化这么快,也只好顺着他的口气如实道:"翁格格。"

"翁什么?"老鲁没听清。

她又重复一遍。

老鲁其实还是没有弄明白是哪三个字。老鲁听成了"嗯哥哥"。这是哪里的口音,老鲁没有半点概念。他对着陈大快那幅半拉子工程,潇洒地扬一下肥短而宽阔的下巴:"能把这幅画完吗?"

"试试吧。"她自信地说。

"你还画过什么?"老鲁突然又多了个心眼,继续考察她。

翁格格拿出手机,让老鲁看她相册里的画。

老鲁本来没准备看她的画,只想听她说说。既然拿出了画——虽然是存在手机里的照片,也能看出门道来的。画有十几幅,先是同一个人物不同角度的肖像:一个年轻的村妇,安静而成熟的表情背后是尘世的风霜,和翁格格有点神似。后边是几幅乡村老屋,也是从不同的角度来呈现的,还有屋边的短巷、篱笆和老树。前者采用的是写实,有真情;后者采用的是速写风格,充满沧桑。

"我妈。我家。"翁格格说。

老鲁心里"咯噔"一声。翁格格的两句极其平常的短句,猛然敲到他的心上。老鲁立即想到了他的妈妈。他妈比翁格格的妈要老多了,也生活在家乡的老宅。老鲁无意打开自己的记忆之门,在记忆的洪水决堤泛滥之前,迅速关闭了闸口,把手机还给了翁格格。

4

翁格格画完了。

凡·高的那幅《自画像》,一大半是陈大快的手笔,一小半出自她的纤纤素手。她从午后一点半开始画起,一直到晚上七点多,总算画完了。正如老鲁预料的那样,她不是一个老辣的专职画工,她确实像大学刚刚毕业,不,是一个在校生,一个毛毛嫩嫩的美术入门不久的在校生,每画一笔,都要端详半天,每画一笔,都要细细品味一番,下笔和收笔都很谨慎,仿佛在揣摩原画的每一个细枝末节,又仿佛要找准凡·高当年作画时的情态。即便是如此细心和用功,整幅作品看起来和陈大快这类熟练工所临摹的《自画像》还是差距不小。差在哪里呢?差在透视的力度和颜料的光泽上。但这种差距不大,不是老画工或专业人士很难察觉。在老鲁看来,她已经很可以了,已经超出他的预期了。但老鲁急啊,他几次想说,这里不是学堂,不需要那么仔细,画就是了,大胆画,琢磨什么呢?

大半天一张，还有别人打的底子，就算不发薪水，也耗不起啊。老鲁几次话到嘴边又咽回去了。算了，反正就让她尝试这一张，反正也不准备聘用她，随她去吧。

老鲁走到她的画前，看着画。老鲁的脸是黑的。老鲁的脸本来不太黑，可他现在不得不黑了。老鲁的脸是梯形的，下巴本来就比脑门子宽，现在更宽了——他在释放一种信号，不满意的信号，让她看到他黑着的脸、宽着的下巴，就知道他不满意了，就知道他不会录用她了。

老鲁释放这个信号后，又转头看胡俊那画好的十多张像是复印出来的《咖啡馆》，心里满意，但他也没有笑。胡俊不过是常态的工作，有什么可乐的？因为要继续把信息传递给翁格格，故意一二三四五地数着胡俊的画，最后说："速度呢？"

胡俊仿佛看透了老鲁的心思，没接话茬。

"鲁老师，我可以再画一张吗？"她不识趣地说。

"今天就这样吧，"老鲁尽量把话说得让她听起来舒服些，"你看，小翁，叫你小翁可以吧？是这样的，我这里不用学徒，我这里用的都是像老胡这样的熟练工，所以你应该去做别的工作，比如去教孩子画画啊，不少赚的。明白我的意思了吧？"

"鲁老师，我不走，我想在这儿干。"她听懂了，但很固执。

"不行啊，这儿不是艺术机构，这儿就是复制工厂，你就是一台复印机，一天复印十张是保底。保不了底，是拿不到钱的。"老鲁不看她了。因为他知道女孩顾盼的眼神会抓住他心软的弱点。

"不谈钱，能画画就行。"

"没有钱吃什么？"

"早上你都能请我吃一套煎饼果子，"翁格格大着胆子争取道，"给个吃饭钱不行吗？"

"不行。"

"那饭钱也不要，一分钱不要。我想留在你的画室，就算招个实习生嘛。我再交点实习费也行。"

话都说到这个份儿上了，老鲁还是心软了，为难了。老鲁能感觉出来，翁格格是有基本功的，用笔很专业，对色彩也敏感。如果留下她，目前肯定是指望不上她出活了。如果一时半会找不到合适的画工，收个女徒弟也不错，一天出个一张两张的，虽然杯水车薪，慢慢也许就成熟练工了。她有这么好的基础，有成为熟练工的条件，只要改变观点，肯吃苦，速度提起来，或许能给画室带来好运气的。

"我不收徒弟。"

"就不能收一个吗？"

"老胡，你看呢？"老鲁已经动摇了，他问胡俊，是在给自己找个松口的台阶。

胡俊说："放屁还添风呢。"

"陈大快是话多，你是屁多，文明啊，人家可是女学生。"老鲁明白胡俊的意思了。但他的话也太糙了，怕引起翁格格的不快。老鲁知道胡俊也不是故意的，话糙是他的风格。要搁在平时，老鲁也不会叮嘱他要讲文明，这回是专门说给翁格格听的，以示自己是个文明人，也是对她的尊重。

"没事，只要能添风、给画室助力，就是屁也好。"翁格格的话听起来像是自嘲，可她面相和口气又是严肃的。

"我去吃饭了,饿死了,前墙贴后墙了。"胡俊也觉得话糙了,不好意思了,故意岔开话题,搁下笔,去洗手了,在哗哗的水流声中,大声说,"想吃火锅了。"

老鲁没去附和胡俊。知道胡俊想拉上他,顺道请上翁格格,算是为新人接风,老鲁不上这个当的。老鲁的坏心情(因为陈大快的辞职)渐渐消退了,他开始好奇这个翁格格了,她固执地要留下来,什么意思?他偷偷瞥她一眼,她身上一些细微的夺目之处触动了他,她黑色紧身小T恤的胸前图案是一只色彩艳丽的老鹰,老鹰的羽毛不是这么花哨的,却故意画得如此花哨,还给老鹰戴上一顶红帽子,什么意思?可爱的是,这个老鹰的画风,是在模仿毕加索晚期的画法,身体都是错位的,有一只鹰眼,掉到了胸部,和另一只眼分离又形成某种照应。束起来的长发(有几缕发梢染成了酒红色)落在后背上,挺爽气。有的人,乍一看好看,却经不住细看;有的人乍一看一般,却越看越漂亮。她另属一档,乍一看好看,细看还是好看。她的皮肤是小麦色的。通常人们并不欣赏这种皮肤,在她却有一种和五官天然匹配的感觉,还有微微牵起的嘴角,总是在要点小脾气的样子,让他觉得仿佛一直欠了她什么。而她手机里藏着的那几幅画,妈妈的肖像,故乡的老屋,再次触动了老鲁的心,于是,他对她说:"好吧,明天过来,还画自画像。试用期半个月。"

"一个月不行吗?"她总是抓住任何一个可以讨价还价的机会。

"那就一个月。"这回他很爽快了。

翁格格很感激地一连说了几个谢谢,把眼泪都说得在眼里打闪闪了。

5

　　老鲁就是这么一个人，心里不能有事，一有事就会反复琢磨。
　　留下翁格格，他不知道这个决定是冒失的还是错误的。老鲁心里不太踏实，惶惶的，惴惴的。他对这个叫翁格格的女孩一点也不了解。她不要工钱，又不是完全不能画。她这样做的目的是什么呢？回顾一下在已经过去的整个下午里，他没有和她说什么，她也不主动说什么。倒是胡俊，有一搭没一搭地和她说了几句，无非是问她住在哪里、此前在哪里工作、画了多久之类的闲话。他们的对话，老鲁当然也听到了，知道她住在马各庄，在一幢普通的平房里。他没听错，马各庄，平房，说明是在乡下，说明她的经济状况并不怎么样。但是对于她曾经做过什么职业，毕业于哪所学校，画过什么作品，她倒是含糊其词，语焉不详。老鲁不是好奇心强的人，因为当时已经不打算留她了，也就没有参与他们的说话。倒是胡俊，会多事地问一句老鲁这个、老鲁那个，似乎在告诉她，这个不想要你的人姓鲁。
　　此时的老鲁，软塌塌地走在画家村的村街上。黄昏已经来临，画家村覆盖着一层暗紫色的迷人色彩。长长短短、宽宽窄窄的街道上，观光的人还不见减少，大多是时尚的年轻人。衣着和长相都很土气的中年男人老鲁，走在他们中间，显得格外另类，但是他旧T恤和牛仔裤上沾染的油画颜料还是或多或少地暴露了他的身份。
　　他要去找两个人，两个都是画凡·高的高手。当然，他也知道画家村画凡·高的人很多，几乎每家画廊或艺术工作室里都挂有凡·高的画。但他知道除了陈大快，只有两个人是高手中的高手，其中之一就是白色鸟。他已经好久没见过白色鸟了。其实，好久也不算久，不过一年左右。但由于一年里一次也没有联系过，就觉得好久了。他找白色鸟，本可以打电话的。一年不见，突然打电话就谈事，显得太功利了，也太唐突了，就找一个熟人，跟他打听白色鸟的下落。熟人告诉他，白色鸟自己搞了一个画廊。老鲁不禁感叹，白色鸟在他的画室画了几年之后，翅膀确实硬了，居然自己搞画廊了。那个熟人又说，白色鸟除了自己画，主要代理画家村各个知名画室所临摹的世界名画。老鲁回忆一下，觉得白色鸟在他画室时，已经表现了独当一面的才能了，一年时间自己搞个画廊，在画家村这个地方，并不奇怪。

　　白色鸟的画廊在前街上。前街叫徐悲鸿路，但大家都叫前街。前街是画家村的主街道，路宽，店铺气派。

　　老鲁去前街，要穿过一个大车间。车间贯通的走廊两侧，也分布着一家家店铺，借助车间内的各种支架、管道隔成的店，本身就具有独创性，加上花色不一的装修，使这些店铺的个性特别显著。这个工厂原来是个保密企业，是用数字代替的，20世纪50年代初由苏联援助，民主德国负责设计和建造，所以这个大车间的外形和内部构造颇有欧式建筑的风格。如今被艺术家们稍做改造，就更有了异域的风采。

　　虽然在同一个"村上"，老鲁也不是每家店铺、画廊都了解的。画家村的大小画廊及画室、工作室有千余家，村内聚集的油画从业人员据说有七八千人，还不算周边社区从事相关行业的一两万人。这些企业和画廊，以油画及相关产品的生产、交易为主，也从事国画、书法、篆刻、刺绣、铜雕、木雕、陶艺、泥塑、剪纸等中国传统文化产品，以及工艺品、抽象艺术等其他艺术品的生产和交易。画家村的大小街道上，还分布着书店、酒吧、茶社、咖啡厅、展示厅、出版公司和全国各地的特色餐饮，有了这些元素的聚合，画家村形成了具有国际化色彩的"SOHO（自由职业）式艺术聚落"和"LOFT（高挑开敞空间）生活方式"的艺术区域。这个区域，展示了私人理念与社会经济结构之间的新型关系——在乌托邦与现实、先锋意识和传统情调、实验色彩与社会责任、记忆与未来、精英与大众之间形成了一种互补和平衡。但这些元素似乎影响不到老鲁。老鲁还保持着十八岁那年进村时的思维和做派，勤劳，刻苦，认真，凭着本事挣钱，养活自己，还要养活住在贵州十万大山一个小山坳里的七十岁的老娘，二十多年初心不改，挣钱，挣钱，挣钱。不仅目标没有改变，外形上也巩固了自己的长相，同时也越发地邋遢和不修边幅了。

老鲁在路过一家叫"蒙玛特的蔬菜园"的画廊时放慢了脚步，显然这也是一家以凡·高为主题的画廊，高大而敞亮的橱窗里，陈列着凡·高的几幅著名的油画，还有一些稀见的、无人关注的作品，比如《一双鞋子》《高更的椅子》《维纳斯的身体》，另有几幅他叫不上名字的。老实说，这些仿制品并不比他的水平高明，特别是《自画像》和《向日葵》，由于装饰了豪华的画框，加上摆放的场合和专门的灯色，才显得特别精致而高贵。老鲁在《自画像》前踟蹰了一会儿，觉得这种作品太一般，甚至有些地方不到位，他的荷兰客户一定不会要，弄不好要退货。就在他欣赏橱窗里的画作时，他从橱窗玻璃里看到两个熟悉的人影从他身后依傍着经过了，再细细一看，这不是陈大快和白色鸟吗？老鲁没有想到陈大快和白色鸟又和好了。当初是白色鸟嫌弃陈大快的，是什么原因让白色鸟又回心转意了呢？不要说现在了，就是当初，白色鸟也是全方位高过陈大快一头的。陈大快在男人当中，算不上英俊，也算不上帅气（当然比胡俊要强多了），身上毛病不少。白色鸟就不一样了，五官端正，亭亭玉立，皮肤白皙细腻，本来是可以靠脸吃饭的，没想到也很有才华。他不止一次地听白色鸟抱怨陈大快，骂陈大快。胡俊也挑拨白色鸟，他那么人渣，休了他。后来白色鸟离开画廊，陈大快果然就被白色鸟踢出家门了。或许是出于人道吧，也或许是旧情未断，白色鸟在离开时，介绍了陈大快来画室。看来白色鸟是个现实主义者，加上她年龄也快四十岁了，画廊也需要帮手，时过境迁，思想便更现实了，和陈大快恢复旧情、相互取暖也是情理之中的事。陈大快和白色鸟的琴瑟和鸣提醒了老鲁，白色鸟不会再回来了，不会再辛苦地画凡·高了，不会再回到他这种低档路线了。她的事业正如日中天呢。但老鲁不甘心，决定去白色鸟的画廊看看。他只听说她的画廊很气派，高大上。怎么个高大上，他要眼见为实。

确实如熟人所讲的那样，白色鸟的画廊就叫白色鸟，和村里的不少画廊一样，也是以经营世界著名画家的名画为主的。老鲁只在门口站站，没有进去。进去干什么呢？说什么好？既然断定白色鸟已经不是他要找的人了，何苦自找不痛快？老鲁转身离开了。

他在转身离开的同时，也放弃了寻找另一个画师的想法。

此时，画家村里华灯初上，人更多了，一些露天酒吧更是聚集了很多年轻人，甚至还有一个小型乐队在演唱流传已久的经典老歌。他驻足听了一首《江河水》，听得他热泪盈眶、想念家乡了。老鲁不想再受更多的刺激，准备去吃碗面条，回画室。对，回画室而不是回家。他在八里庄买了一套两居室的商品房，只是隔三岔五才回。他宁愿住在画室里，节省路上往返的时间用来画画，也不愿意回去睡舒适的大床。以前他就偶尔和陈大快、胡俊在画室打地铺，后来他把一块画板支起来，当成了床。

回到画室，胡俊和翁格格已经在画画了。

"吃饭啦？"他问翁格格。

"吃了，胡老师请我吃了煎包。"

"没吃火锅？"老鲁记得胡俊叫唤着要吃火锅的。

"吃火锅耽误时间。"翁格格说，"我想画画。"

她还是在那幅《自画像》上修修补补。

"这张很好了，再重新起头另画一张吧。"老鲁说。老鲁的意思，既然跟着胡俊回来加班了，就像加班的样子，以提高效率为主，别在一张画上磨叽了，磨叽再久，也只是一张画而已。

"不行，还差点意思。"翁格格看来也是挺固执的，"胡老师也让我重新画一幅。我肯定要独立画几幅的，但这一幅还有不少问题。原来的老师画得不好，太匠了，和我的画法不一样，我得尽量把原来的痕迹盖住。"

她的话吓了老鲁一跳，她居然说陈大快画得不好。

"哪里不好？"

"和文森特·凡·高的原作差距太大了——不过我也没见过凡·高的原作，我觉得凡·高不会这样画的。"

翁格格偶尔会叫凡·高的全名，文森特·凡·高。老鲁觉得这样也很好，显得郑重其事，显得比别人要多懂一些。老鲁也没看过凡·高的原作。他看到的都是印刷品。所以他也不知道她说的差距在哪里。他更看不出她的画法和陈大快的哪里不一样。但他也不想改变她的想法，不再强行让她再画一张了，毕竟人家刚来，又处在试用期间，由着她吧，她说肯定要独立画几幅的。

6

老鲁到底还是没有找到合适的画师。

翁格格在画室已经实习一个多星期了。翁格格的表现，比老鲁预想的要好。好，不是因为她画画的速度。她画画的速度太慢了，简直让他忍受不了，平均两天半画一幅《自画像》。如果指望她完成荷兰方面的任务，这要多久才能完成？一周了，第三幅还在打磨中。"打磨"这个词，也是翁格格说的——胡俊觉得她的第三幅《自画像》已经完成了，夸了她一句，她就说："不行，还得打磨打磨。"老鲁最讨厌的就是打磨了。什么叫打磨，就是磨洋工嘛。除却"打磨"，老鲁对她的绘画水平还是有好感的。如果不掺杂个人情绪，她临摹的《自画像》，比任何人的卖相都好。"卖相"，是老鲁的专用词。他猜想，她有可能像他不喜欢"打磨"一样地不喜欢"卖相"这个词。但，不管怎么说，老鲁对她心存希望了，觉得要不了多久，她就是另一个白色鸟了，就能独当一面，给他带来可观的效益了。虽然，也许，翅膀硬了会自己飞，会另攀高枝，会自立门户，但毕竟在飞走之前能为他所用啊，能为他赚来大把的钞票啊。

但是，荷兰方面的吴小姐的电话又打来了，催问他能按时交货吗。老鲁算了下日期，满打满算还有一周的时间，《星夜》没有问题，他明日就可完成；《咖啡馆》也没有问题，胡俊后天就可以告竣，他和胡俊可以腾出手来用四五天时间突击画出《向日葵》了；而《自画像》和《丰收》怎么也赶不出来了。荷兰方面最在乎的可能就是《自画像》。如果他们合力赶制《自画像》，《向日葵》和《丰收》同样赶不出来。怎么办？老鲁立即想到了一个救急的办法，想到了街边的那个小摊。那天，就是他去找白色鸟的晚上，在回画室的途中，他看到一个供艺术展示的小广场的边上，有一个给游客画肖像和漫画像的小摊，一幅漫画或肖像要价四十元。在标价的小黑板上，还贴有一幅自画像，这是摊主做广告用的，表明自己敢给顾客画漫画和肖像，是有底气的。最让老鲁吃惊的是，在小黑板边一个长条形木质旧茶几上，摆着几摞画，其中一摞，就是凡·高的作品。他随手翻了翻，凡·高各个时期的代表作几乎都有，有的一幅两幅，有的五六幅，那几幅尽人皆知的名画就更多了，仅《自画像》就有四五十张，虽然颜色不一，水平参差不齐，画工偏于稚嫩，可能是临摹者不同时期的作品，也可能是艺校学生们的作业。如果买回来，润色一下，可不可以呢？老鲁没有把自己的想法告诉胡俊和翁格格，他悄悄出门了，很快就来到了那个小广场上的艺术展示区，找到了那个画摊。

"这油画卖吗？"

"大叔，您说话真是好玩耶，不卖我摆着看的呀？卖！"年轻人只抬一下头，看这个大叔土里土气的，不像是他等待的顾客，便继续玩手机了。

"大叔"的称呼,让老鲁心里不爽,虽然四十岁了,对眼前这个年轻人来说,确实是大叔辈了,可他内心里一直没觉得自己是"大叔"辈的,一直以为自己还是个青年,还有很多未来和很多钱要赚的大青年,怎么在他眼里就成了大叔?"多少钱一张?"老鲁要买他的画,不想把心里的不爽流露出来,继续和颜悦色地说。

"十块,随便挑。"

这么便宜!老鲁心扑通扑通地跳了起来。这个价格有点离谱。十块钱,连画布和颜料的成本都不够啊!随便在野地里薅几把草,在画家村的街头一摆,也不止十块钱啊!"买两幅赠送一幅。"年轻人又说,继续玩手机。

哈,这简直就是白送了。老鲁心里暗喜,一张一张地翻看,心里算着,买两幅赠一幅,就是二十块钱三幅呗,二百块钱三十幅呗,相当于捡来的。老鲁挑了九十幅,其中有二十八幅是《自画像》,余下的都是《向日葵》和《丰收》。此外,还有两幅,一幅是有一个收割者的《麦田》,另一幅是《鸢尾花》。前者老鲁也画过,难度比较大,那黄色的、被太阳烤焦了的麦子是一笔一笔点擦上去的,要是图省事地涂抹,就坏了。这一幅就有涂抹的痕迹,但也还有点看相。他多买这两幅和荷兰方面所要之画不相干的作品,无非想迷惑一下摊主,自己不过是喜欢罢了,不是要贩卖的。

"收款。六十幅。"老鲁打开手机,准备扫小黑板上的二维码。

"这么多!"年轻人终于从手机上抬起头来,看着那一大沓,惊讶地问,"多少幅?"

"六十啊,再加上赠送的三十幅,共九十幅,六百块钱,对吧?"

"对是对，可我不想卖给你了。"年轻人看到他身上斑斑点点的油彩颜料了，猜到他是干什么的了。

"为什么？我正在装修房子，买回去好吊天花板。价是你开的，说话不当话啊？"

"装修房子？"

"是。"

"你以为我不认识你？"

老鲁想了想，确定不认识这个年轻人，口气硬硬地说："管你认识不认识，你出价我出钱，就该成交。"

年轻人没讥到他，便精明地说："我是说买两幅赠一幅，没说买六十幅赠三十幅啊！你把好的都挑了去，剩下的我卖给谁？再说了，装修房子怎么会只买这三种？嘿嘿，要不这样吧，也难得遇到你这样的大买家，你要真想照顾我的生意呢，请坐下，我给你画一幅漫画可以吧？半天没有生意了，就算对我的奖励，补个小红包呗。来来来，您老人家坐好。"

格局不大嘛，不好意思坐地起价，就出了这么个招数。老鲁放松了，说："我正想画一张漫画呢，也看中你的手艺了，可我有事啊——多给你四十块钱吧，不，五十得了。"

小伙子笑了笑，成交了。

7

老鲁得意地抱着一大卷画回到了画室，想把刚才的奇遇讲给胡俊和翁格格听。可翁格格不在了，就问："小翁呢？"

"下班了。"胡俊说。

老鲁看看时间,刚六点,说明她是提前下班的。提前下班,不是翁格格的风格。这几天,她每天都是多待一小时到两小时的,到七点后才回家。虽然晚上七点后不是老鲁规定的下班时间,但他也没有规定六点下班啊。六点下班不过是通常的下班时间。他这是私人画室,按劳取酬,多干多得,少干少得,不干不得。作为学徒,可能不受时间的限制,但提前回家至少要讲一声吧。"我看这个小翁不咋的嘛,屁都不懂。"胡俊话风突然变了,"太磨洋工了,你看没看到?太磨洋工了,咱画室要的是画工,不是大师,还把自己当成人物了,转起来了。凡·高是谁谁不知道啊,一口一个文森特文森特,文森特的风格,文森特的艺术追求,文森特的交谊,谁不知道文森特·凡·高?说这些有屁用,跟咱们有屁关系!"

"前两天你不是还夸她有前途吗?"老鲁说完,突然意识到了什么,一准是他们闹了不愉快了。胡俊是个粗人,什么都表现在脸上,也表现在嘴上。开始也是他想留她的,"放屁还添风"就是他说的,后来还请人家吃饭,还不止一次地说她用笔正,用色正,有底子。这才几天啊,话锋就转了。"文森特·凡·高"翁格格又不是第一次说了,有那么反感吗?说人家"屁都不懂"。说了句"文森特",不至于冒犯你吧,一准是你冒犯人家小姑娘了。

"我那是夸她?夸她什么啦?我才不会夸她。"胡俊说,"你看我是夸人的人?她哪里值得我夸?我是说她不懂装懂,还干不出活来。她干不出活来,不是影响我干活吗?"

"影响你了?"

"影响我了。"

"你干你的,她画她的。"老鲁息事宁人地说,"互不相干嘛。"

"不一样——我当然干我的活了。可该她画的画不出来,将来还不是我来拼命顶?干一幅拿一幅钱,又不多拿,拼出毛病来,损失是谁的?"

胡俊这么说就把话说死了,而且和陈大快是一个套路,说来说去,还是嫌钱少了。老鲁不搭理他了。老鲁走到自己的桌前,把刚抱回来的一大卷画小心地打开,找几幅相对好些的,摁到墙上,远看看,近看看,心里很纠结,一会儿觉得上当了,六百块钱白花了,不,六百五十块钱白花了,真的是一堆废品了;一会儿又觉得,改改或许能改好。他想叫胡俊过来看看,出个主意,主要是看能不能改,怎么改,出点钱给他可以的。还没等开口,就听到身后响起脚步声,并丢下一句:"吃饭去了。"

老鲁听出胡俊的话里有情绪,等他吃完饭回来再说吧。

可胡俊前脚刚走,翁格格就进来了。

"啊,还以为你回家了。"老鲁说。

"没有啊,刚才出去吃了点东西,准备晚上加个小班,"翁格格笑吟吟地说,"这个点正是下班高峰期,公交车排队能排死人,不赶这热闹的。"

"胡老师刚走——也吃饭去了,你们没一起?"老鲁是个有事藏不住的人,他想知道胡俊为什么突然反感翁格格。

"我自己吃点。"翁格格显然不想说,她脸上有些细微的变化,不是太自然,又赶快打岔道,"鲁老师,你在看什么?《自画像》。这么多,谁画的?"

"看看,怎么样?"老鲁听她转移话题,也不想探究了。

翁格格走过来，欣赏墙上的画。

老鲁闻到她身上麻辣烫的味道了："吃麻辣烫啦？"

"是啊。"翁格格不好意思了，嗅嗅鼻子，"味儿很大吧？"

"还行。我也爱吃的。"

"哇，太好啦，哪天我请你吃。"

"不让你请。你还没挣到钱，我请你。不过麻辣烫不挡饿的。"老鲁看她眼睛一直离不开墙上的三幅《自画像》，说，"提提意见。"

翁格格脸上的笑意渐渐收拢了，进而消退了，严肃了。她看了一会儿，说："鲁老师别见怪啊，说真话，我喜欢你的画室，却不怎么欣赏你们的工作——我的话并不矛盾，画室有一股特别的气味，神秘、莫测、迷人而又艺术，会让人产生幻觉，也会让人联想很多，是我最喜欢的了。但是画室一直在画文森特·凡·高的作品，而且是一种低质量的临摹，让我有点、十分、特别地失望。凡·高不是那么好画的。凡·高一生都沉溺在对艺术的追求中，他有着巨大的、无法平息的、怪异的激情，有着独一无二的执着、非常人能够理解的固执。'我是个狂人！'这是凡·高向世界发布的决不妥协的宣誓，他的内心有一股强大的力量，有一团持久喷薄、熊熊燃烧、无法熄灭的火焰。不论是在津德尔特的河滩上捉夜虫、搜集画册、传播思想，还是挑灯夜读，孜孜不倦地沉湎于莎士比亚和巴尔扎克等大师的世界中，都让人倍生崇敬。而且，不仅是画画，他做任何事情都是全身心地投入。所以说，不了解凡·高，不走进凡·高的内心，不了解他所处的世界和当时的环境，画出来的凡·高，连皮毛都不是，就算是高级的模仿，很像，太像，十分像，也不过是像而已，缺少画意，缺少生命，缺少历史的沉淀，也没有传承，充其量不过是一幅复制品、一幅纪念品，仅此而已。"

"你把这话说给胡老师听过？"老鲁像是找到胡俊反感翁格格的原因了。

"大致表达过。"

老鲁明白了。老鲁画了二十多年，当老板也快十年了，第一次听人这样评价凡·高。他无法反驳她。他觉得她句句都在理。但他不懂，他不知说什么好。而翁格格平静的、直率的表达，有点感染了他，觉得这个小姑娘了不得，能说，会说，敢说。但他心里还是油然升起和胡俊类似的念头，一种不以为然、不屑一顾的念头，觉得她真的是在卖弄，是在欺负他没读过几本书。他便直截了当地说："我不管文森特·凡·高做过什么，有多了不起，我画他，画他的画，在荷兰，在法国，在意大利，在比利时，都卖得不错。实话实说吧，这一堆《自画像》，还有《丰收》和《向日葵》，是我刚刚收来的，有好有坏，需要修改。改出来了就是钱。你懂那么多，就由你来改，抓紧时间改，要改得像真的一样。"

"真的一样我做不到。"翁格格看着老鲁，嘴角牵起一丝笑意，不是瞧不起或鄙视的笑意，是内心的真话，"我们都没见过凡·高的真迹，再怎么改也不可能像真的。"

"见过画册啊，改得像画册上一样就行。"

"画册本身就经过无数次的翻拍和印刷，很失真。再说了，就是文森特自己，他画那么多《自画像》，有两幅是一样的吗？我不是不想修改啊鲁老师，从我自己的角度考虑，我宁愿临摹，也不愿意修改这些画。你别为难我了鲁老师，嘻嘻，我请你吃麻辣烫吧。"

老鲁想生气又想笑。生气，是她不听他的安排；想笑，是她还是小姑娘的做派，带有点撒娇和卖乖的样子，而且还是有点笨拙的撒娇和卖乖。老鲁便说："好吧，你不干，只能让老胡来干了，你还是继续临你的吧。对了，老胡神神道道的，你是不是得罪了他？还是他得罪了你？"

"没有啊！鲁老师这话从何说起？他人挺好的呀，虽然长相尴尬了些，不是不是，我不是要打击他的长相，我是说，他这人挺有意思的，我不是八婆啊，他讲了你。"

"哦？"

"也不算什么事，就是说你小气——当老板的，谁不小气？不小气怎么赚钱？我就说，那是生意，跟小气无关，他就生我的气了，说我屁都不懂。哈哈，我不怪他。"

老鲁也哈哈乐了。既然胡俊和翁格格之间没发生别的事，他就放心了，说："随他怎么说吧，干活。"

"鲁老师我争取今晚把这一幅画完啊。"翁格格欲言又止地犹豫了片刻，说，"反正我不改那堆画。"

"交给老胡和我了。"

老鲁和翁格格工作没多会儿，胡俊回来了。

胡俊是带着一身酒味回来的，头上还磕破了一块皮，露出鲜艳的血痕，像谁用画笔潦草地擦了一下。胡俊歪歪趔趔、磕磕碰碰，先是撞了一下门框，又撞了一下墙壁，发出砰砰的响声，听着都疼。该死的墙显然碍他的事了，他两手撑住墙壁，向后退一步，退两步，又向前蹿出一大步，刹住车，使劲睁睁眼，可眼睛并没有睁开，便一头扑向那块瑜伽垫了。那块卷起来的瑜伽垫被他扑了开来，他一头扎上去，半截身子躺在地上，嘴里哼哼唧唧，又一连放了几个屁,瞬间打起了呼噜。

翁格格看看老鲁,说:"醉啦?"

"醉了。"

"怎么办?"

"别管他,睡一觉就好了。"老鲁拿一瓶矿泉水,放在他头边,又把他的腿挪到瑜伽垫子上,像是对胡俊也像是对翁格格说,"好嘛,这酒喝的!醒酒喝口水,舒服。"

屋里弥漫着浓烈的酒臭味和屁臭味,连老鲁都难以容忍了,他怕翁格格更是受不了,就难得体贴地说:"回家吧,今晚别加班了。"

"你呢?要照顾他?"

"不用照顾,让他睡。"

"你们男人都经常醉酒吗?老师你也喝成这样过?"

"我不喝酒。"

"稀罕人。"翁格格一笑道,"我能请鲁老师喝一杯吗?"

"你喝酒?"

"如果鲁老师肯给面子,也能喝点。"翁格格进一步说道,"刚才,关于文森特·凡·高的话题意犹未尽呢,何不再交流交流?我发现了一家叫罗马假日的咖啡店,应该有点特色的。"

老鲁觉得是时候和翁格格聊聊了,她来了一个多星期了,自己和他还没有认真谈过话。他只是从翁格格和胡俊的聊天中,对她的情况略知一点。他想知道她更多的事,想知道她经过一段时间的练手,画艺精进、老到了之后,会不会留下来做一个职业画工,这是老鲁迫切想知道的。老鲁一听说要继续交流,怕她反悔似的,赶紧说:"好呀,我知道罗马假日的,这家咖啡馆不错,简餐也挺好,牛排特别地道。走,我请你!"

"好呀,听老板的!"翁格格高兴了。

这些天来,翁格格难得露出如此真实的笑容,走路也轻快了很多。她今天的装扮也是十足的小清新,裙子还是那条砖红色的棉麻大肥裙(应该是她今夏的主打了),修身小T恤换了件白色的,也是带夸张图案的,鞋子是平底的尖头小皮鞋。这是对身高非常自信的女孩才敢穿的平底小皮鞋。他们穿过画家村的几条宽宽窄窄的小街,穿过明明暗暗的灯色,来到位于米格尔街拐角处的一家独立的欧式建筑里。

8

咖啡馆的环境确实不错,有点网红店的意思。靠窗的好位置都坐着时尚的年轻人,两两成双喁喁小谈的,也有单独一个人在笔记本电脑上忙事的。老鲁和翁格格选一个大厅里四面不靠窗的位置坐下来。老鲁拿过菜单,问翁格格要吃什么。翁格格说一杯咖啡,够了。老鲁知道她吃过麻辣烫了。但麻辣烫不挡饿的,就点了几样好吃的,都被翁格格否定了,套餐不要,煎牛排不要,法国鹅肝也不吃。她只要一杯咖啡。一杯咖啡怎么行呢?老鲁不想给自己省钱。他想在翁格格面前改变小气的名头。但翁格格坚持一杯咖啡足够了,还说吃什么不重要,重要的是想和鲁老师聊聊。被请的人什么都不吃,老鲁仿佛被歧视一样,怏怏不乐地要了一份意大利面,自己吃。待面上来了,老鲁要分点给她,她居然接受了,用筷子挑了一点点，感觉仿佛是在给老鲁面子了。老鲁又觉得，她也不是太装。

"不是要喝酒吗？给你要一杯红酒？"老鲁说。

"开玩笑的，我哪能喝酒啊。"

"那随你啦。"

老鲁狼吞虎咽地吃了意大利面，便天南海北地和翁格格聊了起来。老鲁在画家村混了这么多年，对画家村的变迁了如指掌，发生在画家村的趣事逸闻也积累了很多，讲起来没个完。翁格格认真地听，或胳膊支在咖啡桌上，或两手托着下巴，或靠在椅背上，偶尔响应地哼一声，或一笑，或颔首。老鲁说着说着，突然意识到她只是一个听众了，便收了话题，让她再谈谈凡·高。她不说话，或者是在思考该怎么说，但终究没有说。老鲁又想起初次见到翁格格的那天早上，便笑着说："那天你那么早地来画家村，是找工作的吗？"

"哪天？噢——晓得了，那天呀，那天还吃了你一套煎饼果子呢。"翁格格快乐地说，"正想问你啊，你是不是把我当成流浪汉啦？不，应该是流浪女，是不是？"

"没有。那天光线不对，你站在背阴里，一动不动，背景的墙上全是涂鸦，我的眼睛被太阳晃花了，你就成了涂鸦的一部分了，就像嵌在墙上一样，吓着我了。也不是，不光是吓着，怎么说呢？反正吧，头天晚上，我接到荷兰方面的一个电话，然后又收到一笔可观的定金，感觉很开心，我就请画室的画工吃早餐。那天见谁都想请。还记得那只猫吗？都想请它吃一顿大餐。那天是不是冒犯了你？"

"觉得挺怪的,谈不上冒犯,不过你成功地引起了我的注意。我没有吃你恩赐的煎饼果子——那天我吃过早饭来的,是骑着扫码单车来的,来太早了,正犹豫不决不知要干什么时,就发现了你。对,是发现。后来就跟踪了你。你不知道吧?"

"不知道。哈,怪不得你找到了画室。"老鲁奇怪地问,"你在那里干什么?"

"你没觉得那天早上的太阳很厉害吗?怕太阳晒啊,走在阴凉里,有什么不对吗?女人不都是怕晒的嘛。"翁格格表情平静,声音清幽而流畅,"有没有注意我刚才用了'发现'这个词?其实,那天我发现了一个巨大的秘密,你,摊煎饼的女人,还有煎饼摊,还有那热热烈烈的早晨的阳光,是一幅很高级的构图,像极了文森特·凡·高的画,不是具体的哪一幅,像他画里的某个场景,或者说,是凡·高经常要表现的东西,写实的,夸张的,热烈的,独特的,无法平息的,很生活,很扭曲,很真实,又很艺术,总之,就是凡·高的那个味道。我就看痴了,同时也被你发现了。"

"你是说,你当时呆呆的样子,是在欣赏一幅画,一幅凡·高的画?"

"没错,可以这么说。嘻嘻,你看人准的,呆呆的样子,就是我,我有时很痴的。"

"可是怎么会是很扭曲的还无法平息,什么意思?"

"这个嘛……"翁格格想了想,像在思考着怎么表达,最终,轻摇一下头,从她的包里拿出一个速写本,翻了几页,放到了老鲁的面前。

老鲁惊呆了,速写本上果然有一个煎饼摊,一个女人扎着围裙在摊煎饼。在煎饼摊的对面,一个男人在刷手机。这个构图紧凑,摊煎饼的女人和煎饼摊是一个整体,刷手机者游离于那个整体,但又有某种联系。一只猫从刷手机者的脚前走过。背景是一排绿化树,树丛中是忽隐忽现的高低不等的建筑。一枚太阳从楼缝中升起。这幅速写的不同凡响之处是,构成这些画面的笔调,不像是一幅规矩的速写,而是铅笔和墨水笔的混合,是物体、人体的变异和夸张,是抑制不住的激情和生命力,但又不失为真实场景的重现。

"你画的?"老实说,单凭老鲁的欣赏能力,他只觉得这是一幅非常高明的速写,但他说不出这幅速写高明在哪里,也无法和凡·高的画相联系。他没画过速写,也没看别人画过。他只在书上看到过。他画艺的提高,不需要速写来铺垫。他的绘画功底都是一点点积累起来的,是从没日没夜临摹数万张世界名画磨砺出来的。他所惊讶的,是没想到自己成了别人的速写对象,成了别人画中的人物,而且,特别神似。

"当然是我画的啦。"翁格格说。

"可是,这和我在书上见到的速写不一样啊。"

"为什么要一样呢?你觉得谁的画和凡·高的画一样?一样的叫临摹,叫模仿。凡·高有一个朋友,用多年的时间,试图驯服他脱缰的画笔,改变他放荡不羁的画风,而凡·高最终还是文森特·凡·高,这样的凡·高才被后人如此大规模地模仿。先不评价这幅速写,其实我也只是学点皮毛,但你会不会联想到《黄屋子》?联想到《公园里的夫妇和蓝枞树》,还有《吃土豆的人》《塔拉斯孔的驿车》《阿尔勒朗格鲁瓦桥边洗衣服的女人》?这些画中的人物和静物,人物和静物的关系,和你买饼时的情态是一样的,像是游离,又像有照应。如果运用凡·高的笔法上彩上色,真的就能以假乱真了。"

"那会不会是造假?"

"当然不是。不署上文森特·凡·高的名字,就是创作。"翁格格微微一笑道,"要说造假,你搞的那么多《自画像》《向日葵》《星夜》《丰收》《咖啡馆》才是造假呢。用学到的技法,画自己的作品,不叫造假,叫创作。"

"可是,不画《自画像》《咖啡馆》这些,挣不到钱啊!"

"从挣钱的角度来讲,当然无可厚非。"翁格格脸上的笑收敛了,"但做自己,画自己的东西,会有自己的面目,是自己的作品,可以建立自己的体系、自己的王国。"

"你的理想?"

"是的。"

"野心不小!"

翁格格自信地说:"鲁老师,你是在夸我吗?谢谢你了,我将来是要成为我自己的。我喜欢文森特·凡·高,但我决不永远临摹凡·高啊,高更啊,米勒啊,我要画自己的东西,让别人来模仿我。我就是我,我要成为我自己。我希望,鲁老师也能成为你自己。"

老鲁接不下去了。他不觉得她的话哪儿不对。但他也不赞成她的话。她是在暗笑他一直在临摹别人,没有自己的创作,她不知道那是在挣钱。不过他也承认她心气很高,果然是个不凡的女孩。看来她是不会留在自己的画室的,她不会成为自己想要的那种画工。与其耽误自己挣钱,还不如让她早点离开,至多一个月期满后,就让她走。

老鲁想结束这次小聚了。

但他看到翁格格目光偏向了左侧。她的目光是专注的,透着一种欣赏和兴奋。老鲁也悄悄看过去,一个和他年龄相仿的男人,坐在靠窗的桌前,正在打瞌睡,桌子上是一只带托盘的咖啡杯。老鲁认出来了,这是陈大快啊。陈大快怎么在那儿?翁格格认识他?老鲁记得她那天到他画室时,陈大快已经辞职离开了啊。她是接手陈大快那幅没有完成的《自画像》的,他们应该不认识。但是,陈大快什么时候坐在这里的呢?什么时候睡着的呢?陈大快看到他和她了吗?怎么不打声招呼?"认识他?"老鲁问。

"不认识——这是一幅很好的构图,你看他,睡得多香啊,口水都流下来了,坐姿太有画面感了,我要把他画下来。"翁格格拿过速写本,从包里抓出几支铅笔。

老鲁看陈大快的坐姿确实太不雅了,身体斜靠在椅子和窗户形成的直角里,赤裸的右脚垫在左边的屁股下,左腿撇开很远,一只鞋子横在椅子下边,而左脚上的鞋子挑在脚尖上,摇摇欲坠。这有什么好画的?老鲁想,挺丑的啊。

"鲁老师,你帮我拍张照片吧,拍我工作时的照片。"翁格格悄声说,她眼神始终没有离开陈大快,手上的笔在不停地勾画。

老鲁便用手机,一连拍了几张。

"发给我啊。"她笔还是没停,眼神依然专注。

老鲁应了一声,看看照片,还行,就把照片发了几张给她。老鲁看她如此投入的样子,既不能打扰她,又不能一个人离开,干什么呢?就再次欣赏刚拍的照片了。不知是拍摄技术好,还是她本来就好看，老鲁觉得照片上的她，脸上线条很柔和，神情平静而专注，给人很舒服的感觉，再加上四周的灯色很温润，有一种淡淡的光泽，她在那样的光泽中，透出一股神奇的感染力。老鲁再看她本人，意念中，在她四周镶上了华丽的画框，居然和照片中的她重叠了。哈，她在画别人，她画画时的样子，又何尝不是一幅画？时间在悄悄地流逝，四周萦绕着咖啡甜腻的香味。她的存在，她工作的专注，让对面的老鲁不敢乱动，连呼吸都屏住了，怕不小心惊扰了她。她那么爱速写，那么爱画。老鲁再一次想起她手机里存着的画，想起她妈妈的肖像、老屋的速写。老鲁害怕自己的思绪也顺着时光回去——事实上他脑海里已经现出七十多岁老母亲的影像来了。他赶紧举起手机又拍了几张。

9

　　没想到老鲁栽了个大跟头。
　　老鲁寄到荷兰的这批画，有三分之二不合格，被退回来了。老鲁一下子傻了眼。他还从未遇到过这样的事。这是老鲁第一次被退画。而且，因为涉嫌欺诈，对方还威胁要罚款。
　　老鲁不淡定了，立即给荷兰方面打电话，承认因为时间紧，一部分画没有画好，他一定会弥补这个过失的。荷兰方面也并非要把他一棍子打死，对他改造的那批画，吴小姐只是一带而过，让他不能这样投机取巧了。并且暗示他，HD画廊的老板可是懂画的，一丝一毫的误差都能看出来，何况这么大的偷工减料呢。吴小姐也传达了HD老板的意思，这批画，合作还继续，在时间上不再要求了,因为没有按合同规定的时间交画,违约的款还是要罚的。但是,考虑到以前的愉快合作,如果能确保把所缺的画补上,还可以拿到该拿的款项。就是说,罚款归罚款,画钱人家也一分不少给,而且时间上还没有要求。这简直是再好不过的结果了。

即便如此,老鲁还是遇到大困难了——手下无人了。早在不久前,翁格格一个月实习期满后,他没有再留她。虽然翁格格流露出不想离开的意思,但他还是狠心地叫她走了。而就在昨天,胡俊毫无预兆地辞职不干了。一个多月前还欣欣向荣的先圣画廊,一下子只剩他一个光杆司令了。这就是人们所说的"屋漏偏逢连夜雨"吗?看着荷兰方面退回的一大包画,他犯愁了。三分之二的不合格品里,也有一部分是胡俊画的《咖啡馆》和《自画像》。当时没有注意,现在看,胡俊的画确实比以前退步了不少。不,不是退步,是没有认真,过于马虎和草率,可能太过追求速度了;也可能,他早有要走的打算,才这样应付差事的。现在,老鲁所面临的,是就连胡俊这样的画家都流失了。如果不采取措施,不仅完成荷兰方面的画有困难,还涉及他画室的前途。那么,问题来了,胡俊为什么要辞职?陈大快的辞职,有可能是因为没有涨工资,胡俊是因为同样的原因吗?他决定给胡俊打个电话,再劝劝他,承诺给他加工资。他拿出手机,拨通了胡俊的手机。铃声一直响到自动停止——胡俊不接。看来,胡俊是不想再和他啰唆了。胡俊是一走了之了,可给他造成的影响,不仅是任务没有完成,不仅是罚款,关键是,他的信誉大打折扣了,就算荷兰方面很宽容,可谁的心里没有一杆秤啊?所以,当务之急,是要画出一批更为优质的画,最大限度地挽回不利影响。

老鲁想到了陈大快。陈大快看来工作不太紧张，他能够一个人在晚上泡咖啡馆，而且悠闲地睡着了，说明他有时间。要是请他帮帮忙，哪怕多开点费用也行啊。不知道陈大快肯不肯给面子啊。此事不能打电话，要诚意满满地当面谈。

　　白色鸟画廊高大而敞亮，人一进去，就被周围的名画包围了。那个一直保持端庄微笑的接待小姐礼貌地问他找谁。他说白老板。他没说陈大快，他怕接待小姐不知道陈大快是谁。

　　白色鸟一看是老鲁，惊讶地说："鲁老板，稀客啊！怎么有心情来我这儿？"

　　"你这是好地方，高级，上档次，来学习啊！"

　　"这一夸，我会飘起来的。是不是找大快的？"

　　"你看，连撒谎的机会都不给我了——我就不能来看看你，欣赏欣赏你的画廊啊！算了算了，就是来找陈大快的，这家伙在你这儿混得得心应手吧？你们是不是……啊？"老鲁把两个大拇指碰了碰。

　　"不会不会，就是互相利用，哈哈哈……他在干活呢，画米勒的《晚祷》，一个大老板定制的，出这个价。"她竖起四根手指，"来画室看看他。"

　　"四千？"老鲁觉得挺高了。

　　"老鲁，格局能不能大点？四千，过家家啊！四万！"

　　老鲁心头被震一下，一张《晚祷》要四万，难怪陈大快要跳槽了，提成不会少啊，百分之二十还有八千的收入。老鲁断了要请他帮忙的念头了，结结巴巴地说："他忙，忙就算了。我随便看看。"

　　白色鸟也陪着他。白色鸟一袭白衣长裙，黑色细高跟皮鞋，气质高贵而优雅,早不是在老鲁画室画一幅几十块钱的画工了,她陪着老鲁参观,也是给足了老鲁面子。老鲁心里不由得又自卑起来,觉得从他那里离开的人,都越混越好了。

"不会是来挖人的吧?"白色鸟警惕地笑问道。

"陈大快啊,他就是求我,我也不要他的——人往高处走嘛,他在你这儿合适。"

"这话我爱听——调教好了,这人还是很能画的。"白色鸟看老鲁盯着一幅画,便自夸道,"这是莫奈的画,大快的手笔,你看看这些睡莲,一朵一朵的,鲜活水灵,都能摘下来了。一天画十幅和十天画一幅还是不一样的。你看这边,也是莫奈的,稻草垛系列,六幅,同一内容,高明之处是,在每幅中运用不同的光,表现一天中的不同时辰,从早晨到黄昏——这个系列的作品已经被订走了,十八万。"

其实,老鲁虽然在看画,但他的心早不在画上了。他没有注意那些睡莲,更没有发现稻草垛的光色变化,他在想,他发往欧洲的那些画,他们卖多少钱一幅呢?他还想,胡俊辞职后也干这个工作吗?被高档画廊聘请啦?老鲁心里产生了危机感。更让老鲁无地自容的是,白色鸟说话的口气,她说一幅四万,说一个系列十八万,说稻草垛光色的变化,说睡莲鲜活得可以摘下来,仿佛不是炫耀,而是在奚落他。

"接待室喝茶去。"白色鸟客气地邀请道。

"不了,不了。"老鲁仿佛才醒过神来,杂乱无章地说,"有点事从你门口经过,就来看看了。挺好挺好。我也忙,得啦,走了。留步。"

"真没事吧？"白色鸟送他到门口。

"没事。"

"老胡也好久没见了。"白色鸟说。

"他不干了。"

"啊？胡俊不干啦？你要改行？"

"谁说我要改行？"老鲁一句也不想再说了，匆匆离开。

10

老鲁无心画画了，决定去看看翁格格。

既然画工一时半刻找不到，街上的烂画又不能滥竽充数，工作就不能停下啊，画一幅赚一幅。抱着这样的心理，他从白色鸟画廊回来就开工了。在退回的画中，包括全部的《自画像》，其中就有陈大快画的、翁格格改的那一幅和翁格格画的几幅。老鲁觉得，他从市场小摊上买来的那些被退也就算了，陈大快和翁格格的不是挺好的吗？他有点不得其解，进而又想，自己的水平和陈大快的应该不相上下，难道就不会再被退？老鲁越画手越软，越画越没有信心，就想起了翁格格。翁格格在干什么？眨眼又一个星期了，何不给翁格格打个电话？如果她愿意，还可以再回来嘛。放屁也添风，胡俊的话没错，至少，多些人气。

"喂，小翁你好，我是……"

"鲁老师，听出是你啊。你好，鲁老师，怎么，出事啦？"

这都什么人啊！老鲁立即想到白色鸟，白色鸟看出了他要"改行"；打个电话，又被说"出事"了，哪来的根据啊？不过他虽然没有改行，但是如果任由这样的情况发展下去，改行是迟早的事。翁格格说"出事"，可不就出事啦？画被退回，画师无缘无故地辞职，都被说中了。但老鲁还是故作轻松地调侃道："出什么事啊？哪有那么多事出啊？你才出事了——要有人请你吃饭了。"

"谁？"

"我呀。"

"哈哈……鲁老师，想不到你也幽默啊。"翁格格说，"现在才几点啊，晚上吃吗？我迟点去可以吧？我在画东西呢。"

"画啥呢？"

"画，就是一幅画，不想告诉你。"翁格格的声音犹犹豫豫的。

"能看看吗？"

"你到马各庄啦？"

"我知道马各庄怎么走。"老鲁有一天在画家村村口的公交站点，无意间看到一辆驶过的公交车，终点站就是马各庄，他默记了一下，还真的起了作用。"369坐到底，是吧？我还没到，不过快了。马各庄有好吃的馆子吗？"

"有啊，好吃的可多啦。你来马各庄，该我请你。"

"谁请都行，要紧的是我要看看你画什么。"老鲁敏感地觉得她吞吞吐吐的话里，一定藏着什么。

"要到我家啊，好紧张啊！好吧，差两站时告诉我，去接你。"

通完电话，老鲁看着墙上挂的几幅流水作业的《自画像》，越看越没劲，越看越味同嚼蜡，去看看熟人，换换心情，未尝不是很好的选择。他看看自己的穿着，觉得这样脏兮兮地去见一个女孩，似乎不礼貌。但回家换衣服又耽误时间。再说了，家里也未见得有合意的衣服。他便拐进画家村的一条小街,去一家卖纪念品和特色服装的店里,挑了一件T恤。这T恤不便宜,麻的,带有一点文化衫的意思,宽松,黑色,上面印一行小绿字:你才是画家了。他又挑了一双个性十足的休闲皮鞋,什么牌子他也不讲究了。

穿上新T恤和新皮鞋,出门后,把试衣服时换下的旧T恤和旧旅游鞋扔到了垃圾桶里。

公交车停停靠靠十几站,就到了郊外,路也不如城里平坦了,路边是一片片苗圃和绿化带,路上车少,红绿灯间隙长,车行速度很快。他感觉这段路不近。想起那天翁格格说骑扫码单车去的画家村,不禁想,这要骑多久啊,两个小时?为了锻炼还是为了省钱?他没有等到差两站时给她发微信,而是还有三站时,告诉了她——这是让她提前准备的意思。

马各庄真的是一个村庄。这和画家村的概念完全不一样。画家村是市中心一个废弃的工厂改造的。马各庄再怎么改造,也是一个村庄。都是盛夏了,马各庄还没有一点生气,一色的红砖红瓦的平房都是灰头土脸的,每户人家的墙上,都写着大大的"拆"字。

隔着老远,老鲁就看到翁格格了。

翁格格打着一把伞,正翘首望着公交车呢。

他们行走在马各庄的村街上。翁格格主人一样地介绍着马各庄的历史,并且非常遗憾地告诉老鲁,她也住不了多久了,今年冬天,马各庄就要整体搬迁了。老鲁对此并不奇怪。老鲁奇怪的是,她怎么会住在这么一个面临拆迁的大村子里。老鲁想起那天在咖啡店里,他在翻看她的速写本时,看到几幅速写的建筑——水塔、烟囱、铁匠铺、豆腐坊、院墙带门楼的四合院,这些建筑上都有一个

"拆"字。看来她把这里当作她创作的基地了。

拐进一条小巷,走到第二排第一户院子时,翁格格说:"到了。"

这是一户典型的北方庭院,有两间东厢,是厨房。正房是三间,当间儿两边各有一个房间,东房的门紧闭着,西房的门敞开着。当间儿除了一个方桌子和几把椅凳、几堆绘画工具,简直就是一个杂物堆,夹杂着皮箱、衣架、椅凳和靠在各种物体上的画。墙上也挂着画。从西房敞开的门望进去,有旧家具和床。床上是零乱的,散落着枕头、靠垫和布猫猫,还有笔记本电脑,深蓝色的床单拖下来。梳妆台上放着大大小小的瓶瓶罐罐。屋里弥漫着油画颜料和陌生女孩的气息。"乱死了。"翁格格说,便带着老鲁简单参观了院子、厨房,介绍了院子里的几棵树,最后回到当间儿,笑嘻嘻地说,"欢迎鲁老师来我的小狗窝指导。"

"挺好挺好,"老鲁再次伸头向西房看看,评价道,"乱而有序。"

"哈哈……还是鲁老师会说话。鲁老师,我没有茶,给你泡一杯咖啡啊。"

"不喝了。"老鲁看到了方桌上的烧水壶和咖啡杯,"挺宽敞的,就你一个人住?"

翁格格看一眼东房,嗫嚅道:"不是,室友上的是夜班,她正在屋里睡觉。"

"哦,那咱们说话小点声。"

"没事。我们一会儿去吃饭,你看看我的新画。"翁格格站到其中的一幅画前,"本想把这幅画带到你的画室请你指点的,正好你来了——是不是很熟悉啊？我给它起了个名字，叫'煎饼摊前的男人'，或者叫'早餐'。"

画面确实很熟悉，就是那天他买早点时的情景再现。如果说，那天在咖啡馆初看到这幅速写时，他震惊了。那么，现在他不再是震惊，而是感叹，感叹她能把生活如此还原，能让生活变成一幅有质感的画。为了传达摊煎饼的女人粗犷的特征和细心的操作，她用了强烈对比的饱和色彩的厚重笔触，红色的围裙衬托着暗灰色的煎饼摊，地下则是明亮的橙色砖块，摊煎饼的女人的面部神情，在晨光照耀下显得祥和而温馨。等待早餐的男人的面目和表情看不清，但通过刷手机的手指滑动的动作和身体的朝向，能看出这是一个心不在焉的男人。事实上，老鲁当时关注的真不是手机内容，也不是煎饼摊，而是躲在墙根阴凉里的翁格格——居然在画上得到了体现——只露出一缕酒红色的发梢。老鲁心中的秘密像是被窥探了。

"不好不好，"老鲁说，"煎饼摊前的男人显然不是主角，叫'早餐'也太普通了，还不如叫'摊煎饼的女人'。"

"暂时可以这样叫，但我还有一个名字，先保密。"翁格格诡秘地一笑。

"哈……这有啥好保密的。"

"要保密。鲁老师，我准备再画这一幅。"翁格格打开手机，让老鲁看。

老鲁看是自己给她拍的照片，就是她在咖啡馆给陈大快画速写时的照片，这是一张特点非常明显的照片。老鲁也喜欢，他由衷地说："这张照片好。"

"谢谢。你拍的。名字我都想好了，叫'画速写的自画像'。将来我也能像文森特·凡·高那样出名的。哈哈……吹牛了。走，请你到我们村里的高档饭店吃一碗炸酱面，纯北京乡村风味的炸酱面。"

老鲁的手机就是在吃炸酱面时响起的。

这是荷兰方面打来的电话。打电话的，还是荷兰代理商的中国籍店员吴小姐。吴小姐告诉老鲁，老板也分析了这批画作失败的原因。事实上，从上一批画中，老板已经觉察到整体艺术水准下滑的趋势了。这次退画也是万不得已，是对艺术的负责。老板还是器重他的。为了他能够画好，能够继续亲密合作，特邀请他去荷兰国家博物馆、凡·高博物馆和凡·高故居访问，参观凡·高的真迹。吴小姐还告诉他，到了荷兰，可以住一周，也可以住两周，甚至更长的时间。在荷兰的吃、住、行都由荷兰方面解决，他只负担往返机票就可以了。

接电话的过程中，老鲁本想避开翁格格的。但乡村小馆子太小，门外也就是两步宽的小巷，店里店外很难真正地回避。再说了，也不是什么秘密的谈话，他就和吴小姐交流了。主要是谢谢对方。又告诉对方，他暂时没有要去荷兰的打算。能参观凡·高博物馆和凡·高故居当然好了，他也是有兴趣欣赏凡·高的真迹的，待时机成熟时，一定去。说到被退回的画时，他表态会认真对待，请对方告诉HD的老板，让他放心。

老鲁没有注意到，翁格格听了他拒绝去荷兰参观访问时，急得就差抢过他的手机答应对方了。所以，当老鲁一结束通话，翁格格马上就说："鲁老师，多好的机会啊！参观凡·高博物馆和凡·高故居，欣赏凡·高的真迹，可是我做梦都想的事啊！你怎么能不去呢？你不去把机会让给我啊！"

"忙死了，哪有时间？往返的机票要花多少钱？你可能听到了，上次那批画，三分之二被退回来了，损失太大了，我得抓紧画啊——这个胡俊也太不讲道义了，在这个节骨眼上辞职，这不是坑我吗？你呢，瞧不起我们画室，也不愿意为我干活——我是看你不愿意才让你走的。其实我应该挽留你。我这次来，就是想请你再回画室的。"

"我不是不愿意，也没有瞧不起的意思，我没法像胡老师和你那样画，我每一笔都要琢磨琢磨的，不琢磨透了，哪敢下笔啊？再说了，没看过真迹，模仿的都是印刷体，怎么画也画不出文森特·凡·高的神韵来。"翁格格看来是真急了，她筷子都放下了，两手撑住桌面，神情焦虑地说，"鲁老师，要想提高绘画水平，要想先圣画廊稳定发展，要想先圣画廊脱颖而出，荷兰方面的邀请，一定要认真考虑啊！去和不去、看和不看，肯定不一样的。再说了，哪有这样的好事啊，只要掏往返机票就行了。去，一定要去！鲁老师，一定要去啊！"

老鲁继续不疾不徐地说："我最不爱出门了，连老家都不想回。"

"不一样，这不是一般的旅游，这是学习，是提高，是为了自己的前途，是每一个画家都梦想的事。鲁老师，要不你把名额让给我，不，就说我是咱们画廊的代表，你派去的全权代表。我有护照，机票钱我来花。"

"这样能行？"

"行！鲁老师，你要能促成我去荷兰参观访问，我一定要为你的画廊做贡献。我的画，你在我家看到的那些，都捐给你——别说我画的不值钱啊，那可都是我的心血！"

"哈，还真画了不少。"

"当然。"

"值钱不值钱先不说，可我卖给谁？"老鲁很现实地说。

翁格格脸也红了，可能她也为太高估自己而不好意思了。但话既然说了，再辩解也就没意思了，干脆道："鲁老师，我要是你，绝不再画别人的东西了。别人的东西再好，也是别人的。你一定要打造自己的特色画廊，全卖自己的作品，也许会有暂时的困难，但这绝对是一条正确的道路。鲁老师，你一定能做到的。"

11

事情真是太出人意料了，去荷兰的，不是翁格格一个人，也不是老鲁一个人，而是老鲁和翁格格两个人。

老鲁架不住翁格格的三寸不烂之舌——翁格格真是执着啊，真是拼啊，真是能说啊，她抓住自己的死理，硬是不松口，一定要作为老鲁画室的代表去荷兰。老鲁可能觉得不为她争取一下，炸酱面不但吃不成（已经冷了），恐怕人也离不开马各庄了，便打电话给荷兰方面，向吴小姐说明了他的意图，也就是翁格格的意图。这吴小姐看来很当画廊老板的家，不但同意他的方案，还力劝他也同行，说真是难得的好机会，既然代表都能来，你为什么不能来？而且有两人做伴就不觉得旅行孤单了。吴小姐可能也是懂画的，她的一部分观点和翁格格如出一辙，即看凡·高的真迹和看印刷品绝对是不一样的两种体验，再参观一下凡·高长期生活和艺术风格形成的地方，对自己是一个很大的提高。为了未来，为了钱，这次荷兰之行绝对值得。吴小姐的劝说，加上翁格格不停地怂恿，这次旅行居然就在马各庄一农家小餐馆里被定了下来。

旅行签证很简单，加上老鲁也有护照，两人很快便办好了手续。待确定的行程一到，两人便从首都机场直飞荷兰了。

十四五个小时的长途飞行是寂寞难耐的。他们早已料到了这种寂寞难耐，便各自带了一本书。老鲁平时不看书，带什么书呢？想了很久，才决定带一本《聊斋志异》，不是全本，是上册，而且不是白话聊斋，是竖排繁体字文言文。老鲁小时候听母亲讲过不少鬼怪狐狸精的故事，长大了才知道这些鬼妖故事大都来自《聊斋志异》。利用这次机会，重温一下小时候听过的故事，也是对母亲的惦记吧。翁格格则做了充分的准备，她专门去画家村的艺术书店，买了一本比砖头还厚的《凡·高传》，是美国人史蒂文·奈菲和怀特·史密斯合著的，在飞机升空平稳飞行后，她就捧起了书，专注于凡·高的世界了。老鲁也开始读书，读几行，读不进去，思想老是开小差，想着这次荷兰之行的意义，想着会有什么样的结果，想着和一个基本上不了解的女孩出远门，而且是去异国他乡，究竟合不合适。他想着想着，想不出结果，便懒得再想了。想什么都是无用的，做好自己吧，做好自己就好了。通过这几天办签证的频繁接触，老鲁对翁格格有了大致的判断。她是学西画的大学生。翁格格是她的真名。今年刚刚毕业。她有自己的绘画理念和追求。她沉湎于自己的世界中。她并不想对他有太深的了解。她不问他绘画之外的任何事，没问过他家庭，没问过他婚姻，没问过他的经济状况。所以，她死死地揪住他一起出行，确实仅仅是为了艺术，为了凡·高，或许还有一点点对异域风光的好奇。那他也要知趣地把控好自己的情绪和行为了。他老大不小的年纪了。他现在的状态，完全背离他当初离开十万大山里那个偏僻小山村时的初衷了。那时候，他目标明确：到大城市来，打工，赚钱，回家起楼，娶媳妇。没想到没过几年，他就打消了这样的想法——楼是起了，媳妇却一直没娶回家。或者说，回家娶媳妇的想法早已改变了。起了两层小楼，也只是让母亲住得更舒适一些。即便是有朝一日娶了媳妇，他也要在城里安家了。但媳妇也不是那么好娶的，十年前他谈过一次恋爱，失败了。女的是他的徒弟。那是他信心满满地从别人的画室出来单干后收的第一个徒弟。他对女徒弟第一印象非常好，女徒弟对他也好。二人相处融洽，两情相悦，没多久就谈婚论嫁。让他没想到的是，女方提出要出国留学，学费由他承担，等学成回来就结婚。他心里就开始动摇，并对女方的动机产生了怀疑，但又不甘心，便提出先结婚，后送她出国留学。女方又不同意了。如此相持了不到一个月，女方得到另一个男人的经济援助而成功出国了，他们的爱情也就自然夭折了。此事对他打击很大，造成的影响很深远，他就不再轻易谈女朋友了，连交友也开始谨慎起来。所以对于翁格格，他从一开始就警惕——不是要警惕翁格格，而是要警惕自己的非分之想。他们之间也确实安之若素，不要说碰撞出什么火花或有什么暗示的话了，就连和工作无关的话，也很少涉及。他感觉到翁格格对他也是心存戒备的。就说那天在马各庄她家吧，她说有一个上夜班的室友正在补觉。事实证明，是她虚构出来的，是她放的一枚烟幕弹——那间屋里并没有人补觉，否则她不会在他压低声音说话时，还保持正常的声调，甚至多次抬高嗓门。更重要的是，他们在出门吃饭时，她把门锁上了，是一把U形锁，从外面锁上的。屋里真要有人睡觉，她会从外面锁上门？里面的人根本无法开锁出来呀。另外，约定同行荷兰后，她在最初的兴奋之后，也只顾准备自己的行囊了，对他的出行准备漠不关心。现在，飞机上，她看书是专注的，偶尔会放下书，和他说句什么，不是关于外面好看的云层，就是夜空中闪亮的星星，最多再猜测一下飞机到达哪个国家的上空了。他能感觉到，她和他说话，明显带有恩赐的意思：瞧，我要不和你说说话打打岔，你会很孤独的。同时他也感觉到，她的话，是不需要接茬的，如果他不识时务地顺着她的话继续聊下去，从她的语气里就能感觉到一种克制的厌倦或无奈的应付。

整个飞行中，他除了睡觉，其他时间都在看电影。

终于到达阿姆斯特丹了。

吴小姐开车在机场出口处接到了他们。由于已经是荷兰的晚上十点多钟，吴小姐告诉他们，没有再安排其他活动。他们就被直接接到了酒店。吴小姐是天津人，艺术学硕士，三十多岁的样子，瘦高挑儿，白净脸，办事非常干练。由于老鲁跟她打交道已经有几年了，有过频繁的通话，所以虽然是第一次见面，也并没有陌生感。吴小姐一边开车一边和老鲁说话，介绍接下来七天的安排。老鲁听了也没有记住，无非是接风酒会，参观画廊，参观博物馆，参观凡·高故居，然后还是参观、参观，最后是送行酒会。

在酒店大厅办理入住手续的时候，吴小姐才说："老板只安排一个房间——你们……"

吴小姐停顿下来，试探地看了看老鲁和翁格格。

老鲁心里"咯噔"一下。他没有看翁格格。他不知道翁格格怎么想。

吴小姐从老鲁和翁格格细微的表情变化上可能看出点什么了,接着说:"如果要再开一间房,费用得自己付,也不贵,一百八十欧元。"

老鲁瞬间把欧元换算成人民币,咬牙刚想说再开一间,翁格格抢着说:"挺好呀,干吗再开一间?挺好挺好。"

老鲁就不说话了,既然你不介意,那就省一百八十欧元。

吴小姐把他们送进房间,道声晚安就离开了。

房间不小,相当于中国五星级宾馆的一个标准间。房间正中是一张铺着洁白的床单的大床,一张桌子,两把椅子,橱柜什么的一应俱全,窗户下还有一个长沙发。卫生间比国内宾馆的卫生间要大。床头上方的两侧,分别挂着两幅油画,一幅是凡·高的《有乌鸦的麦田》,另一幅是凡·高的《自画像》。老鲁一眼认出来,这两幅油画都出自他的手笔。老鲁对房间瞬间就有了亲切感。

吴小姐一离开,翁格格就"扑哧"笑了,她盯着老鲁看,眼睛狡黠地闪烁着,一反平日的态度,调皮地说:"放心鲁老师,我不会欺负你的——这沙发正好让我睡。"

老鲁不自觉就被带进她的话语节奏里:"那不成,你睡大床,我睡沙发。"

"鲁老师,这次你得听我的,我个头比你小,睡沙发正合适。"翁格格打开箱子,开始往外拿东西,很快,沙发上就堆满了她花花绿绿的物品,"累死了。我先去洗个澡啊。"

两人都洗过澡之后,各自穿着睡衣躺下了,却都睡不着。一男一女同居一室，对于老鲁和翁格格来说，都是头一回。老鲁还是避免不了尴尬，想着更尴尬的应该是翁格格吧，便不再说话，准备好好睡一觉，听吴小姐的口气，明天的活动很重要。

"几点啦？北京时间。"翁格格说，语调很中性。

"不知道。不管他了，肯定是大白天。"老鲁眨巴着眼，精气神十足。他估计翁格格的时差也不会这么快就倒过来，一看，果然，她穿着略显宽大的两件套的格子睡衣，一条腿跷在另一条腿上，晃晃悠悠的，捧着《凡·高传》，专心看书的样子，身体语言也挺悠闲的。老鲁觉得她的悠闲，实际是一种坦荡、一种暗示，也是对他的提醒，在接下来连续几天的两人世界里，互相要保持相应的距离，但也不能很拘谨。老鲁也用很中性的语调说："还看书啊？"

"睡不着，"翁格格把书搁在胸前，"说说话嘛，鲁老师。"

"说呀。"

"你说 HD 画廊有多大的规模？"

他其实也没有概念，随便应付道："不会小吧，能雇得起中国的员工，一次还要那么多画，肯定规模很大。"

"我也这样想。看看人家大画廊是怎么运作的，好好学学。对了鲁老师，有一件事没和你商量——我也是想趁这个机会表现一下——我把那幅画带来了，就是摊煎饼的女人那幅，记得我说要改名字吗？改叫'画面之外'了。我的意思是，画面之外，还有更好的风景，更迷人的风景。你说我是不是用三个意象来表达：一是用煎饼摊前那个男人的脚尖的朝向；二是被风吹进画面一角的一缕女人的头发；三是煎饼摊的鏊子上，除了正在做的一张煎饼，边上还放着叠好的一张——那是给画面之外的人准备的。我想把这幅画捐给你的客户，就是 HD 的老板，你说这会不会冒失呢？"

"不冒失。这是好事，算是送给他们的见面礼。你做得好，周到。"老鲁嘴上这样说，心里却深有感触，觉得他当时的那点小心思叫她看了去，难道不是吗？脚尖的朝向正是她所站的位置，而从飘进画面的长发上可以看出这是个女人。明显是在说，这个等早点的男人心不在焉，是个好色之徒。画面之外也不够准确，何不叫"食色"呢？老鲁觉得这个翁格格不得了，心思缜密，洞察一切，自己可要小心应对，不可造次，要做个绅士，收敛内心的贪婪，因为有些事情的分寸只在毫厘之间，"恶心"和"开心"瞬间可以切换。

12

然而，让老鲁和翁格格非常失望的是，HD并不是一家画廊，而是一家纪念品商店。

当老鲁和翁格格被吴小姐接到HD时，当他们看到在一条古老的大街上，HD不过是比周围的几家纪念品商店略大一点的店铺时，面面相觑，都不相信眼前的景象了。在老鲁和翁格格的想象中，HD应该有一个很大的、华丽而整洁的展厅，展厅里展示的，是来自世界各地的艺术珍品，而不是以售卖各种有关凡·高绘画的仿品和纪念品为主的老房子。翁格格还小声地问吴小姐这是不是HD画廊。吴小姐非常肯定地说这就是HD，也是画廊。

HD的老板是个矮胖子，叫里杰·巴斯腾，他西装革履，笑容可掬，带着他三四个人的接待团队非常得体地领着中国客人参观了他的"画廊"。"画廊"是敞开式的,进门是一个不大的厅,在厅的四周,摆放着大量的画,尺幅都不大,几乎全是名画的仿制品,凡·高的居多。在一面稍大的墙上,集中挂着七八幅凡·高的《自画像》《向日葵》《吃土豆的人》《坐着的轻步兵》《在圣玛丽海边的渔船》等名画,一看就是老鲁提供的。巴斯腾在这面墙下站定,举起右手,对老鲁和翁格格说了一通,吴小姐翻译说,来自鲁先生画廊的作品,一直受到高规格的礼遇。在本部是如此,在几个分部也是如此。老鲁也只能跟着吴小姐的笑容而笑笑,表示感谢,却心情复杂。巴斯腾和几个分部的经理又带他们继续参观。在一排柜台的上方和柜台里侧的彩色绳索上,一排排用夹子夹着的仿制品,全部出自老鲁的画室。绕出柜台,有一扇门。巴斯腾在推门进去时,卖了个小小的关子,说接下来是最惊喜的时刻。推门而入,真是别有洞天,这是一个面积和外面基本等同的区域,几乎没有别的摆设。窗后有一个小院,另有侧门相通。从窗户外出去,小院里有大树和碧绿的草坪,大树下还有一个秋千,是个幽静的场所。巴斯腾抬一下手臂,把老鲁的目光拉回到室内,并介绍说,这是精品陈列厅。老鲁这才理解所谓惊喜时刻,是指墙上所展示的画。没错,墙上的画,比外面的布局要考究得多,有了点老鲁希望的那种画廊的感觉。只是在这么多凡·高的仿品当中,属于老鲁的画只有一幅,也是《自画像》。和另外几幅《自画像》相比,这幅《自画像》不比别人的高明在哪里。和自己的《自画像》横向比较,只是色彩更浓艳了一点,特别是凡·高的棕色胡须,格外出挑,像是受某种微光的映照,以至于把凡·高的耳朵都映成了透明状的棕红色。老鲁对这幅画有印象,大约是前年冬天的作品,他画出后,以为画坏了，没想到被当成精品陈列了。

巴斯腾简单介绍了精品陈列室之后，由吴小姐主持的捐赠仪式开始了。由于早上电话已经联系好，老鲁和翁格格要向画廊赠送一幅创作作品，并把作品先期送到了画廊。所以，不多的来宾都很期待。

在吴小姐的引导下，老鲁和翁格格被请到画前，和巴斯腾一起，把盖在画上的白布共同揭开了。现场响起了热烈的掌声。巴斯腾欣赏后，发表了答谢致辞，并表示，要把这幅来自遥远东方的作品永久陈列。

赠画这一插曲，给老鲁带来了意外的安慰。他从巴斯腾的表情和吴小姐翻译的口气中，能够感觉到，巴斯腾是真心喜欢这幅画的。老鲁暗暗敬佩翁格格了，觉得翁格格这次来对了，给他争面子了。就算是他的作品（应该是商品）一直没受到HD的重视，一直被当成纪念品批量出售，有了这个小插曲，也不算失败了。

招待午餐是典型的荷兰风格，就在后院的大树下，临时摆上了桌凳，菜也是自制的，简单而有仪式感。老鲁吃了不少，也喝了一些红酒，似乎没有吃饱，似乎也不想再吃了。他期待下午的活动——参观国家博物馆，观赏凡·高的真迹。

凡·高的真迹再一次给他带来巨大的刺激。这是他第一次见到凡·高的真迹，不是一幅，不是两幅，不是三幅，而是很多幅，其中包括他临摹过无数次的数幅名画。在凡·高的一幅幅真迹面前，他感受到一种无法逾越的高度，感受到了距离的遥远。他的各种临摹，连凡·高的万分之一都达不到，至少他觉得凡·高的每一笔油彩，都是凸出来的。凸出来的技法，他也能熟练掌握，但都无法和凡·高相比。那凸出的每一笔，都有棱有角，在不同的角度有不同的透视，而且油彩的亮度和光度，完全不一样，整体的颜色更是不同。在凡·高的真迹面前，他第一次产生放弃的冲动，觉得再这样画下去，就是死路一条。同时，在翁格格接连发出的细微的惊叹声中，他还有一种亵渎神灵的负罪感。他也体会到为什么翁格格不屑于为了金钱而对凡·高无休止地临摹了，也理解了她为什么一定要走自己的路、画自己的画、做一个真正的自己了。

参观第一天，老鲁就动了回家的念头，觉得这次荷兰之行的目的达到了，看到了神，认识了自己，定位了位置，发现了差距。接下来再去别的地方参观，比如凡·高博物馆，凡·高的出生地，凡·高活动频繁的几个城市和乡村，看了也就看了，不会再有新的感慨了，不过是在原有感慨的基础上，加了着重号而已。

某天晚上，回到宾馆，老鲁闷闷不乐，躺在床上，两眼望着天花板，一动不动，心情还沉浸在自己的感慨里，还在盘算着自己的未来。未来在哪里呢？他的目标还没有清晰起来，还在遥远的远方。他看到翁格格倒是挺开心，洗完澡，在她的沙发上翻手机——她拍了太多的照片，虽然凡·高的真迹禁止拍照，她还是兴致很高地拍了别的，建筑、街道、河流、老桥、森林和大树，甚至人造雕像和街头艺术家。她几乎逮到什么拍什么。

"鲁老师，看微信，发了几幅照片给你。"翁格格说。

老鲁拿过手机，看翁格格发来的一大批照片，主要有两个部分：一是和别人的合影，都是他参加活动时的影像，是翁格格的抓拍；二是风光照，有荷兰国家博物馆的入口处，还有HD的店门和橱窗。老鲁翻翻照片，想着要不要选几幅发朋友圈。又想想，算了，他很少发朋友圈，可以说一年也摸不准发一条两条。如果把这次荷兰之行发朋友圈了，会有很多人看到，画家村的同行们他倒是不用担心，老家的亲戚同学肯定会盯住他不放的，万一要托他带点什么东西，怎么办？答应还是不答应？不是他对老家的亲戚同学薄情寡义，是他完全没有那个心思。再说，万一让老母亲知道，责问他国都出了，那么远的路都能去，怎么不能回一趟老家，就惹大麻烦了。因为他来荷兰之前，给母亲打了个电话，没说出国的事。而母亲倒是问他中秋节回不回去。离中秋节还有一个多月，母亲就巴望他回了。他当然想回了。可回去也是麻烦一大堆，就狠狠心说不回。他能感受到千里之外的母亲那轻轻的叹息声。

　　翁格格说了句什么，老鲁听到了，但老鲁还在回忆的世界里没有走出来，看她一眼，没有搭话。她也没再说，顿了顿，了然无趣地拿过速写本，照着照片画着什么了。老鲁继续看手机，看到高中同学群里有几十条未读短信——有人在群里发了很多照片，是他当年读书的古镇老街的照片。这个镇不大，三面临山，一面临水，只有一条古街道，依傍山势，沿河蜿蜒。街面上，铺着石板，经千年踩踏，光滑如镜。中间一条车辙更是凹下去很深，诉说着陈年的历史和久远的记忆。只有两三米宽的街两边是陈旧的木头房子，有的还很结实，也气派。而大多数房子已经歪歪斜斜破败不堪了。上传照片者在呼吁同学们，要保护古镇，保护古街，因为老街要拆除了。老鲁的记忆被带回到二十多年前的古镇，带回到他当年就学的高中，几十张旧时同学年轻的笑脸开始在眼前依次浮现。

　　"睡觉！"翁格格放下速写本，突然来这么一句，似乎带着某种情绪、某种不满，命令自己，也暗示老鲁，明天还有活动，别太晚了。

因为灯的控制开关在老鲁的床头，他就执行了她的指令，关了灯。

房间里顿时一片漆黑。

翁格格的口气，让老鲁突然想起她刚才的话。她说什么呢？老鲁想起来了，问他照片好不好。他走神了，没有做出评价。老鲁顺着思维回溯：她是满怀期待地发了几十幅照片给他的。他看了，欣赏了，没有批评，没有表扬，没有讨论，也没有谢谢。她一定觉得自己被轻视了。老鲁想补充一个谢谢，又觉得，相隔时间太长了，这声谢谢要加很多的注释。

13

余下的几次参观，对于老鲁来说，没有什么可欣喜的，也没有什么可激动的，所走所看也不过如此。巴斯腾看样子很忙，陪同、出行都是由吴小姐负责。吴小姐也严格按照事先排定的行程。老鲁发现，这些行程都是以阿姆斯特丹为中心向外扩展的，早出晚归，有时回来得早一些，有时回来得晚一些。吴小姐既是导游，又是司机，还是翻译，还时不时地给他们一些建议。他们所看的，有中世纪的古堡，有海洋博物馆，有藏在森林里的小镇。他们还听了一场音乐会，看了一个现代艺术展。有一次回来得早了一些，才是当地时间下午四点多钟，吴小姐提议去看一个行为艺术绘画的现场表演，要拐到另一个城市去。老鲁问吴小姐要拐多少路，吴小姐说两个多小时，活动是在晚上七点半，一个小时结束。老鲁想,花这么多时间拐这么多路去看一场行为艺术,不值得。就说算了,回来会太晚,好好休息,后天回国。翁格格只能遗憾地跟吴小姐笑笑。

回国前的最后一个晚上,是送行晚宴——烧烤,也在HD后院的草坪上,不像上一次那么正式,人也少了一些,设在别的城市的HD分部的几个经理没有来,就巴斯腾、吴小姐和老鲁、翁格格,外加一个烧烤师傅。老鲁有一种莫名的兴奋,可能是即将踏上归国的行程了,他和吴小姐接连干了几杯,表示这次荷兰之行收获很多,并感谢她完美的安排和陪同,还承诺,回国后抓紧工作,以最好的状态把欠下的作品画好。吴小姐把他的话翻译给巴斯腾听了。巴斯腾的胖脸上笑出了好几圈深沟,很中国式地敬了老鲁一杯。

回到宾馆已经很晚了。

可能是喝了太多红酒的缘故,老鲁面红耳赤地和翁格格不停地说话。红酒后劲大,他的话也一反常态地越说越多,如影随形地跟着翁格格说,说这次荷兰之行的感想,说回去的打算。翁格格换鞋时他说,翁格格烧水时他说,翁格格照镜子时他说,翁格格去卫生间换衣服时,他差点跟了进去。反反复复说的就是那几件事——画廊、森林、乡间、西餐、烧烤,说各种博物馆,说对吴小姐的好印象,说巴斯腾其实也并不坏,做生意嘛,还能怎么样,这次他应该没少花钱。最后说到凡·高时,老鲁突然不说了,他醉眼迷离地问翁格格:"凡·高,凡·高咱们还画吗?"

"不画还能干什么?画!"翁格格附和着老鲁已经说了很多的话了,她每一句话都是顺着老鲁的话说的。她知道他喝多了。

"好，那就画！小翁，我要画一幅自画像你信不信？关于我的自画像。我这几天都想好了，我的自画像，肯定比凡·高的出名，凡·高画都是些什么东西！"老鲁终于还是表现出醉态了，他看着床头上方的自画像，跳到床上，摘下画，对着画"呸"了一口，恨铁不成钢地说，"把凡·高的自画像画成这样啊，羞不羞耻！"

最后这一句，倒不完全是醉酒了。

"鲁老师，鲁老师，"翁格格走到他跟前，她怕他把画弄坏了，惹出麻烦，赶紧抢过来，继续顺着他的话说，"是啊是啊，鲁老师，你肯定能画一幅自画像的，凡·高的自画像怎么能跟鲁老师的比呢？"

"废话！"老鲁瞪着翁格格，"不许说凡·高的坏话。"

"好，不说了。鲁老师，早点休息，明天要早起去机场。"

老鲁往床上一坐，不说话了。

翁格格准备把画重新挂上时，看到这幅画的背面被人涂鸦了，而且是几次的涂鸦，其中有不堪入目的内容，也有评论，有两条是英文评论，是骂模仿者糟蹋了凡·高，还有一条高度评价了其中的一幅涂鸦。

老鲁也看到涂鸦了。老鲁从翁格格手里抢过画，要把它摔了。

翁格格拼命地阻止，老鲁才算住手。

"鲁老师，你去冲个澡，早点休息吧。"翁格格再次劝道。

老鲁愣愣神，这回听话了，去了卫生间。

老鲁打开花洒，任莲蓬头里的水尽情地喷溅，自己却并没有脱衣站在莲蓬头下，而是扶着面池，艰难地站立着，努力想稳住自己。但是，他的头越来越沉了，眼睛也迷离起来，所看的物体，都在飘忽浮动,都在旋转,都在上蹿下跳,不停地分离出多个物体,又和自身的影像重叠,再分离,再重叠。他抬头看了看镜子。镜子里有一张既陌生又熟悉的梯形肥脸,短短的粗脖子,肥厚的黑嘴唇,两只眼睛像牛眼一样地外凸,身上的肉在腰间堆积、隆起,成了一个游泳圈。这家伙是谁?真丑啊,敢眨眨眼吗?老鲁感叹着,眼睛一眨,一眨,一眨。镜子里的影像,在他每一次眨眼中,又换成另一副模样了,每一副样子都熟悉又陌生。与此同时,他牢牢地抓住面池的一角,把面池当成房子的把手——他想稳住房间。但房间越来越稳定不住了,某个地方开始翘起来,他身体也不由自主地往后退。他想闭上眼,又怕会跌落进另一个世界里。他害怕了,害怕马上站不住了,强撑着,拉开门,扶着墙壁向外挪动着脚,朝着床狂奔而去。

但他终究没有扑到床上——离床还有一步远时,趴到了地板上。

14

老鲁来到画家村的先圣画廊,已经是从荷兰回来的第四天了。这四天里,他大多数时间都在蒙头大睡,不睡时,也处于迷糊状态中,感觉像生了一场病。

老鲁刚到画室,就接到胡俊的电话了。

"在画廊吗?"

"什么事?"老鲁没好气地反问道。

"面谈。"胡俊一副神秘的口气。

不知为什么,老鲁并不想见他。

胡俊一副志得意满的样子来到画室,和从前那个画工完全判若两人。

"老鲁,你这些天干什么去啦?听说你的画廊好久没开门了,去哪浪啦?还是闷头发大财啦?还有点款没结清,没忘吧?"胡俊笑嘻嘻地说,"不过我不是来跟你要钱的,那点款不要了。我是来给你送钱的。"

"你有那么好心吗?"老鲁看不惯他那副嘴脸,知道他葫芦里没有好药卖,便警惕地问,"什么事?"

"当然有事。以前都是你帮我,现在到我帮你的时候了——也算不上帮啊,就是正巧有这么个机会——简单说吧,画一百张凡·高的《自画像》,我给你这个价。"胡俊竖起了两根指头,"两百,可比你给我的多得多哦。"

"吃错药了吧?我给你画?你不知道我都忙死啦!"老鲁说。

"嘿嘿嘿……老鲁,你就这点不好,不说真话。你的事我听说了,货都叫人退回来了,都关门歇业十几天了。"

"谁说的?"

"以为画家村大了就没人知道?退货那天有人看到了。"

"你知道个鬼!老子正在忙大事。告诉你也无妨。"老鲁正色道,"我搞原创了,不会再画别人的东西了,凡·高啊毕加索啊,都滚一边去吧。我要开一间画廊,一间专门展示自己作品的画廊。你小子没想到吧,我赚了很多钱,赚够了,赚腻了,不玩那些低档货了。哈,不过你来接手也正合适。"

"哟,看不出来呀老鲁。"

"你能看多远!"老鲁不屑道。

"搞原创?就你?理想很丰满,现实很骨感哦,不会是中了魔吧?不,你不会中魔,你没那么幸运,你是中了翁小姐的美人计了——真不画?"

"不画。"

"画画的猪找不到,画画的人,画家村一撸一大把。走了!"

胡俊走后,老鲁呆坐了好久。刚才那番话,并不是他的即兴发挥。他回来几天了,什么也不想干,除了睡觉就是睡觉,倒时差也不至于要倒好几天吧?把荷兰方面的画补齐的承诺,也忘到九霄云外了——不是忘,是想方设法不去想它。没错,胡俊说他是中了美人计。美人计倒是谈不上,但确实和翁格格给他灌输的观点有关,或者说是翁格格的话在发酵,在作祟,在潜移默化地影响他。搞原创画廊,就成了他心里摇摆不定的想法了。叫胡俊一刺激,这个念头再一次清晰起来。

翁格格在干什么呢?老鲁不能不想到翁格格,她一定正在家画画呢。在回来的航班上,翁格格继续捧着那部《凡·高传》读,还说这次旅程的一个大收获是看了真正的文森特·凡·高,另一个大收获,就是读完了一本她早就想读的书,而且这书对她启发很大。那么,老鲁的收获又是什么呢?真的要改弦易辙吗?还是在回程的航班上,还是在他忍受着脑壳疼痛的时候,就涌出一套完整的计划了。

说干就干!老鲁下决心了。

老鲁开始整理画室。说是整理,其实就是清理,除了能用的东西、画布、颜料、调色板、大大小小的画笔等必须留下外,其他东西全部当成垃圾扔了。

几个小时后，画室里干净多了。他面对光秃秃的四壁，想象中，如果挂上的，都是他自己的原创作品，那是一种什么样的感觉呢？他心里有一股热流在翻滚，有一种情绪在涌动，那是一种创作的冲动。

老鲁在手机里找了一张照片。这是翁格格拍的照片，是他的一张侧脸，在HD后院参加晚宴时拍的，光影非常美，背后的物体都虚化了，只有那个挂在老树上的秋千还能辨清。而秋千上停着的一片泛着金色的树叶，和他的神情一样地静。好，就画这张。

这是老鲁的第一次原创。老实说，他手还是生，感觉像不会用笔似的。虽然，他事先用铅笔描出了轮廓，在运用色彩方面，还是不自觉地采用了凡·高《自画像》的技法，只是他没有完全写实。他想起从荷兰回程的前一天晚上，就是醉酒的晚上，他在卫生间镜子里看到的那张脸。不错，那张脸更能代表自己。那才是真实的自画像，猥琐、油腻，贪图小便宜，安于现状、胸无大志。对，就是这样，这就是画家村大部分画工的真实状态。他要把这幅画挂在墙上，常看看。

15

在一周多的时间里，老鲁画了三幅画，一幅自己的自画像（五官都做了夸张处理，只是神似），一幅翁格格在咖啡店里画陈大快时的照片（这幅是完全写实）。在马各庄翁格格家参观她的画时，翁格格说她也要画这一幅，名字都起好了，叫"画速写的自画像"。她画了吗？是什么风格呢？他很希望能看到翁格格的这幅画，两幅出自不同画家的同一个内容的画，放在一起，会是什么样的感觉？是高下立判还是相互辉映呢？他给这幅画起名叫"少女"——把翁格格画得更年轻了，脸上还有婴儿红，嘴唇更饱满，眼神更纯净。第三幅他最满意，命名为"老街"。他从高中同学群里挑选了一张照片，一张最能体现出老街风采的照片，以这张照片为基础，又参考了多幅照片精画而成。这幅画，他采用的是高更的技法，也掺了一些凡·高的笔致，为了更准确地画出老街的沧桑和古老，他在吸收古人、名人的绘画技巧基础上，煞费苦心地尝试了多种表现形式——关于理论上的绘画技法，老鲁一句也说不出来，让他实际操作，他都能完美地呈现。在这三幅画的创作过程中，他像行走到多岔路口的迷路的旅人，这里走走，那里走走，走通了（满意了）就继续向前走，走不通了，再换一个方向走，总有一条路是通的。他也考虑过"风格"问题。不同的题材要有不同的表现手法，他知道这么个意思，所以，他每一幅画都琢磨、尝试了好几次，终究找到了适合"这一幅"的技法，完美地表达了他想要的主题。

就是从这三幅画开始，他找到了创作的灵感，或者是方向——多种风格的综合，加上自己的想象，使之成为他最拿手的画风。

这天，老鲁在欣赏三幅原创作品时，想打电话给翁格格，邀请她来画室做客。这是老鲁第N次想打电话了。老鲁的思路，或者说转向，是受她的影响，或者就是按照她的思路办的。但是老鲁那点可怜的自尊心不想被一个女大学生看破。

真是奇怪，老鲁想给翁格格打电话，翁格格的电话就打来了。

"鲁老师好,好久没见啦!你在画室吧?"她说话还是那么干脆利落。

"在的。"

"我去玩玩啊!"

"怎么,没事啦?"

"鲁老师不欢迎?"

"欢迎欢迎,随时过来。"

"好呀,一会儿就到了。"

翁格格会来,老鲁想到过。但她真要来了,老鲁还真紧张了,犹疑了,不安了。他看着墙上的这幅少女,不知道她看到这幅画会怎么想,会怎么解读。

随她怎么想了,随她怎么解读了。她要是喜欢多想那是她的事。她画煎饼摊前的他,想过他会怎么解读吗?翁格格一到,画室全新的布置吓到了她,惊得她下巴都掉了,半天才回过神来,露出一脸灿烂的笑。翁格格穿一件短袖的白衬衫,还是那条宽松的砖红色棉麻大裙子,和照片上的她穿的是同一款。她两手交叠着,背在身后,在画室里逡巡了一圈,又逡巡了一圈,逡巡了好几圈。其实,墙壁上只有三幅画,每幅画她都看了好几遍,但她还在继续看。一旁的老鲁心里发毛,并且犯嘀咕,什么毛病?"这自画像是你吗?怎么觉得不像?"翁格格说。

"像。"老鲁肯定地说。

"不像。"她也肯定地说。

"以后会像的。"

"什么意思?"

"就是这意思。"

翁格格想了想,没想明白,便转移话题说:"鲁老师,我的画,能挂吗?和你的画挂在一起,沾沾你的仙气。"

"好呀,欢迎。"

"太好了鲁老师,我这就回家拿。"

个把小时后,翁格格就回来了,是打出租车来的,带来了几幅装了框的画,还有一卷没装框的。

老鲁就和翁格格一起往墙上挂画了。老鲁踩在方凳上时,手机响了起来。

"我帮你拿。"翁格格把他正在充电的手机拿了过来。

老鲁接过翁格格递来的手机,看显示是姐姐打来的,心立即悬了起来。这些年,他最怕姐姐来电话了。每次姐姐来电话,他都担心家里会发生什么事,其实就是担心母亲会发生什么意外。

"姐,有事啊?我挺好啊……这个嘛,昨天不是发照片给你啦?……这有什么不相信的,真的假不了,假的真不了……好吧好吧,中秋节回不回家还没定呢……好好好,一定回,这下行了吧?……好,一起回。对啦,同学群里说,镇上的老街要拆了哦……你不知道啊,好吧,我这次回去,要去老街写生的,就是画画……好,再见!"

"真是姐姐?"翁格格看他先是紧张,后是放松的表情和说话节奏,已经知道是他的真姐姐了,但她还是调皮地问。

"这还有假。"

"要回老家?"

"是啊。"

"你说的老街，是不是这个？"翁格格指着墙上的老街。

"是啊，我小时候最喜欢老街了，老妈每次带我赶场，都会给我买好吃的。"老鲁有点伤感了，"我妈都七十多岁了，好几年没看到她了。这次要回家陪她过中秋节，然后，要好好画画老街，准备画一个系列，不同光线下的老街，我的老街。"

"一起的那个人是谁？"翁格格盯住老鲁的眼睛。

"啥？"

"和你一起回老家的人。"

"没有谁。先稳住她们。"老鲁表情不自然了，转过身整理墙上的画。昨天，他姐姐打来电话，问他女朋友的事，数落他都人到中年了，自己不着急，就一点也不为妈着想吗？他被问急了，随口说有女朋友了。姐姐问他要照片，他就应付地把翁格格的照片发给了姐姐。

看老鲁不想说，翁格格也不再问。她眼睛盯着墙上的老街，那老街变成了一条真实的老街，雨雾蒙蒙的街道上，走来一个少年，那是二十多年前的老鲁吗？翁格格的眼睛湿润了，她怯怯地小声道："鲁老师，你这次回家过中秋节，不租个女朋友吗？现在不是都时髦租女朋友嘛……我要价不高的，报销车费就行。"

老鲁的腿晃了一下，被他踩着的凳子也晃动了一下。墙上的画滑落到他怀里，那是翁格格创作的写实体《画速写的自画像》。

流动的宴席

/李知展

1

　　落日潦草。大半天都是阴的,临到傍晚,太阳才露个红脸,没撑多大会儿,就匆匆下山。钟占宽眯眼抽了一锅烟,有了笑意,对孙子说:"行,明天能开席。"钟必行却黑着张脸,不作声。

　　祖父在桌角敲了几次烟袋锅子,咚咚咚咚,如擂战鼓。几番催促下,钟必行才不情不愿地往车子上收拾厨具,炖锅、炒锅、马勺、菜刀、火钳、一摞摞海碗,都搬完,出一头汗。祖父这时也做好了晚饭——一盆挂面,一碗乱炖。祖父喊了他,他嘀咕一句:"又是这两样猪食。"钟必行实在搞不懂,宴席上能翻出花儿的祖父,对自己的一日三餐怎么就这么能对付?

　　钟占宽笑笑:"有的吃就不错啦,还挑三拣四。"他笑呵呵的,从桌子下摸出个盒子,是袋装的烧鸡,前几日小女儿买来孝敬他的,他没舍得吃。钟占宽拆开,敲敲桌面,唤了声喂猪崽时的吆喝。钟必行哭笑不得,低眉顺眼地过来,撕扯着烧鸡,蘸着辣椒面,吃得倒也痛快。祖父给他也倒上一杯烧酒,钟必行嫌弃地扭着头。老头儿笑笑,自个儿吱溜有声,喝得悠然,吸溜了一口汤面,又向孙子举杯相邀,钟必行不理会他的怂恿。祖父损一句:"和你爹一样儿,喝酒不行,人也不行,黏糊糊的。"

这是说钟必行和他没出息的爹一样,不似祖父性格里风火。钟必行也只能驳斥一句:"谁像你,酒晕子一个,还多骄傲呢。"可父亲确实温暾懦弱,只会跟着工头在建筑队里做木工,勤扒苦做,钱其实也没少挣,可是呢,到头来,却连个媳妇都看不住,又有什么用?钟必行的母亲,尖酸强势,个子高,下巴尖,说起话来踮着脚,架势居高临下,落下个唾沫星子都似如来佛手里的巨石,将父亲压得死死的。父亲并无怨言,对传得到处都是的风言风语也不在意,毕竟,她抚育着儿子,操持着整个家。直到母亲连最后一点脸面也不给他留下,在钟必行三岁时,跟镇上开饭店的老李跑了。父亲自此一蹶不振,常年在外,也断续处过几个相好,大约是伤了心,再没续娶,这几年身体不好,木工不做了,在工地上看守材料。

钟必行跟着爷爷奶奶长大,从省里的大学毕业后,在沿海城市找了工作,做网页设计,工资不高不低。年后他就没再返回公司,不是不想漂泊打工,而是疫情中公司不景气,他干得憋屈,暂时没处可去。祖父还豪气:"不想干就算了,听你讲好像干得也不开心,不差再养你几年。"不过祖父又眯着眼补刀,"唉,养头猪半年就能出栏,养个你呢,二十多年了,就会叭叭犟嘴。"

说得钟必行又感动又惭愧,常想,自己真没用啊,还要七十岁的祖父养活。可有时和祖父逗着嘴,他又想,多么幸运,二十多的人了,还有祖父可以依托。钟必行跟别人不吭不哈,对祖父可不示弱:"老头儿,我到城里哪儿不能找个活儿干?再不济送个快递总行吧,为啥不去呢?你还不明白?"

老头儿明白,孙子想在家多陪陪他。钟占宽笑呵呵的,还要加酒,被钟必行夺了杯子:"行啦,喝两口,有个意思就得,还真以为自己英勇呢。"祖父就笑,想起当年结婚踩着板凳和人猜拳行令喝烧酒的情景:"再老十年,爷也能喝趴下你兔崽子。"钟必行没酒量,一杯下去脸就通红,他爱喝各种可乐。"行行,老头儿,你厉害,说你胖你还喘上了,小心我告诉姑姑哦。"

上次老头儿中风恢复后,姑姑就明令他戒酒。小女儿的话,钟占宽不敢不听。不是他怕小女儿,是她过得更难些,或者说,钟占宽觉得她更苦些。小姑有两个儿子,还要供养多病的公婆,才四十多岁,鬓角就有了杂色。几个子女里,钟占宽最偏宠小女儿。其实,贫户人家,能宠溺到哪里呢?无非是言语亲昵些,允许她撒个娇使个小性儿,赶集时买点儿零嘴,过年添件鲜艳衣裳罢了。可心里亲。两个女儿一个儿子,就他的小囡囡能解心意。所以,想到这娇憨的小女儿为人妻为人母,也要受种种艰辛委屈,钟占宽就格外心疼。

小女儿现在偶尔能来看看他,就很好了,他不忍心给她添乱。不过钟占宽还是倒了一杯,才拧上瓶盖:"你姑还说帮你介绍个对象呢。"

"就别让她操心啦,谁会看上我呢?"

"别说丧气话,我觉得我孙子挺好的,除了懒点、馋点、说话冲点,其他没啥大毛病。"

"让你夸了?经你一说,我还有个样儿吗?"

祖孙俩又斗了一会嘴。

"行,早点睡,明儿个好出活。"他又特意叮嘱孙子,"少玩会儿手机,起不来,当心揍你。"

钟必行嘴唇嗫嚅着,祖父没给他说出"我不想去"的机会,就将他推出屋门。

2

恰如祖父预料,日头已高,钟必行还没起床。不是睡过了头,他一早就醒了,到底年轻,好赖床,晨间半醒半梦,心绪飘摇,他爱想事情。其实也想不清,可就是那种混沌朦胧,烦心事没那么刺刀见红,美好的回忆和畅想缭缭绕绕,似乎一切都还没那么糟糕。钟占宽往车上装零碎的作料之类,收拾完了,也不喊他,自个儿开着电车走了。钟必行这才火速爬起,从窗口喊:"老头儿,你走了我咋吃饭?"

"有泡面。"钟占宽心说,小兔崽子,不帮我干活,还想吃呢,吃大黄拉下的吧。大黄是祖父养的一条狗。连它也嗅出钟必行散发的颓废气息,狗眼看人低,对他爱搭不理的。

钟必行没脾气,起来发现老头儿将厨房门锁得死死的。他回屋翻了翻,果然仅有泡面可以充饥,不过呢,就一桶,是他回来时坐火车吃剩的,一直放在茶几上,过没过期都不好说。"嘿,老头儿,你挺绝。"

他接着去祖父床头的木盒里翻了翻,除了藏的零钱和奶奶的照片,箱子底下,压着一册病历。

熬到半上午，钟必行坐不住了，骑上摩托，大黄跟着，去了邻村。远远地，就听见鞭炮、唢呐齐鸣，越走近，钟必行越伤心。到了热闹的发源地，钟必行似乎耗尽了所有力气，脸色都是不自然的虚白。大黄闻到炖肉的香气，兴高采烈，撒欢儿奔过去，丢下他，门外孤立。

朱红的大门旁边，立着新郎、新娘放大的婚纱照。展示牌上，胡向东踮着脚露着龅牙，眉开眼笑，揽着娇媚的新娘，急于向全世界宣告他的幸福。让钟必行难过的是，亓欣欣也配合地笑着，水汪汪的大眼睛深情款款，望着夫君胡向东，妆后晕染的眉眼放大了她的崇拜效果。钟必行总以为，她怎么也得似被俘获的羔羊，带着点被迫而嫁的委屈吧？没有，看得出来，亓欣欣满意、甜蜜。

那之前她的无奈都是装的喽。钟必行苦笑，刚想口吐一句脏话，肩膀被人拍了下，回过头，是来丈人家送东西的胡向东。

"老同学好啊，多久没见啦，听说去南方发展了，挣到大钱了吧？哈！"

钟必行心里骂，哈你妹呢，我又不像别的人跟着你混饭吃，在我跟前摆什么谱？你钱多钱少关我屁事？可是呢，大家心目中的女神，他执拗暗恋的亓欣欣，毕竟被胡向东据为己有了，再对比自己失业在家的处境，钟必行的硬气就有些没底。他不尴不尬地笑笑，不打算和胡向东深聊。

可胡向东紧追不舍，孔雀开屏似的，要展示他的优越："你的女神欣欣就在楼上，昨晚陪我玩得晚了点，还在睡呢，一会儿我接她去试妆，要不要一起去呢，路上聊会？"你的女神，陪我，玩得晚了点，话里都是想象空间。钟必行一阵恶心，又泛着心酸。没等他表态，胡向东一拍脑袋，朝钟占宽那边看了一眼，钟占宽正埋头砌着简易灶台。"哦，忘了你是来给你爷帮厨的，这两天辛苦老同学了，该开席了，你去忙吧。"说着，喜笑颜开地走了，把钟必行气得攥着拳头，呼吸急促。

钟占宽看看孙子，本来想逗弄奚落他的，"不是不来吗？泡面味道怎么样呀？"就没说出口，只努努嘴，旁边小灶上给他留着饭："快吃点，干活。"

钟必行脸色铁青，没吃，一声不吭，搬砖抹泥，帮祖父将三个大小灶台垒起。正忙活着，亓欣欣从楼上下来，被胡向东拥着，路过时，不经意间和钟必行打了个照面。亓欣欣倒也没太讶异，掠起鬓发掩面过去。胡向东停下，热情地散了一圈烟，收获了一众恭维话，才携着亓欣欣上了大奔。

车子走了很远，人们还在议论，啧啧称羡中隐隐地透出嫉恨，这远近驰名的小美人，自此以后，连多看一眼都不能了。谁都知道胡向东的霸道凶狠。

钟必行向隅而泣，心还是尖锐地疼了一下，就是那种往事呼啸拍来，岸却承受不住的程度。可在现实里构筑一道坚固的堤岸，太难了，金钱、地位、运势，一样不能少。岸不牢靠，美人如水，自然要流入别人的怀抱。此时再想起之前两人上学时的暧昧和朦胧诺言，就觉得真讽刺。钟必行气愤之余，体会到一种真切的无力感，他借着系鞋带，蹲下来，肠胃心肺都绞痛，似乎被人照肚子上揍了一拳，闷闷的，疼。

明天是亓欣欣的婚礼。

灶台垒好，要试火。钟占宽将烧火的任务派给了孙子。钟必行心不在焉,要点燃梨木和硬炭,祖父掐来一把柴草:"先来软的,硬材硬火,炉膛一下就裂了。"

柔软的火光,舔在钟必行脸上。祖父炼猪油,润润锅,以油渣熬白菜粉条,所有帮忙的人员,自己拿海碗,随意吃。明天是正席。吃完抽袋烟,钟占宽就忙活开了,炸制整鱼、肘子、丸子,切配各种菜。饶是疫情期间,村委限定宴席人数,还是忙活了半天,到了傍晚,才将预先炸制的、切块的、清洗的等所需的菜码配齐,就等明天宴席开场,集中火力烹炸煎炒。

祖父明显累了,打起精神,给主家炒了三桌菜。晚上,新娘子家的亲戚、邻居得聚聚,喝喝喜酒,礼事上帮忙的,也得闹会儿酒。主家也邀钟占宽坐上去,一道吃点喝点,他照旧摆摆手,沿袭着他的规矩:"一个厨子,来给主家忙事儿的,得守着灶台,哪能上桌显样呢?不合适。"就和孙子不离灶台,伺候三桌依次上完菜,等着,确认不需要加菜,钟占宽才坐下来,抽会烟。

钟必行打小在节假日跟随祖父走村串乡做宴席,祖父的流程都在他心里。不等祖父吩咐,他就炒了个酸辣白菜,盛一小碟下午炸好的花生米,端给祖父。钟占宽摸出自带的药酒,喝上两杯,解解乏。

这么吃,也是钟占宽多年的习惯。在以前,是为主家节约,宴席还没开呢,你一厨子,喝酒吃肉,按理说也是应该的:近官得贵,近厨得食;厨子不尝,五味不香。可架不住那时候都穷,你近水楼台,吃着喝着,难免有刻薄的主家觉得糟蹋东西,让人嫌憎,主家心疼。现在当然谁家也不在乎那点酒肉,钟占宽仍保持着习惯,一碗烩菜、一碟花生、一碗面,再悭吝的人,也无一句闲话可说。钟占宽做了一辈子宴席,瘦瘦的身子走到哪里都硬朗朗的,主家都看得起,底子就在这里。

祖父闲酌的工夫,钟必行下一碗葱花汤面,祖父喝完酒,连汤带面吃上一碗,舒舒坦坦的。然后,钟占宽抽着烟,蹲在炉灶边,取着暖,耳听着主家和主事的聊天。不单为听闲话,也是摸清明天的宴席,哪桌是嘉宾,哪些是撑场面的头脸,哪桌是娘家人,哪些是随礼的,他心里有个数,布起菜来,也如布阵,有个轻重缓急。

钟必行什么也没吃,祖父瞅了他几次,错错嘴唇,还是什么也没说。三桌宾朋吃完闹完,快到半夜了,几个人喝多了,因为划拳赌酒,起了争执,还打碎了几个碗碟。钟必行帮着收拾了。都妥当了,祖父拍下他的肩膀:"忙活半天,一口饭不吃,你饿着顶什么用呢?她会心疼?没出息。"这么一说,钟必行的眼泪一下就要扑出来,他转过身,咬着牙,不放出喉头的哽咽,等确定自己可以笑得弧度绽开,才转过脸,训斥祖父:"老头儿,你咋这么多话呢?还有,告诉你,孙子才不想来!我翻吃的,找到我奶的照片,我答应过我奶,得替她照顾你,盯着你少喝点。你以为我想干这烟熏火燎伺候人的狗屁活儿?"

"嘿,来不来都得是我孙子。"钟占宽挤挤眼,忽然悄悄说一句,"快看,她回来啦。"

钟必行因为转身太急,趔趄了一下,脑袋里一阵天旋地转,待站稳了,门口什么也没有。祖父在背后嘿嘿笑。钟必行当时就恼了,当着祖父来了句:"我去,老头儿,你没治了。"又不能打他,钟必行气呼呼的——没个正经,这老头儿。

"行,难得我孙儿一笑。把剩下的面条吃了,赶快去睡,明儿个才是正经忙活。"

被老头儿逗了一下,这一惊一乍之后,还真觉得饿了。钟必行捞起面条,正吃着,车声轰鸣,胡向东和几个伙伴簇拥着,这回,她真回来了。亓欣欣下午去试妆,在名贵化妆品的加持下,越发显得娇艳动人,不可方物。钟必行看呆了,嘴里还含着一口面条。亓欣欣似乎望着他笑。他的脑门都是热血呼啸,晕晕的。亓欣欣真的走过来了,在灶台焖住的炉火上烤手,还是那样春水泠泠的声音,说:"能不能帮我做碗汤呀?起风了,有点凉。"

钟必行赶紧搁下碗,捅开炉火,朝钟占宽求救。祖父笑眯眯的,摆摆手,让他自己来。"行,老头儿,你行。"钟必行恨恨的,却又心怀激动,洗手调羹,做了一碗粉丝丸子汤,勾了薄芡。她不爱吃香菜,他细细切了几刀水芹嫩叶;她爱吃酸,他又点了一勺香醋。她的一点一滴他都记得清楚。钟必行捧着汤碗送过去,再返回灶台,守着一腔惘然和虚无。

他迷瞪的间隙,亓欣欣又捧着碗出来,坐在灶台边,说:"还是向着火有意思。"钟必行和她一道望着炭火,眼眶热热的。储蓄的满腹话语,一肚子质问,此时却一句也说不出。两人沐着火光,平分着一袭沉默,只余汤匙偶尔碰撞碗壁的轻响。

"我爷说,明天要开三十桌,分三批,应该很热闹。"

亓欣欣父母决定风光嫁出女儿,由胡向东出面沟通:"我们也不想搞这么隆重的,可架不住大伙儿随礼热情嘛,都是低头不见抬头见的。"经商定,分三个批次,先后进行流水席。

"他那人,好面子。"亓欣欣喝了一口汤说。

接下来,又都不言语。

"听说溪边的桃树都砍掉了,"过了良久,她低着头说,"我没敢去看。"

靠近黄河故道边,有一段清澈的小溪,两边遍植桃树,结好大的黄桃,是做罐头的好原料。可惜这几年市场不好,桃树也老了,被砍得七零八落的,改种上了更有经济效益的药材。

桃树没砍之时,每到春天,桃花开得不管不顾,灿烂得如梦如幻。每次上学下学,他们结伴走过桃林。桃花开了又落,他们走了很多年。高三那年春天,周末从县城回家,车子仅到镇上,下来还要走一段。到了溪边,亓欣欣停住脚步,道一声:"嚄,开得真好。"斜阳染得桃花灼灼,似一片鲜艳的火。两个人就那么站着,看花,看日落,看了很久。从没有过,却又似早已这么并肩看过无数次景致。亓欣欣望着云霞似的桃花,说:"能一直这么开就好了。"她转头,"你帮我画下来吧。"

钟必行学习一般,画画却好,走美术生的话,可以考个不错的大学,可惜辅导班学费太贵了,就算考上,艺术院校相对高昂的学费,也不是他能承担得起的。

"你打算考哪所学校?"亓欣欣问他。钟必行说了省会的一所学校。亓欣欣哦了一下。又看了一会儿桃花,天色暗下来了。亓欣欣兴致好,沿着溪边一蹦一跳的。学校如牢笼,此刻她才恢复了一点青春活力,天性在暖风花香中舒展。河岸不平,她摇摇摆摆的,钟必行担心她会跌倒,可她总能平衡得很好,像一只羊羔在草地上蹦跳,那份轻盈和生机,格外动人。钟必行走在稍后的位置,手始终伸着,保持随时搀扶她的姿势。在她再次趔趄时,他小心触了下她的指尖,亓欣欣回视一笑。正是这笑,鼓动了他,他终于忍不住,握住她的手。钟必行什么时候也忘不了握住她的手的感觉,像是抓住一尾跳波的鱼,有种美妙的温柔和滑腻。亓欣欣挣扎了两下,就任由他紧紧握着。钟必行的手心里都是突突的心跳。

那是他最心动的瞬间。烟花一样美好,却转瞬即逝。

到了村口,亓欣欣停下来,忽而说了句:"我也会努力的,你等着哦。"她成绩还没他好,他明白了,她也要考他所说的那所学校。钟必行郑重地点头,像是真能守住这段朦胧的情意,只需他深情地等。而事实上,那所学校他们都没考上,钟必行勉强够线读了个二本,亓欣欣本科线都没过,她没再复读,上了一年幼师,就在市里幼儿园工作了。

他们还沉浸在清溪边桃花的幻梦里。胡向东在堂屋和来客说话的间隙,不时地瞥向这边,终于看不惯,走过来,冲亓欣欣说:"看见你吃,我也饿了,炒几个菜,我和几个哥们儿加个餐,喝点儿。"

"还喝,你今天喝几次了?"

"哈,那不是娶了你,高兴嘛,我的宝贝儿。"胡向东说着,弯腰搂着亓欣欣,脸贴上去亲昵,也不嫌肉麻。亓欣欣推不动他。钟必行明白,胡向东特意做给他看的,胡向东在表演宣誓主权。

他刚要起身溜到一边,祖父过来,低声说:"你们聊,我来。"钟占宽洗锅,"新郎官,要吃什么?"

"还是让我老同学来做吧,见识下他的手艺。"

这就暗含贬损了。

"他呀,过些天还要去广东好大的设计公司做主管,看我忙不过来,过来帮帮忙,炒菜还得我老头子掌勺。"祖父给他撑面子。

"没事,我看刚才他做的汤就挺不错,怎么着,给哥儿几个也来一锅?"

"不怕他往汤里给你来泡童子尿?"钟占宽呵呵笑。钟必行乐了,老头儿真替他扬眉吐气。

胡向东还没发话,手下的伙计不乐意了,推了钟占宽一把,嘴里不干不净的:"老头儿,怎么说话呢?"

"你大爷,老头儿也是你能叫的?"钟必行抄起板凳,就要冲过去,被钟占宽及时制止了。

老头儿训他:"洗菜去。我们是来做事的,多大的气都得受着。"转身冲着刚才推他的年轻人,"小伙子,挺有劲啊,这一下推的,要不是我老头儿下盘还算稳,稍微这么往地上一出溜,新郎官的好事可就被你耽误喽……"

胡向东明白老头儿的厉害,他真要这么往地下一躺,说是推倒的,明天的宴席够呛不说,还不定什么路数呢。胡向东赶忙架住钟占宽的胳膊,端稳了,递上烟,赔着笑,让推他的人道歉。

钟占宽始终笑呵呵的,向孙子挑了一下眼角:"小子,生火,炒菜喽。"

胡向东哪还敢劳动他做消夜呢?几个人打个哈哈,作鸟兽散了。

3

翌日一早,钟必行就起来了,洗漱完后,开始剁肉。按以前的规矩,四喜丸子、红丸子、蒸肉等都得用刀剁,现在大家都要速度,粗糙是避免不了了,绞肉机甚至搅拌机都用上了。可宴席,有一道压轴菜——白丸子,还得手工制作。精选肥瘦相宜的猪肉,剁成肉糜,加蛋清,朝一个方向反复上劲,然后挤成类似鱼丸的小巧丸子,丸子在文火热水里定型,煮熟后颗颗晶莹,漂在水面,不下沉。上桌时,老母鸡、棒骨吊的清汤,对应入席人数放八颗白丸子,中间是一饱满圆润的红枣。丸子莹如雪团,红枣画龙点睛,被白丸子拱卫着,皆浮动在汤面上,煞是好看。可丸子如果漂不起来,人们就笑话了,说这丸子是"死的"。任谁主厨,脸上都挂不住。

钟占宽看到孙子起这么早,嘿嘿笑。他那个样子,钟必行不挤对他两句都难:"老头儿,不要以为我改邪归正啦,是怕你等会儿忙不过来,丸子真成'死'的了,我也跟着丢人。"

钟占宽只笑。

上午的宴席早早开始,祖孙俩忙活得脊背生汗,调停得当,不忙不乱,菜品依次而上。每桌八人,一次开十桌,八凉八热八烧,黄河的鲤鱼、雪湖里的鸳鸯鸭、农家饲养的土猪、扣肉、红烧蹄髈都轩昂油亮,每桌还来了一盘甲鱼。大家擦擦油嘴,抽着烟,喝得迷离,都说是近几年最丰盛的一次宴席。

唯独最后一关,白丸子入锅,还是大半沉入汤底,好在每桌就那一碗,钟占宽将浮起的捞出,也够分配。钟必行看见了,略显惭愧。祖父笑笑,没吱声。

到了下午两点多,最后一拨流水席才完。这之前钟必行只顾着端盘子配菜,忙得如拉满的弓,不作他想。这会儿忙完了,箭射出去了,弦松了下来,被压制的思绪纷纷"兵变":胡向东抱着亓欣欣进婚车，关上车门的瞬间，亓欣欣朝他看了一眼；而胡向东路过端着盘子的钟必行，似乎也得逞地看了看他……钟必行这才意识到，这射出去的箭，自此和弓一别两宽，再难有交集。他吐了一口气，心下惘然。

大黄是风流"惯犯"，已娴熟地勾搭了一条眉清目秀的母狗，正殷勤地带着新欢满院子寻找骨头，路过钟必行，拱一下母狗，似在对他翻一个嘲讽的白眼。钟必行气不过，踹了大黄一脚，将吊汤的棒骨偏偏扔向别家的狗。

晚上，是亓家帮忙的人一起吃饭，算是答谢，气氛宽松，欢笑连连。厨师炒好菜，解了围裙，也被叫上桌喝酒。钟占宽被大伙儿恭维，都说宴席菜品漂亮，主家脸上有光。他心里挺美，站着接过敬上来的酒，连喝几杯，摆摆手，谢了好意，不再喝了。

祖父不上桌，人们就怂恿钟必行代祖父出征，强拉硬扯着："小伙子，辛苦两天了，来，好好喝点。"他开始还拒绝，一旦上桌，此地酒风粗悍，劝起酒来火力生猛，钟必行招架不住，只要喝下一杯，接下来就如大堤崩溃。钟必行大醉，也许他本来就求一醉。

醉了的钟必行红头涨脸，抱着胳膊，颇冷的样子，对着桌上的谁都笑眯眯的，却吧嗒吧嗒掉眼泪。在座有约略知底的，就劝他："人家都嫁人了，你还放不下，哥们儿，别太痴情啦。"其他人懂了，不怀好意地笑笑，劝他继续喝："这会儿人已入了洞房，正热火朝天干着呢，你在这哭唧唧的，有啥用呀？来，喝酒吧，一醉解千愁哇。"倒满的酒杯，钟必行继续笑纳，也继续落泪。喝到这时候，在座的大都是年轻好酒的，荷尔蒙涌动，有人想想矮胖的胡向东,又想想亓欣欣的花容,对新人此时发生的细节格外着迷,借着酒意,越说越没遮拦,直到说出亓欣欣:"以前走路风摆杨柳似的,最近好像两腿叉拉着,怕不是姓胡的早播下种子了吧?"他们勾着头,哈哈笑。

笑眯眯的钟必行忽然变脸,站起来,一把将桌子掀了,抄起酒瓶,就要爆那人的头。

一时剑拔弩张。

旁人一看,分别摁住二人,不尴不尬地说着:"没事,喝多了,喝多了。"

钟占宽看不下去,扭着孙子耳朵,开着电动三轮车,载他回去。

出了亓欣欣的村子,到了半路,夜色四合,土路颠簸,钟必行胸腔里似揣着万千火团,烈火灼灼,他恨不得扒开胸膛,几声干呕,他要吐了。钟占宽停下车,拍着背,让他趴在土沟边吐。钟必行终于吐完了,也虚脱了,爬不上车,倚在路边杨树上,还笑:"老头儿,给你丢人了。"

"又没外人了,小子,想哭就哭出来吧。"

钟必行大嘴一撇,真要哭。钟占宽嫌弃地嗨一声:"收住吧,丑死了。"他给孙子点根烟,"他们笑话得没错,你这确实挺没出息,别的不说,不像你爷,当年……"钟必行摆摆手,让他也收住,老头儿当年的那段英勇故事,他也听烦了。

钟占宽年轻时家里穷,他父亲掂了大半辈子勺子,身板小,力气轻,拎不动锄头,常常辛苦一年,到秋收一结算,还要欠生产队的。实在没办法,钟占宽顶着风头,偷偷往交界的邻省县区贩东西、咸菜、粗布袜子、针头线脑,无非求个活路。来回一百多里,钟占宽一天一个来回,走时回时都担着一天星。因为年轻,苦,觉得也能受住,除了家里能活下去了,也因为她。钟占宽来回要走隔壁村口,她家在村道旁边。钟占宽黑里来黑里去,按说碰不到她,可心里存着念头,黑天黑地反而成了掩护:去时,路过她家,他咳嗽一声,敲敲最西边的墙壁,那是她住的屋;回来,轻轻拍拍墙。就这样,她的那面土墙像是灯塔,拍几下,像在轻叩心扉,去时身上有劲,回来心里有盼望。敲了一个月的墙,钟占宽在墙下堆着的柴草里留一个小包。第二天再路过,小包裹不见了,放包裹的地方有几颗花生。钟占宽高兴地跳了几跳,嘿嘿笑。他把那几颗花生揣在怀里,一直不舍得吃。自此,两人守护着这个秘密,钟占宽买给她的小玩意,梳子、头绳、手绢、布头,悄悄放草堆里,她能回馈的东西实在有限,但能看出是费了心的:一颗漂亮的卵石、几颗野灯笼果儿、一小块玉米窝头……他们没见过几面,却似默契多年。就这样过了一年多,两人添砖加瓦,已情意深厚了。这天,他回来,是夏夜的好天气,虽然累,他兴奋——他在村子里收到了一只银手镯,卖家情愿贱卖换点小钱买米面。银镯是以前工匠的老手艺,打得精致。他急着给她。到了屋后,他刚要敲一下,却见她就在柴草堆前,见他来了,羞得直不起头,捂住脸,透过月光,从指缝里看他。钟占宽直接傻在那儿,嘴唇只会哆嗦,忘了要说啥了,回过神来,将银镯子抛给她,竟然涨红着脸,一溜烟跑开了……刚跑几步就懊悔得想扇自己几巴掌,跑啥嘛,可又不好意思再折回去,就停下来,转身望着草堆的方向。她还站在月亮下,像一朵幽幽的花。钟占宽使劲看,看得眼泪都要出来了,他忍不住,冲着月亮轻轻喊了一声,心里开心得像是过年时打铁花一样,啪一下,火树银花,璀璨极了。钟占宽一夜无眠,辗转在懊悔和惊喜之间:懊悔的是,存了那么多话,一句也没说利索;惊喜的是,她对他笑呢……一大早他就出发了,迫不及待啊,只想赶快跑到她屋后,敲响她的土墙,如果她再出来,将昨晚没说出的话一股脑儿说给她,说完了干什么呢?敢不敢拉一下她的手?就这么想着,到了她家跟前,他就愣住了——草堆不见了,被连夜清理了,只留下新鲜露出的泥地……钟占宽想,被她父亲发现了,不会吧?——果不其然,很快,听说家里给她定了亲,好像是生产组长家的儿子。钟占宽急了,如热锅上的蚂蚁,团团转,也顾不上怕了,揣上一年多挣下的零钱,求到村里最有能力的媒人那里,说明来意,买了礼品,拉着媒人就去提亲。他出身不好,家里又穷,干的是投机倒把的事,还妄图勾搭好人家的女孩儿,她的父母一口回绝。钟占宽也不恼,反正提亲了,她本人又没明确当着媒人反对,家里不同意,就慢慢磨呗。熬了两年多,生产组长的儿子对她的清白早就怀疑,继而嫌弃,她执拗对抗家里,他们才如愿结为连理……

"我要是你呀,有这哭天抹泪的工夫,不如端直到她跟前,当面告诉她,爷们儿喜欢你,能咋的?瞧你这出息。"

"老头儿,你懂个屁。"钟必行给他个白眼,"听说和我奶定亲的那家,家境可比你强多了。老头儿,我就问你,我奶如花似玉的,一辈子跟着你生儿育女,临了也没享几天福,你就没有那么几个瞬间,觉得挺亏欠我奶的?"

这一问,把钟占宽问蒙了。

钟必行苦笑:"老头儿,时代不同了,婚姻附加的东西太多了,做不到给她幸福,就保持沉默和祝福,也好。"

4

初秋,玉米正嫩,钟占宽扯了几穗,煮好;以前肉少,逢年过节用豆子换些老豆腐,切薄,炸了,再卤,切成丝,凉拌或者热炖,都有嚼劲有肉味,钟占宽很久不做,这次卤了半锅;摘了屋后的酥梨,梨子带着金黄的光泽。都是妻子生前爱吃的,装了满满一篮。此外,钟占宽还炸了薯片,钟必行拈了片尝了下,就停不下来了,直到被祖父打开手。钟必行舔着手指上的余味,不得不啧啧感叹,老头在做菜方面确实有天赋,厚薄、色泽、口感几乎和超市里的没差别。

母亲五年祭。三个儿女里,就小女儿来了,另外两个根据经济能力也各自寄了钱。钟占宽携着小女儿和孙子,去坟地里祭妻。

妻子的坟墓前收拾得干净整齐,草长在该长的地方,这个季节,还有一丛月季绽放。钟占宽摆上祭品,小女儿和孙子都磕头拜了,退在一旁,留下他再念叨一会儿。

秋日旷远,玉米排行列队为颗粒饱满做最后的冲刺,蚂蚱赶在霜降前及时行乐,众鸟高飞,人、草木和丛中的蝼蚁,在秋天的阳光下聚集。生和死浑然一体。有个瞬间,钟必行甚至觉得祖母并没去世,她不过是以另外的方式,和他们仍在一起。这是钟必行在城市里所未有过的体验,脚下踏着土地,头上顶着太阳,似乎这一枝一叶在风中的律动都呼应着自己的心跳,人是饱满的、安宁的、有根基的，钟必行想，来自这片土地的，也终将归于这片土地。

可是，真实的悲伤挂在小姑眉宇间。疼她的母亲，确实不在了。像失去荫庇的小树，小姑要独自面对接下来季节变换中的荣枯。小姑才四十出头，鬓角已有零星白丝。钟必行脑海中忽然滑过一个念头：有一天小姑是不是也会化为一抔黄土？他站在外边，只能凭借斑驳的记忆，拼凑她的音容……钟必行被这个念头给吓住，秋风里，望着祖母的坟冢，他的眼泪悄悄滑落。母亲走后，他成长中获得的爱，除了爷爷奶奶给予的之外，最多的就是来自小姑。小姑未嫁时，天性里洋溢着快乐，进出常哼着歌，还教过钟必行不少。他喜欢上画画，就是小姑买给他的连环画启蒙的。小姑的青春期正是流行歌曲的黄金时代，她镇子上的同学能从县城买到磁带，小姑床头贴满港台的明星，一脑子粉红的梦。回想起来，小姑算是乡村的文青，也就是在听歌交换磁带的时候，小姑认识了后来的姑父。可惜的是，姑父清瘦儒雅，落在生活里，却左支右绌，给不了小姑也给不了家庭严实的庇护。

小姑转过身，问他："毛毛，听说上回你喝多了？"小姑宠他，从来只柔柔地叫他的乳名。

肯定是祖父传的闲话，指不定添油加醋编派他多少糗事呢。这个糟老头子，钟必行恨得牙痒。

"那女孩好没眼光，没事啦，姑再帮你介绍好的。"

"姑，你就别替我操心了，我都这么大了，啥也没有，养活自己都费劲，有时觉得自己挺没用的，可不敢祸害人家女孩了。"他笑着说，"其实，她才是对的。结婚可不是恋爱玩儿，就得实际一点。"

"你这么一说，就姑傻呗？"

"姑，要是你当时选择那个部队提干的，现在生活也该是另一番样子吧？"

姑姑不吭声，微笑着，摇摇头。过了片刻，她才淡淡地说："选谁不选谁，又不是做买卖，哪能都算计那么清呢？"她说，"姑没后悔过。这些年，难是难了些，也有过开心。你姑父是没大本事，不是那种呼风唤雨的男人，也没有什么权势，但不管是顺境还是逆境，两人扶持着、包容着，一步步走过来，就没觉得熬不下去。钱多钱少，日子能过，身体还算健康，孩子眼看长大了，心里有份希望。姑觉得没看走眼，不是自我安慰，真觉得挺好的。"怕他不相信似的，又说了句，"真的。"姑姑说话时，还保有小女孩的神态，眼神永远这么坦白地望着对方，带着湿漉漉的无辜气质，像羔羊。她不会说谎。

姑姑也确实没撒谎。在他们聊天时，姑父风尘仆仆地提着礼物赶了过来。他们在县里经营个水果摊，他上午送完了同城网上预订的外卖单，托付了别人看店，才带着祭品抽身赶来，来了就烧纸祭奠。一年没见，姑父似乎又矮了一点，脸上依稀还能看出年轻时的俊朗，但笑起来，褶子里有了生活压下来的疲态和无奈。一个中年男人，守着小小的水果摊，要养两个男孩，还有日渐苍老的父母，肩膀上怎么都像被无形的东西压着，再也轻松不起来。可他看向妻子的眼光里，掩藏不住的，都是温柔和疼惜。那是两个人一起走过风风雨雨，深深的默契。

望着他们夫妻，钟必行觉得小姑是对的，可还是不由得为小姑心疼。虽说姑父对她好，可落在生活里，日历上的每一页，都翻得辛苦、沉重。想起小时候无忧无虑的光景,他一句话,就又把小姑惹哭了,他说:"姑,那时你多爱唱歌,奶可喜欢听了,要是奶再能听到就好了。"

祭奠完了,回到家,祖父做了几道菜,有小姑爱吃的拔丝地瓜,有钟必行爱吃的扣碗,有姑父爱吃的扯面。吃完饭,陪父亲聊会天,小姑就和姑父回去了,要给放学的小儿子准备晚饭。

钟必行就在一边玩手机,祖父吧嗒着烟袋,忽而悠悠地说:

"小子,你上次问我,我想了好几天,不敢说对你奶没亏欠,但有一点,有啥好东西,都是先尽着她。我把能给她的都给了。确实,她跟着我,养育三个儿女,操持整个家,辛辛苦苦,一辈子没享过啥福。可三个孩子里,除了你爹娇惯得有点懦弱,娶了个强势的老婆,日子过得不如意,你的两个姑姑都还可以,至少他们三个都本本分分地生活,上能孝顺父母,下能抚育儿女,平头小百姓,还求什么呢?我知足了,你奶也知足了。我们尽心尽力了。"

祖父抓了一把薯片,咔嚓咔嚓地吃。

"还记得不?你有次回来,买了一包薯片,你奶吃得可开心了,吃完了,又不好意思再去买。后边病了,说走就走了,再没吃上。"祖父轻叹,"我是替她吃。"

一下子勾出钟必行的泪。

"爷,给你说个事。"

"哎。"

"把我奶的照片摆上吧。"

"不摆。"

"为啥?"

"放桌上，你小姑来一次哭一回，我都被她哭烦了，再哭能咋？你奶能活过来？"他说。抽了很久的烟，望着天上，祖父忽然低低地说："我都摆心里了，老婆子。"

5

入了秋，红白事渐多。主家骑个摩托，来到钟占宽院里，递上支烟，说声："大爷，日子定在某天。"钟占宽点点头。闲聊一会儿，抽完烟，来人起身，奉上个红包，道声："有劳了。"往常，钟占宽笑笑，就接了，回一句："放心吧，爷们儿。"这次，来人递来红包时，钟占宽往孙子那儿一指，来人就再次笑着，将红包交给钟必行，不忘恭维："挺好，你这后继有人啦，咱四邻八乡有口福。"

来人走后，钟必行嘟囔道："他搁这咒谁呢？我会这么没出息，去当个乡村厨子？"

"厨子能当好，也算你能耐。"

钟必行撇撇嘴，很不屑。

祖父冷笑一声，小子，不羞辱你都不行了："你在南方工资多少？拣开得最多的那个月说。"

"七八千。"

"真有出息。给你，看看。"钟占宽抱出床头的木盒子——他的百宝箱，里面挤挤挨挨都是散乱的钱。这些纸币因为流转频繁，磨损起卷，皱巴巴的，更显得数量可观。祖父豪气地扒拉几下："上个月的，接了九家，每家两千，有一家去世的是五保户，只收了一千，总共加起来一万七，就这，还有主家给的烟酒没算。"

钟必行沉默。他确实够没出息的,上了学,却找不到体面的工作,在公司里做设计改得一天想死几次。对他交上去的设计稿,领导动辄指着自己分头下的太阳穴,一副不耐烦的嘴脸,轻薄的唇甩出经典的口头禅:"钟生,idea,OK?来,头脑风暴一下,我要创意!"就又开会,开不完的小组会,拉个屎恨不得都在憋创意。钟必行经常梦见自己在领导说创意时一把将笔记本摔了,创你妈的意!醒来看到微信里房东轻飘飘一句"下个月房租涨三百",再想想日益蹿高的城市房价,一年工资不够买一两平方米,立足无望,更不能反哺辛苦了一辈子的祖父,高不成,低不就,现实里弱不禁风,无力招架生活的任何招数,竟还有脸瞧不上老头儿的营生。可他还嘴硬:"我的工资是吹着空调喝着可乐挣的,不像你,烟熏火燎。再说也就是秋冬几个月生意好,平常也没几单,有啥可骄傲的,老头儿?"他还给老头儿追加一句,"要不下个月我就出去?省得你看着没出息,惹你心烦。"

这回轮到钟占宽沉默了,过了许久,才试探地问:"真要出去?"沟沟坎坎的脸上,带着委曲求全的表情。钟必行于心不忍,却又回复得认真:"那就看你表现呗,反正我到城里总能找个事做。实在不行,"他撸起袖管,露出纤弱的肱二头肌,"我扫大街去。"

钟占宽明白了,骂一声:"小狗日的。"笑眯眯的,"中午我们熬羊汤,我这就去市场。"

钟必行摁住祖父,从他的百宝箱里抓了一把钞票:"你先去刷碗洗锅,我去买肉。"又拿了几张,"这是跑腿费。"

祖父咧着嘴,笑得满足而欣慰。

这小老头儿,就得这么撑他,他才温柔。可一转头,钟必行的眼泪就落了一脸,傻老头儿,还以为我不知道呢,接下来的日子,我怎么舍得再离开你一天?

6

自此之后,人们常见钟必行开着电动三轮车,旁边坐着钟占宽,车斗里拉着盘子、碗,走街串巷,去做宴席。祖孙之间的传承关系,自然而然,谁都觉得理当如此。

今天去的这家说起来和钟必行还有点远亲,他得叫姑奶奶。姑奶奶仗着身子骨硬朗,在往梁上挂为儿子晒制的腊味时,只觉膈膜那里"咔嚓"一声,气血上涌,眼冒金星,登时摔倒下来,人就不行了。

祖父照例支锅垒灶,切菜、炒菜。吃完杂烩菜,来帮忙的亲邻就有点群龙无首。去世的姑奶奶有儿子,并且儿子非常光彩,在大城市,任某医院副院长,是区域范围内的"别人家的孩子",每个不努力学习的后辈,都被父母、老师拿眼前这鲜活的榜样对比、教诲过。可因为疫情,儿子姚远被派往别的国家支援,母亲去世得遽然,他有任务在身,一时赶不回来。

人们于是感慨,孩子太有能耐了也不行,跟天上的风筝似的,飞出了云外,有自己的世界,再指望不上。这下,亲娘死了,都不能送终,要这样的儿子有何用? 特别是那些学习不行,不得不依附村子和土地谋生的乡邻,更觉得此言有理,纷纷点头。又有人说起老太太的固执,放着好好的城里不去,偏要守在家里,摔下来死了两天才被发现,真是悲惨。

钟必行接了个电话。姚远不知从哪里找到他的号码，想来应该是那年他报考哪个专业时向他咨询过。电话里，姚远委托了他两件事：一是将母亲葬礼的过程尽量多录一些；二是帮他磕个头，在棺材前摔孝盆。第一条钟必行立即答应，第二条他怔了一下。在他迟疑的刹那，姚远鼻音凝塞，央求一句："小兄弟，拜托了……"钟必行为之一震，这个中年男人极力想维持得体，不愿在一个后生跟前显露脆弱，而内心储蓄的悲伤，已经快要漫出来了。钟必行回道："我得和我爷说一声，您放心，应该没事。"

摔孝盆，是此地葬礼上一道重要仪式。这个盆，连接阴阳，盆为聚财，寓意死者生前吃饭的碗，摔碎了，和这个世界也就一刀两断了，可以安心去往另外一个世界；也有说这孝盆，底下凿着孔，是为了逝者过奈何桥时少喝一些迷魂汤，不忘阳间还有亲人挂怀。到得起灵出殡，亲邻抬棺行至路口，缓缓落下棺材，孝子将灵位前燃烧香烛纸钱的陶盆举在头顶，吉时已到，丧礼主事者令下，孝子将瓦盆在棺前摔破。盆碎了，相当于一声号令，唢呐哀乐响起，逝者要上路了，袅袅青烟为其指引，出殡的队伍开动，一路上棺材再不落地。

摔孝盆的，必得是逝者的长子长孙。

钟必行磕磕巴巴，跟祖父说明，怕老头儿不乐意：他还好好的呢，孙子就先摔孝盆了，不吉利。老头一听，没犹豫："嗨，我当多大个事，一分钱不能要他的。"风俗里，不是亲儿亲孙，替摔了孝盆，必先认为干儿干孙，亲族默认是可以继承逝者遗产的，姚远刚刚就表示会给钟必行一份厚重的酬谢。有了祖父的话，他放心了。钟占宽叹息着，又加一句：

"小子,好好摔,就当是为你奶。"

钟必行的眼泪唰地就下来了。奶奶去世时,正是他高考前最紧张的一段时间,直到他考完回到家,才知道奶奶不在了,只换回原野上一处苦黄的新土。钟必行体会到什么是撕心裂肺,就是那种被无形的手,一片一片撕开心中最柔软的部分,不仅是疼,是抽离了骨骼的瘫软,人呈破碎状态,只感觉血红的眼泪从体内泄洪一般往外涌……他其实恨了祖父很长的时间,怪祖父自作主张,不让自己见奶奶最后一面。祖父在大事上,有着沉默的决断。祖父向他解释:"你奶有心脏病,突发心梗,也许是她最后几年信了主,她信的圣母眷顾她,走得没太多拖延的痛苦,挺安详的。"

钟必行架上手机,拍丧礼上的场景。他拍得很细致,不能辜负了姚远的嘱托。可只拍灵位前的吊唁,太沉重了,他也拍了些祖父做菜的场面,没别的目的,就想留下祖父的视频,百年之后,还有视频可以将回忆穿起来。

刚拍时,祖父还有点不自在:"这是干什么的?"钟必行回:"说了你也不懂,好好做你的菜就行了。老头儿,你不是总想着让我继承你这套手艺?我录下来,想学的那一天,回头慢慢看。"祖父连连点头,以为孙子想通了,要跟他学厨呢。

钟必行在公司做设计时,做过类似的宣传视频,单拍画面单调,需要聚焦镜头下的人讲述些东西,省得他旁白。按照他的要求,做饭的间隙,祖父觉得小子既然打算改邪归正,孺子可教,就忍不住卖弄,从豫菜的历史说到他的家世:

"商相伊尹,厨师鼻祖,有说就是咱这儿的人。《清明上河图》上的酒楼林立、饭肆遍布,《东京梦华录》里饭铺繁荣,菜肴数百种，豫菜于此时达到鼎盛。以后就衰落了，后边，项城的袁大头当了总统，豫菜又有了点儿回光返照，出了不少名菜，糖醋鲤鱼焙面、鸡茸酿竹荪、锅贴金钱牛肉等等。

"说起来，中州地利，得四季天时，调和鼎鼐，包容五味，豫菜五味调和，质味适中。成也其中，败也其中，豫菜缺乏其他菜系的鲜明个性，中和，少有特色。细想下来，这些都和做人是一样的。

"我老头儿为啥做饭好吃？有渊源的，祖辈就是干这个的，侍奉的都是开封、洛阳有名的老店。尤其到我父亲，豫菜历史上都留有名姓的，不容易。据说他老人家还曾在北京赫赫有名、专做豫菜的'厚德福'干过一段时间。可有一条，他好赌，越混越次，最后到县城的饭店里安身，就这，公私合营后店里把他开除了，这才落回老家。"

"行，吹得挺好，您老继续。"祖父说起家族的历史来，没完没了，也不知真假，他都录下来了。他在短视频平台上注册了个账号，名字就叫"流动的宴席"：不单是照应祖父操持的流水席，钟必行想，一季季的草木，一茬茬的人，不断叠加的坟，无不是上天在下饺子给岁月吃。钟必行粗做剪辑，将祖父絮叨的做菜视频传了几条，如他所料，关注者寥寥。他想，就当个记录好了。

本来略显仓促的葬礼，忽然传来消息，市里领导要来慰问，宣传表彰姚院长高尚的医者精神。领导要来，葬礼一下子热闹了。市里相关部门先来，县上、镇上、村里大小领导争先恐后地陪同，探查了一番之后，确定了领导的行车路线、慰问参与人员、电台的镜头取景地点等等。这么一来，原定的丧事从简就被推翻了，成了一项任务，领导已逐层指示了，要"在从简的基础上，凸显出隆重"。不停地有相关负责人进出指导、落实。

老太太的丧礼规格一下子被拔高了。

镇上紧急调派一批物资，重新布置了灵堂，老太太的遗像装裱得金光闪闪；县里临时组织了一批师生，前来鞠躬献花……狭窄的村道上，一时车水马龙。

人们于是又感慨，孩子还是要有能耐，风筝飞到云彩上，才能见到天边，谁家老娘的葬礼市里领导会来呢？大伙儿立刻转斥自家小孩，看见没？要以姚家为榜样，好好上学，也当他个什么院长，家里才能跟着沾光。

说是丧事，人来得多，就有交际，除了不喝酒，饭菜还是不能少的。钟占宽更忙。可不管先后多少人，钟占宽始终有条不紊，各种菜品及时有序。来了领导，村里主事的为了讨好，往往临时起意，要加菜。加菜跟吆喝服务员似的，颐指气使，以此显得自己有威仪。菜加了，对胃口便罢，有时众口难调，主事的还要向领导赔笑，损一句："到底是乡下厨子，手艺有限，您对付几口。"

祖父倒波澜不惊，任谁说啥，只要不杵到脸前，都当没听见。钟必行气得不行，祖父还笑："小子，你才经见几场？有那难伺候的，路数多着呢。"

怎么说，做菜也是伺候人的营生。乡下宴席，再怎么隆重，可大都受过穷，婚丧嫁娶的席面，底子里是节省下的豪掷，厨子来了，总要看主家脸面。各色人等，强人太多，伺候不好，说得就难听。当初，儿子跟着他跑了几年，说什么也不愿意继承他这摊子手艺，原因就在这里。

领导慰问那天，献花的环节，亓欣欣竟然来了，带着一班佩戴红领巾的学生。钟必行才想起，胡向东动用关系，早将她调到县教育部门。钟必行哑然而笑，她真是嫁对了。亓欣欣富态了，白皙的脸上薄施淡妆，为葬礼吊唁准备的悲意，带点小剂量的憔悴感，更突显出她立体洋气的五官。她应该也发现了他，眼神里含着一汪云烟，静静地看他两眼，没打招呼。钟必行自觉退出人群，来到外面，默默地抽烟。

终于到了出殡那天，钟必行跪在姚远母亲棺前，主事的一喊，他接过孝盆，应声摔得碎碎的。人们都说摔得好。孝盆摔得越碎，越吉利。可是，孝盆摔碎了，该起棺了，钟必行还趴在地上，长跪不起，压在胸中的委屈，哭得收不住。人们都说，这孩子，挺实诚，假扮一回孝子，还动真情了。

只有祖父远远地看着，借着烟雾缭绕，悄悄拭了下眼角。

7

冬初，大寒，却无雪，天干地旱。许多老人扛不过，在冬天的残夜里耗尽最后一点余温。钟必行给祖父买了电褥子。睡到中夜，风大，刮得窗户呜呜啸响。他起来，摸摸祖父的被窝，一片冰凉，祖父身上也没多少热气。摸到了祖父胸口，钟占宽嘿嘿笑了，原来他早冻醒了。钟必行急了："老头儿，开关就在床头这儿，冷了怎么不开呢？"

祖父探出头，笑笑："费那个电干啥？"他说，"以前那么些年，冬天，不都是这么过的？"

钟必行刚要驳斥他,能费几度电?瞧你抠的!转念想到邻村的孤寡老头就是用劣质电褥子,贪暖,一直开着,老人感受又钝,睡梦里就这么慢慢被烤焦了,转过天邻居闻到气味不对,才破门发现。那种说不上是臭是香的奇异气味,经久不散。听闻这事的鳏寡孤老,再用电褥子,都不由得心惊胆战。老头儿这是怕呢。其实,老头儿也不是怕死,是怕万一他出了事,谁照顾这小子?他还没和这个会气人的孙子斗够嘴呢。

"我买的是好的,不是劣质货,放心用。"

祖父裹紧被子,不打算开电褥子。钟必行没辙,只好故作嫌弃地叹口气:"往里挪挪,真是的。"祖父这下精神了,挪到挨着墙,将木床大半边都露出来,迎接孙儿。钟必行给墙角呜呜叫的大黄垫上旧棉袄。躺下,警告他:"不许拽我被子哦。"老头哎哎答应,乐得不行。

两人睡下,都没动静。过了很久,祖父才伸出一只枯瘦的手,帮他掖掖被角。手试探着,在他头上停留了一下,想摩挲又怕惊醒他,就这么悬置在半空,还是收回去了。钟占宽满足地轻嘘口气,保持着一些距离,贴近孙子,嗅着他年轻的气息。

"爷……"

夜很静,他孤立的轻唤,如石子,砸破河面,涟漪荡漾开去。

"嗯。"

"嗯啥,老头,你晚上又吃蒜了,还没刷牙?"钟必行咽下喉咙里的泪意,嬉皮笑脸的,挠祖父的痒痒肉,凉手插入祖父后脖颈。小的时候他最爱玩这个小游戏。

钟占宽笑得呼哧带喘,连连求饶,钟必行这才罢手,容祖父瘫在那里喘气。

夜，重新冰冷地静下去。

又过了许久，钟必行扭过头，背对着祖父，似是喃喃，才说："爷，去医院吧。"

"不去。"

他明白孙子的意思。上次轻微中风，以为恢复好了，没有，一检查，高血压不说，心脏也有毛病。人老了，就像衰朽的老屋，看似还是屋宇的样子，可住了七十年了，地基早已松弛，梁木、椽子、檩条都有虫蚀，总有一天会塌。他才不怕，就是有点后悔，诊断书没藏严实，怎么就让孙子翻到了呢。

"孙儿求你，行不？"钟必行终于卸下嬉皮笑脸，绷不住了。

"傻孩子，这有什么好哭的？"祖父一时很无助，倒像是他做错了，不知怎么去宽慰孙子。"转过年，爷都七十一了，还能活几天呢，够本了，攒俩钱不易，留着给你娶媳妇。"

"我不要，爷，我能挣……没了你，我该咋办……"钟必行不敢想，祖父没了，他在这世界上还有什么意思呢？就像是一棵老树，枝叶萧疏，仍撑在他头顶，替他遮风挡雨。更重要的是，这棵树没了，留下的天地，该是多么荒凉。他深刻理解了小姑在祖母坟前的恸哭。钟必行越想越怕，眼泪流到耳蜗里，他攥住祖父的手，像是在和想象中的死亡拔河，他要将祖父拉住。

钟占宽也落了泪。哆嗦着，抱住孙子。

"放心吧，爷年轻时吃的苦多了，命贱，身子骨硬，哪这么容易打垮的，还没见到我孙子娶媳妇呢，一时半会死不了……"钟占宽还笑，"就算死了，也没事，我问过信主的，爷这辈子没做过啥坏事,该不会下地狱。到时候,在天上看着你,啥都能看见。"钟占宽心说,我虽风烛残年,可因为有你,爷和这个世界、和将来,还有关联。小子,你要好好的,不要因为一时的挫折就泄气,要像爷爷一样,活一天,都乐呵的,开开朗朗的,不去想那些悲伤的事。要不然,嘿,爷就算在天上,也骂得你耳朵发热。

风还在刮着。

"爷,睡了没?"

"嗯,咱爷俩再聊会儿?"

"爷,想吃你烤的红薯。"

"嗯,明天烤。"

小时,他冬天傍晚放学,奔到厨房,炉膛内必定有祖父为他烤的红薯,祖父时间掌握得恰到好处,此时红薯外皮焦黄,不烫,掰开,香气绽放,吹两口,就可大快朵颐。钟必行长大后,再没吃过那样香甜的红薯。

"老头,我以后年年冬天都要吃。你得好好活。"

"好,爷听你的。"钟占宽拍拍他,说,"爷应该还能再活两年。"

"你知道,我姑心小,我奶一死,她都哭成这样,你要是……"他说,"不为我,也为我小姑。"

"别惹爷哭哇……爷知道。"

风像是小了,该是下雪了,有冰粒子,沙沙响。

"爷,睡不?"

"再说几句,就睡?"

"爷,问你,下辈子,你想做什么?"

"深山老林里，做棵树？或是做头猪，吃饱喝足，天天睡大觉？反正不想做你爷了，操心费劲，总还叭叭犟嘴。"钟占宽笑呵呵的。

"我还想当你孙儿，除非就不做人了，挨着你，做棵草。"他说，"做人，太苦了。"

"你还没狗年纪大，有啥好苦的？"祖父笑他。

他睡着了，祖父才念叨一句："苦了也好，才显得甜。"

8

钟必行的账号关注人数慢慢多了起来，是逐渐增加的，大家看的不单是祖父做菜，还有祖孙俩斗嘴好玩儿。有不少留言说像追剧一样，羡慕视频里的这份乡村烟火、祖孙逗乐，是他们午间下饭必备的良器。钟必行想起他上班时，也是这样，吃着难以下咽的外卖，点开常关注的吃播视频，或搞笑段子，是他难得的松弛时刻。只是，当他成了别人关注的账号时，才知道这背后拍摄、剪辑、配字幕、配音乐的辛苦。但能陪着祖父，辛苦还是值得的。

他的厨艺也有了进步。

有几个视频，是小姑来时拍的。架不住他的哄劝央求，姑姑唱了几首老歌，邓丽君、叶倩文、徐小凤、梅艳芳等等，小姑唱得有模有样，这几条视频，竟然有了罕见的播放量。有人给小姑送礼物、打赏，钟必行真开心。不仅是有微薄的收益，更是因为他曾美丽的小姑，可以暂时卸下生活的重担，重回年轻时光，并且有不少人欣赏。

人有了希望,就像是有了高利贷的账。你不停地去计算这雪球能滚多大。这天早上,天冷,钟必行赖在床上,半睡半醒间,思绪纷繁,他打算趁热打铁,多拍些小姑唱歌的视频,希望能在平台上爆红,挣到钱,给祖父长脸,同时,也让亓欣欣刮目相看。他甚至促狭地想,胡向东你就嘚瑟吧,老天爷哪天睁开眼,你就是秋后的蚂蚱啦,一旦倒了台,看你还在人前显摆什么……越想越沦陷,似乎敌人已经灰头土脸,自己所有的美梦都能实现。

朦朦胧胧间,传来清晰的汽车轰鸣。

开了门,是胡向东。

仇人相见,钟必行瞥了他一眼,不打算寒暄。胡向东也自觉没那么大的脸面,打开车门,架出臃肿的亓欣欣。冬日的朝阳映在脸上,更显得脸色虚白。几个月不见,亓欣欣裹着羽绒服,也能看出有了身孕。她胖了,也许是因为孕期反应,眼睛里透着疲倦。未曾开言,她下意识地捂着腹部,先笑笑,歉疚似的,湿漉漉的眼睛望着钟必行,问他:"爷爷在吗?"

"前两天可能夜里着了凉,有点咳嗽,刚吃了药,在里屋躺着呢。"

"我家公,快不行了……"亓欣欣声音里含着水分,"老人的意思,丧席一定要你爷来做……爷爷能去吗?"

胡向东匆促地笑一下,递上两条"中华":"我知道,我爹以前和你爷有点过节,是他的不对,我替我爹赔不是,现在我爹这样了,还是想请你爷……"

钟必行记得祖父跟他说过,胡向东的爹老胡,在村子里做了多年的头儿,有一年,给老母亲做寿,请钟占宽去做宴席。祖父的规矩，先要向主家咨询来多少人，酒席做成什么样规格，冷菜几个热菜几个烧菜几个，都问清楚了，他报出菜品，根据主家预期的成本调整菜单，等确定了菜品，他就开单子，写明各类肉菜、调料要买多少斤、多少包，单子交给主家去置办。采买的事儿，钟占宽从不沾手，牵涉到钱，总要避讳。

这回，钟占宽还没开单子，老胡已经买好肉菜之类的，老钟一看，菜是蔫的、老的，肉尽是些筋头巴脑，一股脑堆在那儿，还散发着腐败的气味。钟占宽明白了，这是打着寿宴的名义收礼金呢。可这样的肉菜，确实没法做席。钟占宽找到老胡，陈述了自己的意见："主家，这样的菜，不好做哇……"

还没说完，老胡就不耐烦："这菜怎么啦？好做花钱请你干吗的？"得，没法沟通了，爱咋咋吧，钟占宽递上定金红包："我本事薄，干不了，您另请高明吧。"

老胡一听就恼了，"啪"一下打开钟占宽伸出的手，叱问他："你做不做？给你脸了。"也是颐指气使惯了，他有个堂弟在市局任要职，老胡跋扈一点，大家也都觉得有天然的合理性。

当着村里有头有脸的人们，钟占宽这么忤逆，老胡确实下不来台，人们劝着钟占宽："快赔个不是，好好做饭。菜不好才显示你水平呢。"不劝还好，一劝，更落实了老胡故意买些赖肉坏菜，就为图谋大伙儿的礼金了。

要说也不能全怪老胡，老胡母亲为人悭吝，按说弟妹家将儿子培养成市里的要员，也带动她的儿子老胡鸡犬升天。可老胡母亲不这么想，她觉得自己各方面都比弟妹强，儿子长得也比她家的排场，就弟妹那个唯唯诺诺的样子，凭什么超过她这个嫂子？老胡母亲觉得自己挺委屈。她不反省是不是自己的性格将儿子培养得也骄横嚣张，也不怪儿子不争气，整天气哼哼的，合着谁都欠她似的，说话做事没个好脸色，且执拗吝啬，儿子做了村里的头儿，总以为别人要来占她家便宜。六十六大寿，老胡也不差这点酒菜，母亲却将地里种的菜，不分好坏贡献出来；肉是她自个去买的，没几块好的，就这，她还觉得亏了：村人不拘上多少礼金，都得好吃好喝伺候他们，便宜了他们！

如钟占宽当时服个软赔个笑脸，就去支灶备菜，也就罢了，可他递过去定金的手一直杵着，老胡就觉得这人太不识好歹，照他手上打了一下，他还递。

老胡照钟占宽膝盖上踹了一脚。这一脚水平挺高，钟占宽应声摔倒，摔倒了他还笑，笑得很轻蔑。老胡气得直叫！

钟占宽爬起来，拂去膝头上的尘土，叹息一声，不看老胡，说一句："做人不是这样做的。"将定金放在案上，拉着厨具走了。

在他拉车往回走的时候，老胡冲破相劝的人们，挥舞着木棍，砸在当时钟占宽的木架子车上，打碎了不少碗碟，并叫嚣道："钟占宽，这村里的红白事，以后你别想染指，再踏进村里一步，狗腿给你打断！"

钟占宽一叹。

结果，临时找了别的厨师对付。宴席仍然热闹非凡，你平常想巴结还没机会，当着祝寿的茬口，谁不来？谁敢不来！都说菜好、酒好、烟好，啥都好。可第二天，出席寿宴的村民，集体没出门，皆窜稀，裤腰带都不敢系，一趟趟跑厕所，拉得虚脱。过了很多年，一提及老胡母亲的那场寿礼，村里人还不由得腿肚子发软。

流动的宴席

如今，强人老胡，死之将至。

人们说，老胡死得还是及时的，省得目睹接下来的厄运。老胡的堂弟上个月被"双规"。胡向东在市里的生意也被波及，没了往日随行者众的风光。虽然老胡家底仍在，人们也知道，这回他家真要倒台。

当初趋附得有多热烈，现在远离得就有多迅速。

钟占宽会去为老胡做丧宴吗？

"知道了，主家，等定了日子，我就过去。"钟占宽从堂屋出来，"跟你爹说，放心好了，我老钟会用心的。"他说，"我也老了，快干不动了，就把你爹这回当成最后一次掌勺吧。"

亓欣欣的眼泪落了下来。胡向东弯腰奉上定金，连唤几声："哎，哎。"说道，"大爷，谢谢您了。我这就回去告诉我爹，说你愿意接……"

胡向东和亓欣欣走了。

钟必行还转不过劲："爷，你接他干什么？他爹羞辱你成那样，他又这么恶心我……"

"人这辈子，谁不是个几浮几沉？无非他家浮起来的光景气焰拿人罢了，说起来，我和他爹，也不是什么大事，给个台阶，顺坡下驴就好啦。计较得太多，日子还怎么过呢？"

9

老胡的丧事，冷清。或者说他生前太热闹，也或者他母亲当年的葬礼太轰动，对比之下，更显得冷清。

老胡这人，一辈子强硬，说话、做事都是。他虽然独断，可也做了不少事：修整了村貌，连通了道路，帮扶了五保户，发展了村里的批量养殖副业，让村人得到了实在的好处。平心而论，很不错了。可他霸道惯了，在台上时，人们或惧于势力或跟随谋利，真真假假，表现得低眉顺眼，一旦倒了台，树倒猢狲散，被他霸凌过的，当然扬眉吐气，呸一声，骂句"活该！"；得他好处的，或忌惮新上台的，或恐于人言，都不好出面。吊唁的仅余亲戚三三两两，冷清，凄凉。

老胡的老婆伏在灵前，哭得哀哀的。不光是哭丈夫，儿子被牵连，家境必然急转直下，人享受过山顶的荣华，再滚下山脚，对苍老的她来说，每一天都必将是煎熬。

胡向东到底是老胡的儿子，没掉一滴泪，来吊唁的，他率领着妻子和妹妹，该有的礼节一点没少。停灵、守灵、通知亲友、选定殡日、联系殡仪馆、火化、亡魂回家、入葬，胡向东安排得当。父亲一死，他得挺起脊梁撑住天空，几天来，他站得稳，挺得住。

钟占宽做菜的间隙，望一眼胡向东灌满悲怆而挺立的身影，也忍不住叹息一句："就事论事，养儿还当如此啊。"大有生子当如孙仲谋的意思。钟必行一时恍然，不知是否该批判老头可疑的立场。老头说完，还朝钟必行望了望。顺势时能折腾能轩昂，低处时也能忍能扛。这是嫌他不如胡家儿子了？

"有这精气神在，他家挨过这个坎，将来还会翻身的。"帮忙的人们，有人预判，并说，"亓家的那女子，有点眼光，没嫁错。"

钟必行听来，这话就格外刺耳。这帮老糊涂，有没有点立场啊！胡向东现在是什么？是多少起非法集资、恶性开矿、暴力征地的调查对象，判他几年还说不定呢，他"将来"个屁啊！

钟必行很气。

可冷静下来，他不得不承认，他不如胡向东。胡家父子性格中有一种不服气的血性，何况家底还在，就算进去几年，出来还能弄出点动静。这一比就没意思了，灰心、挫败、无奈，或许亓欣欣从一开始选择就是对的。钟必行深深叹一口气。

因在孕期，葬礼上亓欣欣并未多露面，但也尽着一个儿媳的本分，在不停地叠元宝、做白幡，脸色肃然。钟必行几次将餐食端到她跟前，她凄恻地看他一眼，就低下头，继续折叠锡箔纸钱。

烧火的间隙，钟必行总下意识地望向亓欣欣羽绒服笼着的腹部。他真没出息，还替她愁苦。

祖父突然一马勺敲他头上，应声起个包。"火都灭了，想啥呢？别乱望，好好干活儿。"祖父心说，别人的媳妇儿，不该你操心的，傻小子。

钟占宽剁好了打白丸子的肉馅，一遍遍摔打肉泥上劲。"学着点儿，小子，就教你一回，下次再有沉下去的，还得敲你。"

钟必行心里烦乱，打起精神看了半天，老头只是不停地在盆里摔打肉泥，总以为要结束了，他歇歇手，继续摔打，枯燥至极。

不过他还是架上手机，将祖父调馅的过程录下来。

"是不是以为有啥绝技？"钟占宽说，"啥都没，老老实实摔够千把下，别想着偷工减料，就得经过这么多摔打，它才能浮起来。是不是和人这辈子挺像？"

钟必行似若有所思，又似在开小差，眼神愣愣的，但及时捕捉到祖父想去拿马勺的动作，赶紧回过神，继续听老头絮叨，脑子却想的全都是胡向东牵扯了几桩案子，传得有鼻子有眼，他出事了，亓欣欣怎么办？又想他们毕竟是一家人，她都神色坦然，看来应没大事，老头说得对，自己算什么呢，操哪门子闲心？

就这么犹疑猜测间，到了出殡的吉时。亲族抬着棺，在唢呐吹吹打打的呜咽声中，将老胡送入祖坟。墓坑预先挖好，烧了纸叠元宝，祭奠哭毕，棺材入坑。

一代强人，就此入土为安，却仍不能盖棺论定。他的功业，必然在很多年里，活跃于众多乡亲的口舌间，是是非非，都待评判。

"老同学，等会儿再走，陪我坐一会儿，有事跟你说。"胡向东拍拍他的肩膀，对钟必行淡淡地说，神情里却都是凛冽之色。

众人都走了。

平原上，朔风横行。落日细小，一掌猩红。

胡向东拔支烟，丢给他，自己也点上，抽了一大口："我家的事儿，你都知道了？"

"外面在传，听说过一点。"

"都巴不得吧，等着看笑话呢？"胡向东笑，狠狠抽烟。

忽然，破空来一句："你真喜欢她吗？"

钟必行明白他所指，低声回道："这个，不关你的事。"

"别扯没用的，像个爷们儿，行不？"

"你想说什么？"

"孩子才三个月，打掉，她跟你走。你敢要吗？"

钟必行转过头，盯住胡向东的脸，他以前总是怕他，他气场里有某种不可侵犯的东西，可现在，钟必行真盯上去，对面也不过是一张疲态尽露的脸，眼珠红凸，胡楂遍布。

钟必行发狠,道:"我爱不爱她关你屁事!就算爱她,老子也不要你的施舍,你以为你是谁呢?"钟必行被触怒,内心积压的委屈冲决得眼窝生疼,他愤然长吼,"还有,你把她当成啥了?一件东西吗?不想要了就转手?"他攥起拳头,照他肚子上给了一拳。这一拳,他想打很多年了。

胡向东没躲,结结实实挨了。弯下腰,大喘气,等痛苦平息,他苦笑。"你以为我不想和她多生几个孩子?我这万一进去,不知得多久,她这么年轻,你说,能耽误吗?"

"算你还有点良心。"

"我还没跟她说这个想法,老实说,我甚至不能保证她是否已有要打掉孩子的念头。"他抽着烟,黑着脸。

"你送她的那个土得恶心的银手镯,她还收着,我几次都想扔粪坑里,可惜,不敢动她的东西。还有,告诉你个秘密,有次她感冒高烧,烧糊涂时,喊的是你的名字。你满意了?"胡向东丢掉烟蒂,狠狠踩灭,"再问你一句,她要是跟你,你敢吗?"

钟必行整个人都是蒙的。

胡向东每一句话都是一个炸弹,炸得他五内俱碎。他又有选择了?她会跟他吗?他敢吗?他能给她幸福吗?钟必行真想大哭一场。

"真他妈没出息。"胡向东丢下一句,"想好回我,快查到我头上了。"

胡向东刚走掉,钟必行就对着残阳"啊啊"长号,他忍不住内心的万千号啕。他流着泪,想,胡向东说得没错,他真是懦弱,没有出息,活成这个熊样,一点都不亏。

10

　　钟必行的视频号渐渐有了人气,最不可思议的是钟占宽那个反复摔打肉泥的视频,他简单剪辑上传后就睡觉了,醒来一看播放量,吓了一跳,还以为是大伙儿看到了老一辈人做事的耐心呢,打开弹幕才知道,固然是祖父肉泥打得仔细,白丸子成品漂亮,但大家对视频中惊鸿一现的美女念念不忘,纷纷留言,不乏夸张:"这是哪位?仙女下凡?""这侧颜我承包了。""兄弟再拍下她啊!"不少人刷了礼物,为的是下个视频还要看到她。

　　这是钟必行视频收益最高的一次,礼物兑换成钱,有好几百元。跟平台上那些顶流相比,他这点钱不值一提,可钟必行看着手机上的数字,觉得沉甸甸的,挺有成就感的同时,又哭笑不得。

　　他熬夜剪辑、配音、费心配字幕解说,前后发了老头几十个精心做的各种硬菜视频、流水宴过程中的相关趣事、乡村的景致,却一直不温不火,没想到他当时心神恍惚,下意识地将手机聚焦到亓欣欣身上,就这么惊鸿一瞥,竟然俘获了大批粉丝。

　　上哪儿说理去?

　　说给祖父,老头儿倒是想得开:"喜欢好吃的好看的,都是本性,可他们毕竟吃不到,不知味道,还是看女孩更直接。"钟占宽说,"你奶当年不比亓家女娃差的。"说着眯着眼,笑了。

　　老头抽了半袋烟,似乎才从回忆里抽出来:"不是催你传新视频吗?给你出个主意,我做个菜,你叫她来吃。菜好人好,养眼。"钟占宽磕磕烟袋锅子,忽而来了精神,"老头儿给你们露一手,让你小子开开眼。"

菊花豆腐,豫菜中历史悠久的传统名菜,和淮扬菜里的文思豆腐有着异曲同工之妙,选用凝脂般的嫩豆腐,置于案板,颤颤巍巍,一碰就要碎掉,却要下大刀,切成发丝,最是考验刀功。妙的是,切完的豆腐,轻轻推入吊好的清汤里,如菊花绽蕊,在汤里载浮载沉,中心以枸杞点缀,娇艳水润。钟占宽用萝卜做了雕花,摆盘的效果精绝。

亓欣欣的吃播带着羞涩,不好意思看镜头,正是这份眉眼藏着的闪躲和娇羞,自然不做作,一经剪辑上传后,打动了无数网友。钟必行刚在旁白里介绍她是他"妹妹",一众留言就插科打诨纷纷叫哥,争当"妹夫"。他索性说了:"她嫁人了,现在,才三个多月,她男人……"

钟必行到上传时也组织不出合适的语言,大家却似乎都懂了,弹幕里纷纷是"节哀"和蜡烛:他们以为她男人死了,留下个遗腹子。可怜的身世、惊人的美貌、超脱村院环境的气质,将这个"流动的宴席"视频号推到夸张的点击量。

钟必行也没法解释。在围观的激情下,趁势做了十几条老头做饭、亓欣欣吃播的视频,参照着诸多同类视频,在他的要求下,祖父做饭时讲解每道菜的程序,亓欣欣吃时点评下菜的滋味。镜头下,祖孙怡怡,其乐融融,倒显得他是多余的。

钟必行第一次将收益的钱给她,有光彩从亓欣欣眼里溢出。她没接,头发掩住眼睛,低头说了一句:"你就没有恨过我吗?"

钟必行沉默良久:"说实话,真没有。"他说,"我听说了,你嫁给他是因为家里施加了很大压力,换位思考下,要是我,说不定也得嫁他。"

亓欣欣轻轻地笑,不知道该说他傻还是单纯,可她不想推托:"要是我说,没人逼迫,我自己选择的呢?"

钟必行怔了下,错错嘴唇,还是没说。再纠结这个话题,有什么意义呢?

亓欣欣的眼泪就这么直接落下:"你哪怕骂我几句呢,说我攀高枝,说我瞎了眼……我可能也好受点。"她抬起眼睛,"钟必行,你不傻,我欠着你的,这下,还不了了……"

"你想多了。"钟必行再次将钱给她,"这是你应得的。"没有她,这个号也火不起来。最近,外面的人都在议论,钟必行成了"接盘侠",替人家养老婆娃儿,也有说他俩早姘居了,反正都没好话。他说:"说起来,我要谢你,有了这个视频账号,我觉得有了事做,不再是个一事无成的废材。接下来,我都打算在家陪我爷,把这个账号做好。钱你拿着,我拟了个合同,以后就当我们是合作关系吧。"

说着,他将一卷纸丢给亓欣欣,起身出门去找小姑,打算也将收益给她。

钟必行走后,亓欣欣展开卷纸,眼泪就啪嗒落下了,一只眼睛哭着,一只眼睛却在笑:

纸上是一幅画。一个女孩在看桃花,背景不是在夕阳下,而是在海里,有月亮,有星光,星星都如飘摇的海草,头部发光的那种条状海草,一飘一飘的,洒满海面。旁边是远古的鱼类,巨大、安详、沉默,只一个面目模糊的男孩和一个眼睛亮亮的女孩,坐在宇宙的深海,鱼群在身边,海草如灯带,桃花在天上开……

转天，钟必行找到胡向东。

"我想好了。"

胡向东再次苦笑。

"岔了。"胡向东说，"我们都想岔了，任怎么劝，她都不肯打掉。"他又拔出一支烟，递给他，自己也点燃，"我又想了下，容我说句下作的话，你要是愿意接盘，也好，只要孩子生了给我妈，底下随你们。"

"胡向东，你他妈确实下作，能不能让我看得起你一次？"钟必行啐他一口，"想得真美，让我喜当爹？滚你大爷的！你那点脑子，就别想了，净出昏招，还是老子给你指条路。"他说，"你老实去自首，产检啥的，以后我陪她。"他说，"你不知道吧，我比她大半岁，我们早去庙里求过签，口头结拜过，我妹有困难，我理应照顾。跟你没关系，别得意。"钟必行冷着脸。

胡向东却蹦起，扑过来，一把抱住他，搂着他的肩膀，紧紧的，哽咽着，咻咻呼气，连声说："好兄弟……兄弟……"勒得钟必行几乎喘不过气，好容易挣脱了，胡向东还激动不已，"我算看清了，以后就认你这一个兄弟！"说着，他将手腕上一直戴着的串珠解下来，塞到钟必行手里。

钟必行摸着犹带热度的手串，翻个白眼，心说，可滚蛋吧，老子能看上你？……他嘿嘿一笑，似是大梦初醒，所有的希望都已兑现，所有的烦乱都已理清。朦朦胧胧间，传来清晰的汽车轰鸣。

轻舟已过

/王清海

她坐在河边红色的长椅上，半面朝着河，短发剪影状若沉思，远远一个侧面，王小鱼就知道是刘柳。他的心头一热，右脚松了些油门。玉带似的河边，垂柳挽着手，斑驳的光影里，他的车子缓缓的，像是散步的老人。

河的东边是玉器城，白墙青瓦点缀着满目大红。这座玉器城的老板喜欢红色，厕所的地板砖和便池都用了红色，喜欢到了极致。刘柳讨厌红色，她说大红大紫都是烂俗，河边的绿植看起来最是清雅可爱。

王小鱼初到玉器城的工作，是在雕刻车间，将一些废料打磨出各种各样的光滑形状。坐在他对面的刘柳再将磨好的料子分类，传给下一道工序去雕刻。刻刀在车间里嘶吼，石末飞舞，每个人都是全套防护，帽子口罩眼镜，加上一模一样的工装，人都如同手中的产品，批量生产，几乎一模一样。

在车间里，他没有想过看看她的样子，想看也看不清楚。直到有一天在厂门口遇见，她主动和他打了招呼。她是一个皮肤白皙、个子高挑、眼睛水汪汪的女人，王小鱼也走近了些和她打招呼，闻到了车间出来的人特有的石头味,有些潮腻的咸腥。

他和刘柳认识了三年后,他想向刘柳求婚。不是因为很喜欢,而是陷在日复一日的工作里,除了刘柳,他也没有机会认识别的女孩子。他的家在陕西宝鸡的一个村子里,家里弟兄三个,大哥娶媳妇已经让家里欠了一屁股债,父母正犯愁的时候,二哥出去打工,相好了一个四川的姑娘,没花一分钱就娶了媳妇,这在村里一时成为美谈。

他每个月发了钱,总要请刘柳吃饭。玉器城向南约两公里的夜市摊,有几家卖羊骨头汤的,都是些剔不太净的骨头,铁锅慢炖,骨头上的碎肉能够美餐,汤能解馋,还有些骨头可以用吸管吸出髓来。两个人去那里吃一顿,余味在嘴里盘旋好几天。好几次吃得痛快了,回来的路上,刘柳就在电瓶车的后座上,轻轻搂住了王小鱼的腰。他也忍不住摸了她柔软的手背。他没有摸她的掌心,那里在分拣的时候,会被石碴划破,经常新伤压了老痕。

刘柳,你想嫁个什么样的男人?

对我好的。

不想嫁个有钱人?

当然想。

他的车慢慢走了约两千米,在河流的分叉处,有一大片别墅,他师傅陈长年的家就在这里。门前有湖房后有花园,门口有一对五十厘米高的石狮子,摆在不太醒目的位置,雕得很安静,像师傅一样慈眉善目。

陈长年是这附近很有名气的玉雕师,门口的狮子洁白如同汉白玉，在尾巴那里却用了镂空雕，俊秀灵动，行家一看就知道是石粉压成的粗劣货。真正的汉白玉质地坚实，韧性差，没有人能在这种石头上面用镂空雕，雕出飘扬的尾巴。他的室内却是藏满了很多名贵的雕品，仅在卧室里摆的那对翠玉麒麟，有人开出三千万的价钱，师傅连头都没抬。

翠玉麒麟是陈长年最公开的一对精品。是他自己选了上好的翡翠手雕的。红黄为翡，翠为绿，以翠为贵，色差一分，价差十倍。麒麟周身的绿浓得要滴出来。更难得的是，一对麒麟分开摆放是两只，还能合在一起，另一只的公麒麟嵌入母麒麟的腹中，首尾相连就成了一只，寓意麒麟送子。

师傅是想要个儿子的，人前人后不止一次说过自己的遗憾。他只有一个女儿，婚后十年，三十五岁的年头上才被麒麟送来。陈苗苗今年二十五岁了，听到车响，就跑过来开门。她有点矮胖，跑起来如同一团肉在滚动。她一脸的不高兴，看了一眼王小鱼，扭头就往回跑。王小鱼看她奔跑的速度，就知道是因为给自己开门影响了她玩手游的兴致。他笑着说声"谢谢"，陈苗苗匆忙进屋子的时候还是回了他一句"不客气"。

陈长年背着双手站在院子里，看着墙角的无花果。绿色的小果一层层在叶茎间若隐若现。他的家教极严，陈苗苗刚从技校毕业的时候，被他撵到自家厂里做雕刻工。厂长悄悄把她安排在财务室，陈长年知道后，训了厂长一顿，却也听之任之了。不过厂子里的人只知道财务室有个喜欢旷工的陈苗苗，却不知道她的身份。王小鱼在陈宅第一次见到她时，也是很惊奇，更觉得师傅这里深不可测。

陈长年深不可测的眼睛忽然睁大了。

一百万？

是的。看着师傅的表情，王小鱼的心也抖颤了几下，他一步步走回车的腿都有些发软。他听见陈长年大声喊陈苗苗帮他抬石头，声音依旧如平常一般严厉。

陈苗苗蹦跳着出来了，比他还先一步跑到车跟前。手游也关掉了，眼睛睁得很大，大声笑着说，小鱼哥，第一次去赌石你都敢出一百万，有个性，让我看看这一百万的石头。

翡翠赌石，可赌雾、种、底、裂、色，在这邻近的市场上，并没有这样的档口。王小鱼充其量只能算是买了一块原石，由于没有切割，外面的风化包皮在，里面的货色极难识断，可能买涨也有很大概率买跌，在这市场里，就叫赌石了。

最初喊五十万，一群人抬价，一路抬到九十八万，我也不知道怎么了，硬是喊了一百万。王小鱼笑着说。他不想在陈苗苗跟前露出自己的胆怯，这块石头他是将心一横拿下的，并不是脑袋一热。

他脑袋一热的事情是在打工的第四年，参加了厂里的玉雕培训班，这个培训班要业余时间学，还要自己交学费。没有人愿意去。他也不愿意去。刘柳说，你不会技术，一辈子就在这里磨石头，又能攒多少钱？能娶得了媳妇，养得了孩子？

他就极不情愿地报了名。等到他在班里脱颖而出，被陈长年收为徒弟，学了一年后，他告诉刘柳，玉雕是艺术不是技术。

是的，艺术品能卖更多的钱。刘柳说。

艺术不是为了钱。他说。

那艺术品标价做什么？越有艺术的产品标价越高，艺术还不是技术了？你看，我没上培训班，也跟你学得有水平了。刘柳说。王小鱼说不过刘柳，因为现实就是刘柳说的那个样子，但他还是坚信玉雕就是艺术，再回头看自己在生产线上批量加工的粗糙品，浪费了大量的玉料，心头竟有些不安。可是他不走进真正的玉雕世界，是没有这种感觉的，他觉得在刘柳这里失去了共同语言。

石头也是有语言的，他觉得自己听懂了这块石头。这些年他没有雕出能卖个好价钱的艺术品，一直觉得心里有块空荡荡的地方需要填满。他省吃俭用，存款也才五位数。买了套小房子，开着师傅家闲置的这辆旧车。师傅喜欢让他开着这辆车，从来都不提这辆车是自己送他的，因为他可以随叫随到，开着车去师傅想去的地方。人比车好用多了。

师傅很喜欢他。不止在一个场合说王小鱼就像他的儿子。就有好事的人说，师徒如父子啊，要是再招成女婿，您就享福了。陈长年总是笑而不答。半月前，玉器城的一个大老板上门来提亲了，说自己的儿子很喜欢陈苗苗，只要师傅点头，北京一套学区房、国外一套别墅，直接写在陈苗苗的名下。

师傅依旧笑而不答。在提亲的人走后，对王小鱼说，小鱼，你去市场挑块石头吧，看能雕出一个好东西不？苗苗要过生日了，想送她个礼物。

师傅说了想送，没说谁想送。

王小鱼见过那个老板的儿子，人长得很帅气，说话办事都很有气势，大有将家业发扬光大的样子。他也知道他们家不是喜欢陈苗苗，他们是喜欢陈长年的一屋子宝贝。这些宝贝，王小鱼也喜欢。

可是他觉得自己跟人家比起来，微小如同尘埃。

师傅穿着布底鞋走近石头，将手放在黄色的油皮上，仔细摩挲了一回，眼神突然犀利，似要穿透石头的包皮，看清楚里面的种和色。

神仙难断寸玉。隔着皮壳的玉，就像是人深藏的心，多变。

从皮色看，一百万是值了。

所谓的相由心生，其实是以貌取人。隔皮断玉，也就是看这皮囊，总以为粗皮子里面的玉会粗糙，细皮子里面就是嫩肉。行话说，龙到处行水，已经提醒了赌石的人不要仅凭皮色断货。但是在这副好卖相下，这块石头还是被哄抬到一百万。王小鱼几次想走开，总是舍不得，他有个直觉，这里面一定藏着一块上好的翡翠。

世上的玉，有人遇不到，有人买不起。

王小鱼算了一下，自己把房赌上，还要再借些钱。他拿着手机，一瞬间很彷徨，他不知道该跟谁借钱。师傅有钱，用他的钱买礼物送陈苗苗，那就是师傅送的了。师傅要送的话，何必劳烦自己？

师傅会不会是想让自己送一个贵重的礼物给陈苗苗？或者说，就是送聘礼？

他犹豫了很久，给刘柳打了电话。刘柳三年前和几个同乡合伙买了台机器，做机雕，客户设计了图案，机器直接刻好，操作简单，省工，出货快。她劝王小鱼也买一台这样的机器，说已经赢利了。

刘柳接了他的电话，果然爽快答应了。隔了一会儿，拿着钱来了，说借了很久，能借钱的地方都去借了。

倾家荡产啊，我不敢买了。王小鱼说。

刘柳的眼睛半闭了一下，似在思索。她的眼睛在遇到大事情的时候，总会这样，如同什么？王小鱼以前没体会出来，在市场喧嚣的人群中，他看到了刘柳的静，如同玉雕佛像微睁的眼睛，二分开八分闭，象征着雕像处于一种"禅那"的境界（禅那，是指一种修行，心极专注，虚灵宁静）。

我相信你看不走眼。她说。

世上太多杂乱，修行的人，都是半睁，眼不见心不乱。

她相信他，市场上的一切都不再看见，她以为王小鱼买下石头后，会在市场上把玉当场切开卖掉，她想陪他赌一把。知道他要把石头带到陈宅后，她将头扭向别处片刻，然后走开了。

小鱼，你想用这块玉雕什么？陈长年问。

万重山。他说。然后用手托了一下底部，石头的底部平宽，上部大而不规则。他说着比画着。陈长年点了点头，说，可以。

王小鱼想，如果成色好，仅一些边角料就能把本卖回来了。上面敲掉的部分至少还能出两对镯子。两对镯子就留下来，一对给刘柳，另一对……另一对也给刘柳吧。

陈长年的后院就是作坊。陈苗苗过了新鲜劲，又去玩手游了。王小鱼就和陈长年两个人将石头抬到了打磨机上，机器轻轻划过，露出一抹绿色，在黄色的细皮上，如同沙漠里出现了绿洲。

机器又多走了些，露出了一大片的绿，在绿色上面，布满了裂纹。机器停住了，王小鱼一头大汗。

十宝九裂，无纹不成玉。陈长年拍了一下王小鱼的肩头，安慰他。

这不是王小鱼想的那种完美的带裂纹的玉，雕不出完美的万重山。而且这裂纹弯曲着向内，不知道这里面有没有完整的玉。他有些颤抖着，将电锯移到石头上。

一刀穷，一刀富。赌石的人，在切开石头的时候，便切开了一辈子。

一些白色的灰尘落下来，一小片紫罗兰色闪过去，浓绿的色又出来了，裂纹仍旧如蛛网般攀爬在绿色上。王小鱼咬破嘴唇闭眼祈祷片刻，又沿着边缘切掉了一片，石头的断面整个出来了。他们不甘心，又平着切了一刀。

确实是玉，布满裂纹的玉。

帝王裂。陈长年长叹一声。

王小鱼站立不稳，跌坐在地上。

裂纹裂到无可救药，才叫帝王裂。这种布满裂纹的玉，是雕不了万重山的，一个镯子也取不出来。零碎着能做几个小件，怕是一万都卖不了。

一个香港商人半年前在陈长年那里下了订单，要一件翡翠万重山，长要一米三，高要不低于一米，出价两千万。这么大的玉很难找。王小鱼敢出一百万买这个石头，心里是有了十足打算的。万重山可以卖给客户，拿着两千万娶陈苗苗。也可以把万重山送给陈苗苗，两千万的聘礼，体面大方。

这是把万重山视为改变自己命运的机会。

虽然说十玉九裂,但他没想到自己能遇上极为少见的帝王裂。

他不知道自己是不是喜欢陈苗苗,还好他不讨厌她。对于能给自己带来一生富贵的人,不讨厌,就是很喜欢了。

现在什么都没有了,房产证已经给了在石头旁放贷的人了。他们就是专做这个生意的,掂着钱站在赌石的人群里,看谁急用。如果赌赢了,王小鱼稍加些钱就能赎回房子。赌输了,就得把房子给人家。还好王小鱼给这个人雕过一个五十厘米的和田玉关公,仅收了五百元的辛苦钱,当时看他一副憨厚的样子,竟以为是市场上普通的打工仔。

这个黑瘦的中年人,也还念旧情,放贷的时候就说了,允许王小鱼先住着,不用考虑搬家的事情。但房子已经不是他的了,王小鱼唯一的财富,就是师傅的车。他开着车,沿着河,载着倾家荡产的石头,缓缓地驶着,比去时更慢。

他看见了刘柳,还一动不动地坐在河边的长椅上。他去的时候记得她是这个姿势,回来的时候依旧是。他停了车,走了过去。

赔了,帝王裂,命真好,连这都能碰上。

刘柳的眼睛睁大了,跟着他走到石头旁,看着那纵横的裂纹,站了很久。

河湾里吹来了很凉的风,她的头发飘了起来。

还没切到底,说不定底下会有点好的呢?

不会了,看这裂纹一定是到底的,就算底下有点好的,也雕不了万重山了。

为什么一定要雕万重山?

王小鱼沉默了。

我相信你赔不了钱，王小鱼，你是个好运气的人，我们再切切看。

卖石头的见他抱着石头转回，看了一眼，叹了声可惜，并没有太多语言。这种事情他们早已司空见惯，几声唏嘘也还是当面的一点人情味，背后都是冷言冷语。人都是这样，看不惯赌又喜欢看赌。他又替王小鱼从底部平切了一刀，莹莹一片绿，并没有裂纹。

你女朋友是个有福气的人。他说。刘柳红了脸。还要再继续切吗？他问。

旁边有人喊到了十万，要再切一刀。

不切了。王小鱼说。

有没有人买这个的，再出点好玉，不止一百万了。卖石头的吆喝着。

行，一百万卖给我吧。人群中走出一个四十多岁的白胖中年人，眯眯的笑眼，看着有点眼熟，却又想不起在哪里见过。

卖了吧。刘柳说。

不。我自己就是玉雕师，我知道该怎么雕。王小鱼说。

就是。就底部这片玉，最少能出三对镯子，顶部有裂纹的玉，也可以做几个小的翡翠白菜，怎么雕都是亏不了的。你们看，在我这里买石头，多烂的货都亏不了。我的石头都是正经的老坑老料，看看，看看，一个坑出的石头还有好几个，这块才卖两万，这个哥们，快过来看看。卖石头的借势开始吆喝。

如果底部这片玉的厚度连做镯子都不够呢？根本卖不了

一百万。小伙子,还是出手了吧,你赔不起。那个中年人仍然没有放弃。

人群仍在沸腾,询价的、砍价的乱成一团。

不卖,也不切了,这个石头我本来是买了要送人的,我还是要送给她。王小鱼说。

刘柳没有说话。半闭着眼睛和他一起离开玉器城,车驶到河边时,突然说,停车。

车戛然而止。他们的身子在安全带里晃动了下。

你留着石头要做什么?

雕万重山。

都裂成这样了,能雕成吗?

山上有石,石中有玉,玉上有纹,纹中我想也可以雕出山。这石头的形状,这色度,不用这个雕,我怕一辈子也很难再遇到这样一块石头了。我觉得是缘分。

然后呢?雕成万重山以后呢?

王小鱼想了想,说,我不知道。

是不敢说,还是不知道?

真的不知道。

刘柳就下了车,走出了一段距离后又走了回来,敲开王小鱼的车窗,露出一张淡妆的脸。

今天借给你的五十万,有三十万都是我借别人的,你打算什么时候还我?

雕成万重山以后。

我这辈子能等得到吗?

相信我，用不了多久。

刘柳笑了，王小鱼第一次注意到，原来她是双眼皮，如同两弯新月在脸上一闪一闪。

那你给我打个欠条吧。一个月内还。

我怕一个月内还不上，万重山啊，最少也得一年雕。

一个月内必须还，还要加利息。不跟你多要，一分的利，还的时候连本带利还。

市场上经常有人应急借钱，利息有时候能高到四分，一分的利，刘柳确实留着人情。

如果有可能，在万重山和两千万之间，刘柳会选择哪个呢？王小鱼想。

又回到陈长年那里的时候，他正在削竹篾，面前已经堆了一堆，手里还拿着些，细竹子在他手里如同他的手指一样灵活，快速地变成长短不一、宽窄各异的薄片。

您都知道了？王小鱼说。

你是我得意的徒弟，还记得玉雕培训班里，你雕的那只蝉吗？别人都雕振翅欲飞的蝉，只有你雕的那只是正在蜕壳的蝉，身子痉挛，脑袋努力向前伸着。我就是在那个时候决定，要把手艺传给你。

师傅您还记得那么清楚啊。王小鱼说，我自己都要忘记了。对了，那天是我去晚了，别人把好料子都挑走了，就给我留了一个半黄半白的石头，我只能这样雕了。

这就是缘分了。玉，也是遇，靠得就是随形就势，走哪算哪，有什么就是什么。陈长年说着,将手中竹篾递给王小鱼,然后看着他的眼睛,叫苗苗和你一起完成万重山吧。

王小鱼想了很久,微笑着摇了摇头。

陈长年拍了拍他的肩头,好徒弟,能成功的大师,在每一件作品上,都能放开自己的手,手随心走。

去的路上他还想着请教师傅,该怎么在裂纹上完成万重山。没想到师傅已经替他准备好了工具,镂空雕时,要用到这种有弹性的竹篾做支撑,以柔制刚,托起裂纹上的支撑,等到雕刻完成,才能取掉竹篾。

万重山,山山相叠,虽然雕不出一万座山,至少也要有一万座山的样子。王小鱼对着石头冥思苦想,想着该从哪里下第一刀。

一个月后,他都没有刻下第一刀。刘柳给他打电话催债,他说再等等。又过了一个星期后刘柳过来了,看到他仍坐在石头前,室内光线半明半暗,他的脸如同浮雕一样,开始出现骨头的样子。

你瘦了。她说,又何必这样?石头卖了,再买别的,这样满是裂纹的石头,怎么下手?

人有来处,一辈子也在找归处。万重山也该寻到山的起处和尽头。王小鱼说。

刘柳的眼睛半闭着说,得还钱了,人家一直在催我,我都不敢出门见人了。

能不能再等等?我是一定能雕成的。

既然已经有了买家,你为什么不叫买家先付了定金,你好把钱还了,也好安心搞你的艺术?

这是艺术。我不为他雕，我为自己雕，为自己的喜欢雕。

刘柳就哭了起来，说，我们几个人合伙的机器，已经买不来料子了，你不还我钱，我们就要停工了，我们的订单是有交货日期的，交不了货还要被罚。王小鱼，我好心帮你，你不能欠债不还。

王小鱼看着刘柳泪流满面，心中也一阵惭愧，他说，行，我一定想办法。

他又有什么办法可想呢？他只好去找师傅。

师傅的家挂着喜庆的红灯笼，门口的石狮子也用红绸围了脖子。门大开着，师傅一家人正喜气洋洋地站在院子里。

小鱼，来得正好，给你介绍一下。这是杨格，苗苗的男朋友。杨格，这是我的徒弟。

杨格面色白净，长得比许愿几套房子的那个富二代还要帅气。他主动伸出手来，小鱼师兄，您好。

王小鱼和他握了手，惊讶地说，师傅，这么大的事情，我没有一点准备。

今天是订婚，家宴，也就想告诉你呢，你刚好赶上了。

刚好苗苗站在院子的角落里玩手游。他就走了过去，说，恭喜啊，苗苗，认识多久了，也不给我说一声。

苗苗抬起头，说，谢谢小鱼哥。才半个月。

好快。

是啊。他是杨三刀的小儿子，我们小时候见过，高中的时候他出国留学了，刚回来。

杨三刀就是那个喜欢红色的玉器城老板，少年的时候赌石，三刀遇到三块极品玉，从此暴富。没有人知道他有多少钱，只知道他到处都有项目。

王小鱼顿时觉得自己两只脚在院子里无处安放,就悄悄地走了出去。

他回到屋子里的时候,发现门被撬开,石头不见了。桌子上放着一张字条:石头取走,卖一百万,你的给你,我的还我。桌子前的地上扔了好几个烟头,还有些乱七八糟的泥脚印。烟是市场上常见的茅庐烟,王小鱼不抽烟,这些到处可见的烟头在他的屋子里突兀地出现,就显得很陌生。

他打通了刘柳的电话,很平静地说,今天去师傅家了,苗苗订婚,一家子都在忙。明天早些去,叫师傅做担保,问客商要定金。

刘柳说,你早些为什么不要?

王小鱼说,那个客商如果提前交了定金,一定会要求雕成什么样子。而不收定金,自己想雕什么样子就是什么样子。

这有区别吗?反正你终究要卖给他。

有区别。按要求雕的是产品,虽然是手雕,还不如机器雕的标准。按自己的想法雕出来的,才叫艺术品,才是自己的,虽然卖了,也按着自己的想法雕了一回。这玉虽然有裂纹,我仔细看了裂纹的分布,顺着天然的纹络雕成万重山,简直是绝品。

刘柳在电话那端沉默了很久,才说,石头你可以先拿走,后天一定把钱还上。

香港的客商听陈长年说寻到了好玉,通过视频看到了裂纹,有些犹豫,听到陈长年愿以多年的声誉担保,便答应先付一百万定金。他从微信上发过来一幅画，叫王小鱼按图雕。

　　猛一看，这画是层峦叠嶂很有气势的万重山，仔细看，却和十元人民币的背后图案极为相似。王小鱼不禁哑然失笑。

　　刘柳没有来取钱，叫王小鱼直接转账给她。欠条也是托别人送过来的。送欠条的人叫江雨，王小鱼曾经的同事，跟王小鱼和刘柳都很熟。他送欠条的那天，还给王小鱼买了一袋瓜子糖果，围着石头转了两圈，啧啧称叹了一番，抽了两支茅庐烟，然后替刘柳说了些感谢的话就走了。他打开门后，几乎是蹦跳着冲下了楼梯，王小鱼还没来得及关上房门，他蓝色工装的影子已经消失在楼梯间。食品袋里有一个信封，王小鱼打开后，里面是一沓钱，点了点，刚好是借条约定的利息，他转给了刘柳，她又退了回来。

　　他想给她打个电话，她已经关了机。他想了很久，不情愿地打给江雨，也关了机。问了别的朋友，说刘柳生意赔了，转卖了机器，和江雨一起去了广州。他又反复打了多次，天地茫茫，已是寻而不见。知道他们结婚的消息，是在一个月后，其他朋友的微信朋友圈里，晒出来了两个人幸福亲嘴的照片。刘柳的眼睛全睁着，很大，很漂亮。

　　王小鱼看了一眼就放下了手机，拿起了雕刀。他看着图样，却一点也不想按图雕，他的刻刀在玉上鸣叫着，却找不到目标。他想按自己的想法雕，可是自己的想法是什么？忽然间想不到了。他的眼前、他的心里，也就只有客户发来的图样。

　　这不是自己想要的。

　　可这是别人想要的。

王小鱼小区的院子里有六棵雪松,这是小区仅有的一点绿色。叶子一直如同绿针,在小区里闪耀。雪松还没有落上雪,去日本滑雪回来的杨格和苗苗挽着手走了来。

苗苗给王小鱼带来了几瓶鱼子酱。他嘴里说着感谢,接了过来,没有一点尝尝的欲望。然后苗苗就欢快地和他讲起旅途的见闻。他们一直在室内站着,让了几次都没有坐下。苗苗的胳膊也始终挽着杨格的胳膊。杨格面带微笑,不停走动着,目光在屋内巡视。听到苗苗不停夸奖王小鱼精湛的雕刻技术,就将目光停在快要雕完的万重山上,然后轻轻地说,师兄,这个图案很粗糙,有点毁玉了。

说完他就拉着苗苗走了,说晚上有朋友聚会,叫苗苗赶紧去做头发,这个发型太随意了。苗苗走到门口的时候回过头来说,小鱼哥,他就知道吃喝玩乐,不懂艺术,你雕得很好的。

王小鱼忽然跳了起来,猛地将门撞上。剧烈的声响,将室内的吊灯都震得晃了几晃,落下些白灰,洒在王小鱼的头上。他的黑发中夹杂了很多白发。他哭了起来,没来由地哭了起来,屋子里他只想有自己,任凭苗苗在外面使劲敲门问是怎么了,他都装作没听见。

他不想别人理解他了,他只想跟这块玉在一起。他又用了半年时间完成了万重山,玉和他日夜在一起,他已经熟悉了它的一切,理解了裂纹只是它的一种倾吐。他能听到它说话,他眼中布满血丝的时候,玉那莹润的光亮中,也会出现微微的红色。他闭着眼睛睡觉的时候,觉得玉就坐在他床前。他的刻刀在它身上走动的时候,就像是自己止住啼哭在母亲的怀抱里睁开眼,也像是自己的怀抱里有个婴儿笑着睁开了眼。

轻舟已过

去交货的那天，他十分舍不得。他特意约在水上交货，山水相逢，才能展现出万重山迷人的魅力。

收货的客户到了。那天天也很晴朗。云在水里变幻着。客户只看水，没有看玉。他说，水很漂亮。然后说看起来和我发给你的图片不像啊，我不能给你这么多。

王小鱼微笑着，将万重山移到船边。

上午九点钟，太阳将万重山在水面上拉成一条直线，水面上清晰地出现了一个不一样的万重山，与船上的万重山紧相连，仿佛是两座连绵起伏的山，中间横亘了人间。他又换了个角度，水中的山立刻就又是一个样子。

船上的人静止了，张大了嘴巴，瞪大了眼睛。

山有山的样子，老板发的图片，只是这万重山其中的一个样子。要是一个样子两千万，那您得付我几个两千万呢？

他轻轻地去取万重山上的竹篾。一阵风刮过来，船身晃了几晃，水中的山影便也晃了起来，如同千座万座。

客户说，值，你不能加价啊。

不会。山是没有价的，我们已经约好价钱，就是它的价钱了。王小鱼轻轻抚着万重山说。

船身在风中抖了几下，玉雕在船身的抖动下，来回倾斜着，水里的山便变幻出不同的样子，所有的人都被水中的山影吸引了，等到玉雕掉进了水里，才齐啊了一声。王小鱼翻身入水，去捞玉雕。

万重山入水的时候，在船舷上撞了一下，竹篾散开，上面的玉四散入水，捞出来时，残缺不全。船上人又将万重山放于船边，跌落了巧妙的折射，水里再也没有万重山了，只有一座模糊的玉雕倒影。水淋淋的王小鱼，坐在船头发呆。

没有山了。山是永远都在的，却只在人间停了不到一分钟。他呆呆地笑了。

怎么会这样？还能修复吗？那个客户问王小鱼。

不能了。王小鱼摇摇头，目光呆滞，抱着玉雕，轻轻亲了亲，纵身跳入水中。等再次打捞上来的时候，只有万重山，人却不知被冲到了哪里。

随着裂纹雕就的山，如同自然生成，却不结实，被水一冲，破碎不堪。客商觉得这玉不吉利，长叹一声，没缘分啊，将它退给了陈长年。也没有索要定金，失望地离开了玉器城。

陈长年见到玉后长叹一声，说，我的徒弟，执念太深了，万重山，非得有山才行吗？可你走了，师傅这手艺又能去哪里找一个有执念的人往下传？他说完，眼里现出莹莹泪光。

他闭门半年，修复了残破的万重山。一波碧水，一叶轻舟，一个半闭着眼的长髯书生，袍袖被风扬起。舟向前，他面向后，面前是隐约的几座小山，很远。水里有三条鱼，一条跟着舟，一条半跃出水面，另一条则逆流而行。只是这么美的画面，到处都是残缺，不是这里少了一块就是那里少了一片，让人觉得这片安逸背后，不知道经过了多少触目惊心。

2019年3月的玉博会上，这个玉雕，以四千万的价格被拍出，艺术品的名字叫《轻舟已过》作者是王小鱼。

带着玉雕参加拍卖的，是陈长年和他的师弟，一个白胖中年人，一说话就是眯眯的笑眼。

唱戏的人

/王清海

那一年,茂盛的青草包围了青草坡,高的齐腰深,矮的溜着地皮,绿油油、青葱葱的,在风里呼喊着向村庄推进,眼看着就要翻墙入院了,却在墙脚下停了下来。那时候农村还没有这么高不可攀的围墙,家家户户紧相邻着,随便堆砌的土坯墙也就一人多高,虽挡住了草的脚步,却连全爷和他爹在院子里吵架的声音都挡不住。

"我要去唱戏,我就是要唱戏,你管不了我。"他跑着喊着,地上的黄土扬着。

我站在凳子上隔墙望过去,他爹挥舞着一个笤帚疙瘩,高高地举起快速地落下,高粱壳子四溅,笤帚都要散掉。

"我叫你唱戏,我叫你唱戏——"他爹追着斥着,院子里的鸡吓得四处躲。他的那条忠心小白狗躲在东墙角,没办法,这是他爹打他,小白狗也不敢和平日里一样站在他身旁汪汪。

我爹也听见了,说:"张全咋就那么随他娘呢?非得去唱戏,戳着他爹的心病了,这不找打吗?"娘说:"海娃你赶紧喊你全爷割草去,叫他少挨两下。"

全爷跟我同岁。生下来我就得管他叫爷,小的时候还敢嘻嘻哈哈地喊他的名字，越大叫爷叫得越认真。有时候也想，青草坡代代绵延着，到我们这一代跟全爷都不知道该往哪里去查祖宗了，但是没办法，就是得管人家叫爷。

"全爷，割草去了。"我跑到他家的门口喊了一声，他们便戛然而止。全爷拿了一把镰刀蹲在地上，在一块磨刀石上来回地蹭。蹭一会儿，就在水盆中浸一下，再提出来的时候，弯弯的月亮顿时能装进去人。这手绝活我是很羡慕的。我一向坚持认为这需要天赋，因为我的镰刀一向是爹磨的。我磨出来的割不了一捆草，就已经钝得只能砍草根了。

在割草的天赋上，我是绝对不如全爷的。可是全爷的爹却说："你看人家海娃，多知道干活。这一季子庄稼要绝收了，该下种的时候大旱，这会儿却风调雨顺地只长草，就得多割草多养牛羊。"全爷说："知道了，我一定多割草多养牛羊。"他爹说："这才是好样的，以后爹就指着你养家了，你可别学你娘唱戏去。"全爷说："我不学娘，娘是唱青衣的，我长大了唱红脸。"全爷说时，一脸的神往。他爹气得想跳起来，全爷拉着我赶紧走了，身后追出来他爹的叹气声。

那时候的村子里几乎家家都养有牛羊，像我们这样半大的孩子，主要的任务就是割草了。孩子成群，牛羊成群，青草坡曾一度被我们的镰刀削得不见青草。

"今年草真多，割草真省事。"我说。河湾子里静静的，清清的水潺潺地流，小鱼小虾在里面撒着欢。

"可是今年庄稼长得不咋的。"全爷说，"等几天要拉戏班子了，你去不？"

唱戏的人

我心想着,为什么不是拉歌舞团?那样的话我一定去报名,镇上三月三有庙会的时候歌舞团那震耳欲聋的旋律和一大群人疯狂地又蹦又跳多叫人激动,门口买票的挤成了堆,多挣钱。旁边两台戏慢腾腾的锣鼓声和咿咿呀呀的哼唱声,台下不用买门票依然稀稀落落的人,跟赶会的热闹劲儿多么不相衬,这会儿还想着去学戏的人得多傻啊!

但是我嘴里只能说:"学戏啊,唱不好,不想去。"再往下若多说了,一向自诩为戏曲世家的全爷定会跟我急眼的。这是有经验的。那次说多了,害得我好几天割草没了伴,割了好大一捆上不了肩,也没有人给扶一把。

听娘说全爷的娘唱戏是很好听的,娘说她出场的时候,满场都不会有一个人打喷嚏,她在戏台上一站,水袖轻盈地往胳膊上一搭,细腰身微微一探,头轻轻一点,美得跟仙女一样。

这样的场面我没有见过。我也没有见过仙女,也没有见过全爷的娘,就跟我记忆里也不知道什么是荒年一样,都是听别人说,然后自己去想象。

青草坡的戏班子是传了好多年的,兴盛的时候北上河北南下湖南,热热闹闹也是名声一片。唱着唱着,戏班子越来越不值钱,唱戏很难养家糊口了,班子就慢慢散了。青草坡一遇着颗粒无收的大灾年,村子里的老班头就晒起了戏箱子,人们就跟着这戏或者是戏跟着人们四处讨生活。我眼见蟒袍玉带凤冠霞帔刀枪棍棒锣鼓梆钹在太阳下这么一亮相,村子里顿时热闹了。原来这些戏具都有它们各自的主人。尤其是那些平素蔫不唧唧的人儿,戏服一上身,顿时眼也亮了腰身也挺了声音也铿锵了,一招一式地比画起来,那喊声和锣鼓声听得人热血奔涌的。

娘在吃饭的时候跟爹说村里要拉戏班子了。爹叹口气说,荒年里拉班子唱戏也是巧讨饭,三爷爷当时就是为了全家口粮远走他乡唱戏被土匪给活埋了。爹说这话的时候表情平静。我也平静地听着,却不由自主地想起每年清明,爹总要在路边点上些纸钱喊着"三爷爷来领钱了",边喊边说"回来吧,现在不缺那俩钱了"。那声音总是伴着鞭炮声传出多远,传出三爷爷的后人对他当年离井别乡的感动。

爹的三爷爷那当然就是我的三老爷了,村子里的老人,还有丁点的回忆,说他扮相俊俏身手矫健,是青草坡的半根台柱子。我曾经为这句话伤心很久,为什么是半根,不是一根呢?可是老人们是不会因为我的伤心更改对一个人的评价的,我也只能习惯着为半根自豪了。他要是活到现在,该有九十多岁了。全爷的娘听说是风华正茂的时候抑郁死的,活到现在,也不过是五十岁左右,那三老爷该是她的师傅了。这么算来,我家才是真正的戏曲世家。这种阿Q样的算法,曾让我瞬间兴奋起来。

这种兴奋,让我对村子里年轻人面对拉戏班子的事情无动于衷而愤慨,几次我都想找老班头去报名,但是想想那冗长的戏文和冷冷清清的戏台子,终于还是拿起镰刀去河湾里割草了。

河湾里的草依旧是每天迎风摇晃着等我,全爷却不是每天都和我做伴了。他爹终究没有拗过他。他已经开始跟着老班头学戏了。偶尔跟我做个伴,嘴里却是一刻也不停地哼着。他割草的速度依旧很快,自己的草捆打满后,却再也不肯帮我割了。他对着河湾里那清悠悠的水蓝澄澄的天,站得端正,左手叉腰,右手捏着兰花指,就扯着嗓子喊:"西门外哎——"

"全爷,嗓子喊破了。"

"放罢了——"

"全爷,你嗓子真喊哑了,歇歇吧。"

"知道啥?喊哑了也不能歇,要哑着再喊出声来,将来的唱腔才能喊清拔高。"全爷说着,继续在河湾里喊起来。我加紧弯腰割草。青草一片片地倒下又被捆起来。

"全爷,我也割够了,你咋不往下唱呢?"

"这句还没有唱好呢,这一嗓子要是亮不好,再往下唱又有啥意义?"全爷说着,将头很有气势地一甩,又唱,"放罢了催阵,放罢了——"

有时候太阳就会在不经意间染红河湾,又会在不经意间放出苍茫的夜色来。我扛着夜色回家的时候,爹和娘就有些担心了。

"以后你别和张全一起割草了,回来这么晚,多耽误吃饭。"爹说。

"就当看戏了。说不定将来他还是个名角儿哩。"我边说着边端起碗去吃娘擀的面条,又薄又筋道,还放了芝麻叶和葱花,闻一下都流口水,端起来哧溜溜地就是一大碗进肚了。

吃完了才想起来,今年是荒年啊。我为难地看着爹和娘,想知道他们有没有吃饭。我甚至有点悲催地想着我会吃光家里的口粮,叫爹和娘饿得浮肿着。我忧伤着说出了自己的担心,却惹得爹娘一阵大笑。

爹笑着抽了口旱烟,却呛出了泪水,他在鞋上磕着烟袋锅,咳嗽着说:"乖娃啊,真长大了。现在能有多大的荒年?就是秋季不收，钱包子紧巴点，政府有救济面粉和救灾种子，能饿着谁？"

"那他们还拉班子唱戏啊？"

"出去挣钱啊。"

"这年月了，草头班子唱戏还能挣着钱？"我不屑地说。爹一阵高兴，说："还是俺娃看得远。"

我很骄傲地想着自己的目光能看多远。站在青草坡的高岗上，穿过片片起伏的田野，目力所及的最远地方是一条蜿蜒的"大蛇"，黑色的弯曲的身子在天际盘旋，看不到它的头和尾，只听说它通向很远的地方，那里不会有荒年，还可以往家里带回钱粮。我想放下手中的镰刀从那里走出去，一如三老爷跟着戏班子去远方。

我还没有走上那条路的时候，村里的戏班子就要出发了。临行前在村里连唱三个晚上，给父老汇报，给自己壮行。

全爷这次没等我去找他，跑到我家喊我去割草。

"要走了，还不歇歇？"

"不行啊，我一走我爹就忙了，我得多割点。"

"你还可孝顺哩。"

"那是，咱是唱戏的，戏里都是忠孝节义，学不会怎么唱戏？"全爷说着，站在河坡上撒了一泡尿，白亮亮的线条落入草丛中，如洒了一层露水。他说最后一个晚上是他主演的《南阳关》，叫我一定要去看。

其实我每个晚上都去看的，全爷在前两出戏里都是跑龙套的角色。一次是演一个兵，拿个棍去打一个不孝的儿子，打完就下去了。一次是演一个番邦的将军，出来拿着刀舞了一下，就被我方的保国将军砍倒了。最后一个晚上他出场的时候，和前两次不同，脸上涂满了厚厚的油彩，粉的脸黑的眉，白色的武将戏服后插着旗，马鞭子利索地一扬，我几乎没有认出他。直到他喊出"西门外哎——"，我便知道是全爷出来了。

我全神贯注地听着，听他唱："西门外哎放罢了——"

正是盛夏，人群中混着好大汗臭味，忽然来了一阵夜风，身上顿时轻松许多。我想着戏罢后约全爷去河湾子好好洗洗去。他这一去，怕是再不能在故乡的清水中泡个痛快了。

人群中突然嘈杂了起来。

"张全这是要把他娘的牌子给砸了。""唉，喊不出来啊。破锣嗓子天生的，再怎么练也不行啊。""就这样的主演，张家班咋出去唱戏呢？"

我听得浑身冒汗，台上的全爷似乎也听到了。只能说是似乎，毕竟他站在舞台的中心，下面的声音不太可能听得到，但是看看他的样子，手眼身法全乱着，还没有在河湾子里练习的时候板眼齐整，又像是听到了。

此后的多年，我好想跟他求证一下，却始终没有敢问。而全爷，对那天晚上的演出也是绝口不提。他跟着戏班子出去了半个月，听说一直是跑龙套，再没有主演过，自己受不了，就回来了。这个时候我已经决定跟着回来招工的邻村人一起去南方了。那人问他要去不，他一口答应了。

工作比割草还要简单，就是不停地往鞋里面塞垫子。传送带上一双鞋传过来，赶紧把面前的垫子塞进去，要快并且不停。车间里机器轰隆隆响着，带班的人不断地身前身后转着，像盯贼一样地盯着，嘴里不停地催着，与在河湾里自在割草是不可同日而语的。一天下来，人累得跟散架一样。

"全爷，唱几句戏吧。"晚上下班的时候，出了车间，耳朵猛一清静，我总有这种愿望。全爷有时候也会哼几句给我听，什么"贾家楼结义三十六兄弟"，什么"上前去劝一劝贵妃娘娘"，却再也没有听他唱起过"西门外哎放罢了催阵炮"。

工作是枯燥无味的，发钱的时候却是让人血脉偾张的。在青草坡割多少年青草，也没有在这里塞鞋垫子一个月挣得多。忽然间我知道了，自己在青草上浪费了多少钱。我给自己买了一个随身听，买了很多磁带。工友们也都这样，大家相互交换着磁带听。不管是《一千零一夜》，还是《一天一夜》，都把我们带到另一个世界，在青草坡从没有想到的世界。

"我给你唱戏听吧。"一天，全爷无聊地说。

"全爷，我给你唱歌听吧。"我说，"让我一次，爱个够，给你我所有……"

"你听我唱戏，我请你去外面吃烩面。"全爷恨恨地说。他这么一说，我当然一口答应了，耐着性子听他唱："论吃还是家常饭，论穿还是粗布衣。"听着感觉那些老古董真的落伍了，不像流行歌曲里那样唱着"亲爱的小姑娘，请你不要不要哭泣"，多过瘾。听他唱了几次，吃了他几顿烩面后，我再也不听了。全爷就失去了唯一的听众，每天只能自己唱给自己听了。

因为跟大家的爱好不一样，在青草坡颇有孩子王风范的全爷，在这里被冷落了。他干了几个月，就换了一个厂子。随后我也换了一个地方，找到了一个更轻松又赚钱的工作。换了一个环境，就接触了更多的陌生人，口音嘈杂，听不清各自要表达的意思，却都听着同样的流行音乐。

慢慢地,我学会了很多外地话,却无比怀念起全爷唱的"西门外哎放罢了"。而我们跟同在青草坡一样,仍然同在一个城市里,却相互没了音讯。我在外面一漂就是三年,回到青草坡的时候,正是青草枯黄的季节,皑皑白雪覆盖了大地,青草坡被遮盖了原来的模样。

大奶奶给我介绍了一个对象,红扑扑的脸蛋,水灵灵的眼睛,看得我心里痒痒的。大奶奶说她叫彩云。她看着我就笑。

习惯了南方的暖和,我以为这个季节回到青草坡,会感到寒冷。那天我确实也咳嗽了几声,没想到过了几天,彩云竟然托大奶奶给我送来一件自己织的毛衣,很厚实很合身,穿身上,热乎乎暖洋洋的。

爹和娘看着我在镜子前来回扭着身子照那件毛衣,脸上笑开了花。

"这妮心灵手巧的,就是她妈生病,家里欠的有账,结婚的话,得替人家把账还了,别的人家也不图啥。"

"欠多少钱啊,爹?"

"一万多呢。"爹忽然收起了笑容,叹口气,蹲到地上去磕烟袋锅,然后打开了收音机,一段唱腔传来:"长江水焉有那回头之浪……"

爹听着,烟袋锅子晃悠着,慢慢竟晃出了拍子。我想这应该是我一生中最为体面和伟大的时候了,三年的苦累,再多出来几倍也是值得了。我掏出了存折,递给了爹。爹仔细看了一下,烟袋锅掉在了地上,说:"娃真行,这钱够娶媳妇了。"

然后爹捡起了烟袋锅又说:"比张全强。彩云先是说给他的,他吓得都没敢吐口,也出去打几年工了,看来没挣着钱。"

"全爷也回来了?"

"比你早些,这又走了,说是自己跑生意呢。"

"不会是又回戏班子了吧?"

"戏班子早散了,现在上面的职业剧团下来演出,都没有人出钱,何况农村的草台班子。"

"在那边都是差不多的工资,全爷也不是乱花的人,咋会没存到钱呢?"我说。心里想着是不是他看不上彩云或者是钱握在手里舍不得拿出来了,但是怎么想又都觉得不像,一起长大的小伙伴,我竟然猜不到他的心思了。

还是结婚以后彩云告诉我,当时大奶奶跟全爷一提亲事,全爷就直截了当地说自己想找个会唱戏的。而彩云连看戏都不太喜欢,所以他就推了。

"幸亏他是想找唱戏的,要不然我还得管你叫奶奶哩。"我酸溜溜地说。彩云抿嘴笑了,说:"不是一家人,不进一家门哩。"我们结婚后的第二年,全爷在春节的时候回来了,在我家里看见了彩云,端起当爷的派头。

"孙媳妇,给爷倒杯茶来。"

彩云笑着给他倒了一杯茶。他又嚷着要抱抱重孙子,我小心地将白胖的儿子递到他手里,小家伙的小嫩手朝着全爷的脸上挠了一把就啊啊地哭起来。他忙上下摇晃着,说:"你都敢抓老爷子的脸了,好厉害啊。"

小家伙还是哭,彩云忙接过去哄。全爷却掏出五百元钱,说:

"见面礼啊，不许推。"

那年头，青草坡的礼钱大方的也不过是五十元钱，大多数还都是二十左右的。五百元确实是太多了，我忙推却，他却很坚定地将钱塞进我的口袋里。

"你是真挣着钱了啊。"我说，"掏这么多，要吓着我。"全爷嘿嘿地笑笑，没有说话。他确实是挣着钱了，自己买个罐子车拉气，从甘肃、内蒙古这些地方拉到南方去，一趟下来都能赚大好几千。他最初是租的车，一年的时间就自己买了辆三十多万的车。这些我都是知道的，但是人家挣的钱毕竟是人家的，我没想到他这么念旧，出手这么阔绰。霎时，着实感动了。

"有钱了还不赶紧娶个媳妇啊？再娶晚了，就是我儿子去闹洞房了，轮不着我了。"我一本正经地说。

"不会，今年就结。"他说。

"好啊，我们就等着喝你的喜酒了。"我心里想着，他结婚就把这五百元钱还回去了，收人家这么一份大礼，着实不自在。可是这五百元钱一接就是好几年，直到我和彩云都要谋划着儿子读小学的事情了，还是没有喝上全爷的喜酒。

"咱俩文化浅，在外面挣的都是力气钱，说啥也得让咱儿子好好学习，将来不走咱们的老路。"彩云的这个主意我是赞成的。我是割草长大的，说啥不能让我儿子再天天拎着镰刀去割草了。

现在的青草坡，荒草都长到了院子里，也没人割了。有养牛养羊的，都是喂的饲料，长得快长得肥，卖钱多。没有谁再去散养了。青草比小时候的荒年要茂盛很多。我看见了它们在风里摇着摆着，却也只是看见了，再没有别的感觉。

每次和彩云一起出去打工,倒像是回到了故乡,习惯了那里的作息时间和饭菜。回到了故乡,却像是旅行。要不是爹娘在,我真不知道我该怀念这里的什么了。怀念小河湾?它早已经成了臭水坑,被鸭场猪场排出的粪便沤满了。别说在那里洗澡了,走到附近都想绕着点。怀念亲朋好友?见了面都是问挣了多少钱,说多了不自在,说少了没面子,说上几句话,便都怯生生地散开了。

"要不咱们去城里买房吧?买个离学校近的,爹和娘接他上下学也方便。"我的这个提议很轻易地就在家里获得了通过,自然也得动用家里所有的积蓄了。我正为口袋里空空如也连出门的路费都成问题的时候,全爷给我打电话说他要结婚了。

我跟彩云说他可真会挑时候,我还想着多给他点哩,这也只能给他五百了。彩云说,现在这五百可没人家那时候的五元钱值钱哩。

"没办法,谁叫他不挑个好时候呢?就这还得去借呢。"

"他不会真娶了个唱戏的吧?"

"还真得问问哩。"我被彩云勾起了好奇心,竟然一夜都没睡安稳。这在我这个年纪来说,真是有点太孩子气了。

全爷很快就领着新媳妇回村办酒席了。新媳妇长着窈窈窕窕的身材,晃着慢悠悠的步子,在村子里很快就引起了轰动。虽然青草坡的青壮年都外出谋钱去了,只留下些老弱的看门的,但是他们身边还是很快就围满了人。

还真是个唱戏的,全爷说是省里职业剧团的。娘看了看新娘子后回去对我说,这新媳妇的标致劲,跟当年全爷的娘真是有一比。

全爷的娘究竟有着怎样的故事?我这次真的忍不住打破砂锅问

到底了。我紧紧地追问了,爹就只好叹了口气,娘也叹了口气,他们讲完后,我也长长地叹了口气,说:"就在一起唱唱夫妻戏,就唱得跟别人跑了?那个男人真的狗屁不是?"

爹说:"那男人要是真好,全爷的娘会自己再跑回来还得了失心疯?这都是入戏,入戏啊。他娘自己入戏了,干的事也入戏。你可别在张全跟前说,就咱家和全爷他爹知道,张全自己一点也不知道,更不能对别人说,这是家丑啊。"

全爷似乎真的不知道。结了婚以后,他竟然卖了罐子车,买了一套新戏箱,拉起戏班子来。他将崭新的戏服和道具摆满了自己的院子,请来了职业剧团的教戏师傅,然后跑到电视台去打广告招生,管吃管住管教戏,还真招来了几个年轻人。

那时候彩云给儿子养了一只兔子,养在一个小笼子里,它在里面安静地伏着。我就喊了儿子上地里去给小兔子割点青草。地里杂七杂八的秋作物,早都统一种成了玉米。玉米也不是以前的老白牙了,而是买回来的黄澄澄的种子。下种的时候外面都包着一层药,出苗后地里再打除草剂,满地不再有青草。

青草坡的青草却依然顽强地站在墙脚下或者地头不曾被药扫过的地方,茂盛地摇着脑袋。儿子蹦跳着拔了好多他认为小兔子会喜欢的饭菜,但其实那些都不是兔子喜欢吃的。我想起我在他这个年纪的时候,都已经会用镰刀帮家里干活了,我能很清楚地知道兔子喜欢吃什么,羊喜欢吃什么,牛喜欢吃什么。

但是儿子现在也知道很多我那时候不知道的东西,他知道丹麦有美人鱼,他知道白雪公主和七个小矮人。

全爷叫他的团员们举行拜师仪式的时候,我特意带着儿子去看了。按张家班的惯例，晚上拜师。明亮的灯光盖过了月光，音响里的唱腔压住看热闹人的喧哗。红布盖住了方桌，上面摆着一个面白无须眉清目秀头戴王帽的雕塑，据说那就是戏神李隆基。一通鞭炮声后，全爷领着新招来的学员跪拜了戏神和从职业剧团来的那个师傅。那个师傅平素里很拘谨的，见人总是很客气地打招呼，点头哈腰的，这一刻却正襟危坐一脸严肃，任别人磕头，不闪也不避。

回去后彩云说："他还真弄成了。"我怎么听着这句话都带着些酸味，等儿子睡熟以后，把她摁在被窝里好一顿收拾，等到天亮起床的时候，就都忘了全爷的剧团，忙着去城里收拾房子安顿儿子。然后就又去南方苦干了一年。春节回家的时候，却听爹说全爷的戏班子散了。

"为啥？"

"团里没有名角儿，没有人请。几十号人开销也大，光靠张全那点积蓄，能撑多久啊？"爹惋惜地说，"折腾来折腾去，还是又穷了。"

爹还想收拾东西回青草坡过年，娘不高兴地说："你这不也是折腾来折腾去？他是折腾穷，你是穷折腾。"爹说："能折腾就是还活着，死了不折腾。"

"要不，咱们今年在城里过吧。"我说。不知不觉地，这个家里，我已经是发号施令的人了，我的提议，除了彩云偶尔反对过，其余都是赞成的。爹说他这长这么大，还没有在青草坡以外过新年呢。但是看着家伙什的都搬到了城里，也不想为了过个年再搬回青草坡。

不管在哪里过年，都是要备年货的。在外面省吃俭用了一年，过年该花的都是要花的。商家也都算着日子，算着这个时候该往外掏腰包了，这家超市门口舞狮子，那家商场门口就咚锵锵地唱歌跳舞，变着花样吸引人。最吸引我的还是突然传来的几声唱："西门外哎放罢了催阵——"

我循着声音挤了过去，他没有涂油彩穿戏服，我一眼就认出来了。他正左手拿着话筒，右手比着兰花指，一脚朝前一脚在后，在一家商场门口的小台子上清唱。虽然身材微微发了福，但是那目空一切的神态，可不正是全爷，正是那个在青草坡的河湾子里和我一起割草的张全？他的声音在这一片喧嚣的地方，清亮亮地传了出来。我想，这是他在河湾里喊破嗓子终于喊出来的声音吧。

小台子前一向沉默只等着抢糖果的观众，竟然也为这声"西门外哎放罢了催阵炮"，鼓起了稀疏的掌声。

"好！"我大声喊着，用力地鼓起掌，这掌声很孤独很响亮。全爷明显是听到我的声音了，他明显是也看到我了，因为我们目光相对的瞬间，我看到他的眼圈红了。他继续唱着："西门外哎放罢了催阵炮，伍呀伍云召，伍云召提枪上了马鞍桥——"

儿子嚷着想走，我脸一沉，怒道："别嚷，这是全老爷在唱戏。"真的，这一会儿，我只想静静地听他唱完。这在青草坡耳熟能详的唱段，这会儿我却像是第一次听到。

晚上我请他到家里吃饭，他和媳妇都来了。彩云很热情地炒了一桌子菜，爹从床底摸出了表哥在十多年前送他的酒。

"酒是陈的香，人是故乡的亲。来，全叔，今儿个好不容易聚上了，一定要好好喝两盅。"爹说。有爹在那张罗，我自然是坐桌角倒酒的份。全爷倒也不客气，跟爹杯来盏去的，一会儿面上都飞红了。

"赔光了，娃啊，叔这次都赔光了，十几年的积蓄赔个光光净，赔得我现在唱戏跟讨饭一样。"黑头发的全爷拍着白头发的爹，一口一个娃地叫着，爹恭敬地听着。

"不过没啥后悔的，我总算是做了自己想做的事，你看，我练了多少年，现在，终于喊出来这嗓子了，西门外哎——"全爷边说着边唱起来。他媳妇在旁边忙拦着说："城里房子小，你别吵着邻居了。"

"婶子啊，没事的，我进城后一直也憋着的，我也想唱呢。西门外哎放罢了催阵——"爹说着也和起了腔。我默默地起身关好了窗户和门。

薄 冰

/王芸

活到二十六岁，乐曲一直认为时间是线性的，有参照的刻度，像发光绷紧的丝线，或曲折柔软的水流，微光熠熠地向前，现在乐曲知道时间是不断降落的粉尘，累累叠叠，仿佛要将人湮灭。特别是经过一种叫无聊或孤独，也可称之为虚空的机器研磨后，成了超细粉尘，黏附在鼻唇咽喉脏腑壁上，窒息感如影随形，令他浑身无力，困乏终日。一天五分之四的时间，他窝在被子里，倒是可以减少对食物的需求，也省下开空调的钱。每户一周只能派一人出社区购买必需品一次，他家没人和他争抢这"唯一"的机会。六天前，也就是正月初二，他出去过一次，买了口罩、卫生纸、烟、纯净水、速溶咖啡和几大包速冻食品，转到一附院北门，与全副武装的小梦隔着两道门岗远远对望了一下。这一下让时间的粉尘有了一定的黏合度。也是这一下，让乐曲心里冒出个想法——他想当志愿者。

外面的世界基本停摆，但局部还在运转，医院、小区、超市门口都是戴口罩的人，大家严阵以待，拿着手枪式的测温计对准进出者的额头……平常熙来攘往的菜市场，垂着卷闸门。街景清冷。他绕到老树咖啡店，圣诞节的招贴耷拉下来一个角，像弯折腰身的舞蹈演员，手臂还在起伏摆动。街道上的落叶被风吹卷，胡乱翻滚。眼前的一切，显得极不真实。乐曲从没像现在这样渴望小梦出现，渴望她将头窝在他的臂弯里，对他翻白眼，满腹怨气地喋喋不休。

谢天谢地，网络正常，而且空前喧嚣，刮着飓风。恐惧是见风长的怪物，被那个名为新型冠状病毒的怪物豢养，两者结为同盟，席卷网络。可是，离他遥远。他仔细想了下，似乎没有特别熟识的亲戚、朋友在武汉——那个处于飓风中心的城市，除了订"晚安"的小伙子。乐曲本打算和小梦一起回东北过年，毕业后他有三年没回去了，今年好歹存了点钱，爸妈又在电话里嚷着见未来的儿媳妇。

小梦主动请缨去发热门诊轮值是十一天前，那晚她的手机一直"叮、叮、叮"吵个不停。乐曲沉浸在《战神4》的激战中，化身奎爷带着儿子阿特柔斯一路劈砍厮杀。"我报了名。"他听见小梦嘀咕一句，但不明其意。后来他想，恐怕那时连小梦自己也不明白报名意味着什么。

转天集训，第一次穿上防护服的小梦，和几个伙伴摆出战无不胜的阵形和姿态。他从胸前稚拙的"小梦"二字，将她识别出来，忍不住笑了。他感觉闷在口罩后面的小梦也嘴角上翘，笑出了两粒小米窝。原来这个在90年代尾巴出生的小丫头，动不动就哭鼻子抹眼泪的新晋白衣天使，心里也有英雄梦。

他们都没料到，小梦这一去，两人就见不上面了。发热门诊的医护集中住宿，隔离成一个"孤岛"。没两天，乐曲住的贤士花园小区也设了门岗，一个喇叭不知疲倦地播放"不要随便外出，不要

薄　冰

随便外出……"。很快，周边的每个小区都严阵以待，自我隔离，居民不能随意外出了。

　　最初几天，乐曲夜以继日地在网上欢腾，多棒啊，没有上班的闹钟催逼，不用担心接到老板的电话，也没有小丫头在身边撒娇扯闲皮。飓风离得那么远，世界安逸自在。网上什么都不缺，有奇幻、滑稽、庄重、惊诧、恐惧、大悲伤大欢愉，人间的七情六欲一样不少，想玩什么玩什么，想看什么看什么。可厌倦来得比预想的快。忽然他一触碰手机，心里就漫起一层浮沫样的东西。这东西让他想吐，又吐不出来。他将身体平摊在床上，瞪视天花板，上面素白一片，比他的心还空洞。他不由得思考时间的面相，得出了前面的结论。

　　准确地说，那时他的工作还没完全停摆。老树咖啡店在小年第二天歇业，老板回了老家。幸亏回了，要不也成"孤岛"上的一只孤单鸟儿。乐曲看老板在朋友圈晒出了年夜饭，满满一桌土菜。老板配了文字：虽然比往年赶回的亲人少，可毕竟吃上了热乎乎的团圆饭。百无聊赖地翻看着朋友圈的乐曲，就着啤酒吃光了一盘饺子。老板也晒出了村口的路岗，一棵横在路面上的樟树树干，伸着枝丫，前面站着两个戴红袖章的人。想到老板被困在那棵大樟树后面的"孤岛"上，乐曲心里就欢腾不已。他没想到，这个假期会这么漫长。那时"每晚给他（她）说晚安"的业务还没停，小伙子本来预定到二月十四号情人节，那天他将和分隔千里的家乡女友会面，正式向她求婚，如果成功，就再不用乐曲帮着撰写华丽唯美的"晚安辞"了。可计划赶不上变化，坐上火车的小伙子十分激动，将自己弄得疲惫不堪，在火车上沉沉睡去。等他一觉醒来，猛然听见广播里列车员的下车提醒，赶紧拎包蹿下了车。昏头昏脑地出站，到了出站口，迷迷瞪瞪的他才看见"汉口"二字。他提前一站下了车。

这时从武汉开出的列车已经全部停运，路过的列车大幅缩减，武汉只能进不能出了……他被糟糕的运气空降在了飓风中心。

找不到出路的小伙子，费尽周折在医院找了个临时运送医疗垃圾的工作，有地方睡觉，有定时发放的热饭热菜，还有不低的劳动报酬。但他没心情订乐曲的"晚安"了，那些华美煽情的句子与眼下的氛围太不相宜。他和女友的聊天话题都是关于新冠病毒的，晚安辞缩减成了"注意安全""照顾好自己""好好休息""保重""别担心""别太累"，然后是简简单单的"晚安"，千般意绪都浓缩在简单至极的文字里。

即便小伙子需要，这时的乐曲也写不出唯美的词句了。他忽然发现游戏不能拯救自己，音乐不能，看书不能，与小梦网上聊天不能，自制美食不能，思考不能，他不知道什么能拯救自己，于是真的报名加入了小区志愿者服务队。他想让自己动起来，以便将一身粉尘抖落，有更多机会远远地与小梦对望。

第三次核对清单时，乐曲才发现漏了C栋14楼的独居老太太。他有印象，和社区工作人员小陆入户登记时见过她一面。

那层楼，只住着老太太一个人。老式楼房，每一层有呈凹字形排列的五户人家，其他的人家或是长期无人居住，或是租户刚刚退租，或是主人在别处过年，只有老太太住在1403号，凹字形的右上角，小户型，靠北，门口光线暗。乐曲敲了好一阵门，若不是小陆坚称这家有人，他肯定漏过了。小陆有老太太女儿的微信，说她在

薄　冰

国外交流访学，有七小时时差，去年出国前两人互加的微信，但一直没联系过。偶尔小陆转到这里，会敲门问问老太太的情况，好几次家中无人。偶尔，小陆在楼下看见老太太坐在晒太阳的"人丛"中。老太太不打牌，也不看人打牌，只是端庄地坐着，仿佛身边的热闹与她无关。

光线昏昧，老太太乍一出现吓了乐曲一跳。门开了手掌宽的一道缝，说话间，略松开了点儿，一张脸的宽度。老太太戴一顶深色尖顶帽子，黑色口罩遮到眼睛下沿，白发从帽边支棱出来，影影绰绰地白亮。

黑暗中混沌的脸，唯一显露的眼睛深含意味，仿佛洞晓一切。真像外国电影里的老巫婆，被口罩遮覆的部分，皱纹交错似迷宫。乐曲暗想。但老人嗓音软细，透过口罩也能感觉到一种轻盈的跳荡感。这声音，比她看起来至少年轻三十岁。

乐曲例行公事地询问，老太太答得简短。还好。没。不高。没。不用。没。不用。柔软但干巴。小陆说老太太是退休教师，具体教什么不清楚。"一大群人看过去，独独她显得不一样……"这不一样具体是什么，小陆没说，乐曲也没问。这栋楼的租户，不少是在周边做小生意的外地人，来源复杂，不好打交道。刚做了几天志愿者，乐曲就发现这一身份不是来拯救自己的，是席卷，像一场小型飓风。他常常不知所措，幻想逃离。

小陆将那个女儿的微信名片推给乐曲，他发出申请后，两天不见音讯，就被不断添加的新友沉埋下去了。查对名单，他发现新添加的叫MOON的朋友，努力回忆无果，看到对方所在地，英国，灵光一闪，是那个女儿，国外访学者，七小时时差，1403……他想起了老太太。

　　社区志愿者有限，乐曲负责贤士花园C栋和H栋。C栋是院内唯一的电梯房，17层，共85户；H栋是步梯房，6层，两个门栋，24户。目下，家中有人的55户，有外来人员需要特别隔离观察的6户。为了第一次团购，乐曲已经更新了三版清单，凌晨两点还有居民锲而不舍地发来信息，试图添加套餐外的内容。

　　802住着一对双胞胎男孩，父母自称快被这俩狼崽折磨疯了。他家最初的清单里有"泽塔奥特曼1个、赛罗奥特曼1个"，后面的括号里写着"请注意：泽塔和赛罗奥特曼各一个，不是欧布、迪迦、麦克斯、高斯……千万别弄错"，末尾五个感叹号。

　　还有一个清单上罗列有"苏打饼干2种，脂肪含量必须在20%以下。无糖可乐12瓶。特仑苏低脂牛奶一箱。卡乐比麦片（其他品牌不行）……"，数量巨大又无比精细，字里行间晃动着一个胖子笨拙的身影。

　　第一版清单出来，乐曲近于崩溃。看来严峻的疫情没能泯灭众人的欲望，还有他们的脾气。清单上的物品五花八门，从奢侈品到地摊货，吃的、用的、穿的、戴的、玩的，加起来四五辆三轮车都装不下。社区只有两辆三轮车，由志愿者轮流申请使用。乐曲稍一反驳，收到的就是指责，他们不体谅他的难处，认为百依百顺才是志愿者的服务之道。还有一两个人特别喜欢投诉，不仅加了社区主任的微信，时不时地投诉，还发朋友圈，也不屏蔽乐曲。乐曲看了，委屈得在心里骂娘。

　　"我又没有两颗心脏……"他和小梦说，又不敢多说，小梦的处境够难了。发热门诊轮值一班6小时，加上脱防护服、消毒的时

薄　冰

间，7小时不吃不喝不拉，累了只能靠在椅背上合合眼皮。小梦的脆弱度，他太清楚了。视频里的小梦，眼圈红红的，额头和脸颊上都是勒痕，额头冒出了几粒青春痘。实现了出入自由的乐曲，并不能常常见到小梦，她太忙太累，这也加剧了乐曲内心的沮丧。

　　这时段，谁又不沮丧呢？住楼上楼下的人，彼此并不熟悉，却被强行捆绑在一起，必须在最基本的生活层面共进退。可人们的意愿像不受管束的马，朝向不同方向，乐曲还没有能力将之拢到一起。外面稍有风吹草动，群里就混乱一片。有夫妻一起入了群，起初矛头一致对外，可说着说着，两人在群里开战了，谁也不肯迁就、妥协、认输，仿佛一对怀有深仇大恨的人。夫妻们像被放入集装箱的一对鲶鱼，搅得动荡一片。群里劝架的有，煽风点火的有，看热闹的有。固执己见的人不少，好战的人不少，一言不合立刻开撑，摆出誓不两立的架势。好在混乱中自会形成新的平衡，这就是人性的微妙与复杂。每次战事有闹分裂的人，就必有和稀泥劝解的人；有扔炸弹的人，就必有挺身救险的人……这个群才得以磕磕绊绊地维持着。

　　群里的住户，多不认识乐曲，只当他是一个社会名词的化身，社区派来为他们服务的工作人员，有义务倾听和接收、转化他们的情绪垃圾：恐惧、怨怪、愤怒、悲伤、失望、绝望……相比之下，志愿者群则清澈多了，温暖多了。群里不乏经验丰富的热心人士，他们告诉乐曲：团购哪能由着住户的性子来？你得列出 A、B、C 三种套餐，米面油纸之类生活必需品的不同组合。再列出 D、H、G 三种菜品套餐，猪肉统一为两斤，牛肉统一为两斤，有鸡有鸭，有青菜有水果……套餐法将复杂的个人意志简化为几个类别、几个字母，特殊时期，方便统计，高效又省力。

乐曲恍然大悟。第三版清单终于眉清目爽，直到乐曲发现遗漏了1403的老太太，兴奋感瞬间被惶恐取代。

这显然是一个重大失误。五天了，他一点没想起这个仿佛隐匿在黑暗中的老太太。老太太不会投诉吧？显然没有。这么安静若无他物，她不会断粮饿晕了吧？不会昏迷不醒了吧？不会摔倒在地磕得头破血流了吧？……想象中的场景，像一根根芒刺，左一下右一下地扎心。乐曲拿起手机，凌晨两点十三分，这个时间显然不宜打扰老人家……可不安像涟漪，不断扩张、扩张，让他的心里发慌。他给MOON发信息：疫情所需，我是贤士花园社区负责C栋的志愿者。不知你母亲有什么需要？明天C栋统一采购物资，一直联系不上你家老人，电话没人接……

字斟句酌，不敢多说，怕穿帮。等了一刻，手机沉默不语，乐曲再坐不住，套上羽绒服，戴上口罩，下楼。

夜气清寒，像冰冷的手指抚过发胀的脑袋，昏蒙的感觉顿时消退了几分。抬头四望，C栋只有楼道的灯亮着。这时去敲1403的门，他的贸然出现没准儿会让老太太心跳过速，或许暴怒，后果不堪设想。

乐曲不知道自己可以做什么，又奈何不了波浪般翻涌的不安感，只好漫无目的地游走。小区门口一盏路灯，照着守夜的人。远远地，一个人影在灯下晃动。

乐曲驻足看了一会儿，那人在跳舞。看身形像李师傅，又像孟师傅。是谁并不重要，此时此刻，那个人在跳舞。风行一时的鬼步舞。那人舞得笨拙，又无比欢快……

薄　冰

隐隐有蜡梅香飘过来，顺着鼻腔进入脏腑，水一样漫过身体，洗去了积淀的粉尘。乐曲忽然没来由地乐观起来。现实并没那么可怕吧，看这月亮，看这散发香气的蜡梅花，看这清风，和看不见的正在暗暗凝聚的夜露，看这路灯下跳舞的人。1403的老太太不会有事的，人哪是那么容易溃败的？不会的，不会的……手机"叮"的一声，MOON发来信息："家里食品、日用品都有，请帮忙买点治高血压的药。谢谢！"

"请告知药名。"信息发过去，久久不见回音。再发一条"我一早去问"，还是没有回音。像等待另一只靴子落地的人，乐曲一夜没睡安稳。手机每响一次，都忍不住看一眼，不是MOON，是那些锲而不舍试图逾越套餐规矩的住户。

天色灰白时，乐曲一身齐整地站在C栋楼下。青黄间杂的草丛，隐藏了他徘徊来徘徊去的脚步。

他在一丛灌木旁的草地上，发现了一片亮晶晶的东西。迟疑一刻，他蹲下身来，是冰珠。连成片的透明冰珠，一粒一粒挨簇着，仿佛是大大小小的露珠在瞬间凝固，变成了"大珠小珠落玉盘"的完美演绎。他伸出一根手指，指尖沁凉，仿佛稍一用力，这美轮美奂的冰珠盘就会破碎，坍塌，幻灭。

很快，乐曲发现，不止这一片，草叶里藏着许多这样的冰珠，大大小小，晶莹剔透。如果不是那一大盘冰珠的吸引，他不会蹲下身来看见它们。即使今天没有太阳，这些冰珠也会在不久的将来融化殆尽吧，仿佛从来不曾存在过。可是它们确实存在过，他看见了，可以做证。

C栋的电梯又卡住了，不知停在哪一层。乐曲等不及，跑步上楼，气喘吁吁地敲门。这次门开得很快，仿佛老太太就守在门后。乐曲按亮了手机里的手电筒，光晕炽亮，模糊了皱褶的纹路，微微卷曲的白发丝丝晶亮。竟是一张慈祥的老人的脸。乐曲有些恍惚，仿佛刚刚那盘冰珠的影子还在眼前晃动。他刚要开口，老太太递过来一张纸条和一张医保卡，上面写着：缬沙坦分散片5盒、速效救心丸1盒。"女儿和我说了，谢谢你！"声音依旧柔而细。

"还需要什么？"

"不用。"

门合上了。犹豫一刻，乐曲跑步下楼。经过冰珠时，他蹲下身来，似乎冰珠已经开始消融。等他一天忙完，特地来看冰珠，这片草地已经恢复了素常无奇。此后的一天，再一天，一天又一天，乐曲再没撞见这样晶莹剔透的冰珠玉盘，这让他一度怀疑那天早上只是一场梦境或幻觉，可他很快摇摇头，坚信那是自己看到的实景，尽管只如昙花一现。

日渐拉长的居家隔离期，缓慢地置换着一些东西。比如，将疏离感置换成同盟感，将挑剔置换成体谅，将易燃的怒气置换成彼此开玩笑的亲近。

乐曲和大多数住户混熟了，他们有的当他是儿子，有的当他是兄弟，有的将他视作男闺密。还没见过乐曲的人，要求他在群里发一张靓照，方便他们想起他时有个明确的形象，不至于将他和其他志愿者弄混。

乐曲在群里哭笑一阵，终拗不过，挑了一张自认为又酷又帅的照片，读大学登长城时拍的。那晚，群友们度过了一个欢腾无比的夜晚，像一段沉闷音乐中的华美段落。笑闹中，不知是谁第一个

薄　冰

叫乐曲"我们的小乐乐",这诨名就再甩不脱。之后简化为"小乐乐"。乐曲的脸皮也在反复的摩擦中持续增厚,后来索性将群昵称改为"小乐乐"。

1403的老太太也在群里,"皮雷斯的夜曲",挺别致的名儿,头像是一张抽象的黑白照片。她在群里从不说话,偶尔说话的是她的女儿,远在国外的MOON。

老太太姓宋,第三次见时乐曲开始称她宋老师。其时,他一头热汗地端坐在1403的客厅沙发上。那天电梯一直处于停摆状态,疫情期间找不到修理工,乐曲只得通知用户自行下楼领取团购物资,唯有7楼的一位老人行走不便,再是1403老太太的电话无人接听,微信也无人回复,他只好将物资送上门。没想到本以为很难打交道的老太太,软声细语,邀他进去歇一歇。那时歉疚还搁浅在乐曲心里,他犹豫一下就进去了。

有些局促,也忐忑。乐曲捧着一杯泡有枸杞和不知名的深色果实的茶水,常年喝冷水的他不好意思推拒,喝一口热茶,竟有一股奇异的香,唇齿间有淡淡的回甘。他注意到客厅一角放着一架钢琴,上面覆着白色绣花桌布。老太太似乎留意到他的眼神,但没说什么。良久,她用氤氲的热气般的语调说:"微信是女儿帮我弄的,我不太会用……有时弄得好,有时弄不好。"语气里带了歉意。乐曲忙说:"没事没事,我每天会在C栋和H栋转一转,有什么事您就和我说。"

乐曲在网上搜索"皮雷斯",原来是世界顶尖女钢琴家,录制的肖邦夜曲全集非常有名。从那天起,他果真每天去两栋楼里转一转。

踏进C栋的门，乐曲听见了一线钢琴声，细若游丝，一恍神似乎明晰，一恍神又无踪可觅。乐曲先去看顾老伯，问问他腿有没变天痛，米够不够，肉够不够，需不需要帮他切好肉丝、萝卜丝，洗几片青菜叶……忙妥了，上14楼。电梯门一开，琴声就清晰了，脆亮的音符，冰珠一般滚动着，滚成了一条晶莹剔透的河。

乐曲不急于敲门，而是静静地站在走廊窗前，眺望一片红屋顶和淡青的天际。云朵像一群从容淡定的人，在天空缓慢地走。

此情此景，让人恍惚以为，这世间并不存在困厄、灾难、纷争，也不存在恐惧、焦虑、伤痛。只有冰珠一样莹亮的音符，滚过人间，滚过他的心，洗去疲惫和厌倦，还有怨气。

等琴声停下来，过上一会儿，乐曲才敲门。有时宋老师会给他盛一碗红枣莲子粥，有时是一碗油烹再水煎的荷包蛋，有时是一碗滚圆滚圆的糯米汤圆。渐渐地，他摸到规律，宋老师每天早上九点开始弹琴，弹一小时左右。下午也弹一阵，三点开始，也是一小时左右。留意后，他便做了些功课，宋老师弹得最多的是肖邦的夜曲。而21首夜曲中，她弹得最多的是《降A大调夜曲》和《F大调夜曲》。

有些夜晚，宋老师也会弹一阵琴，时间长短不拘，也无固定的时间表。仿佛她闲极无事，手指随意地抚过琴面，就坐了下来，掀起琴盖，弹奏起来。

时序进入三月，武汉的疫情还没迎来拐点，生活依然处在停摆状态和未知中。楼下的一株玉兰树，仿佛一夜之间披满了花苞，鲜亮了一大片景致。乐曲看到时，忍不住惊叹。他拍了照片发到群里，惹来众人七嘴八舌的感叹，感叹中不无伤感。

薄　冰

　　有人已经三十天没出家门了，而花朵们如常地含苞，绽放，也许等不及被人看见就凋谢了。谁能预料这看不见摸不着的小小病毒，竟有这样的法力，在世间制造那么多"孤岛"，制造寸步难行。关于花朵的累累记忆，再多，也无法温暖"孤岛"的春天。

　　那天，乐曲照例去1403，宋老师忽然羞涩了表情，拜托他一事。他慌忙应诺："您说，我一定照办。"宋老师嗫嚅两下，终是说了。她请乐曲帮她去看一棵树，种在贤士湖边的一棵钻石海棠。她向乐曲细细描述怎么找到它，进贤士湖公园的西门，不上桥，右拐，沿着小路，一直走到和湖中亭差不多垂直的地方，那里有几株花树，梨树、紫荆花、迎春花，也有海棠，不过整个公园里只有一棵钻石海棠，就在她说的这个地方。她给他描绘钻石海棠的样子，枝条是暗紫色的，有稀疏柔软的绒毛，不细看看不出来，叶子呈圆卵形，边缘有齿。往年这时候它已经浑身披满花苞了，也有一两朵性子急的，已经绽放了，花蕾是紫红色的，花朵是玫瑰红色的，用手摸摸花瓣，天鹅绒的手感。开花的时候，花朵缀满枝头，繁密得很，热闹得很……说着说着，宋老师的语速快起来，淡淡的红晕浮在苍白的脸颊上。

　　不知为何，那天乐曲说到了冰珠。他说得无比耐心，冰珠的样子，沁凉的手感，他心里的惊诧，还有他多次跑去求证……那个早上的奇遇，梦境一样的昙花一现。

　　宋老师安静听着，面带微笑。黄昏的夕阳，天鹅绒一样，滑过他们之间。

　　乐曲去看了钻石海棠。许多细小的紫红色花苞，他仔细找了半天，没有一朵性急的花儿开放。他从几个角度拍了照片，发给"皮雷斯的夜曲"。他也向宋老师细细描述了钻石海棠的样子,他想让宋老师仿佛亲眼见到了钻石海棠一样。

空降武汉的小伙子经常发朋友圈,心情有时阳光,有时阴霾密布。各种物资集结向武汉,一批批医疗队从四面八方奔赴武汉,在最初的混乱之后,这座城市的一切似乎变得有序了。小梦再次报了名,但没进省援汉医疗队,她的两个朋友、护校的师姐入选了。听到消息,乐曲暗舒一口气。他担心小梦万一被选上,体质弱扛不住,不够坚强扛不住,没见惯生死扛不住。他没法说服自己不担心。这大概就是自私的爱吧,他想。

社区运来一批贵州省支援的蔬菜,志愿者集中领取后,再分发到住户。一直忙到下午五点才分完,乐曲随便扒了份盒饭,准备去两栋楼里转转。一个住户在群里@小乐乐,说分给他家的菜品相太不齐整,怀疑是将最差的一份给了他家。乐曲没多说什么,让他下楼来换,正好多一份。哪里有多,乐曲将自己那份换给了他。现在这境况,菜好看点难看点,有那么重要么。

刚处理完,群里又有人@小乐乐,问可不可以给他家也换一换。乐曲心里一股火苗往上蹿,握着手机强忍了一分钟,才回道:"忙,还有两家不方便的得送……"

走出电梯,乐曲听见了钢琴声。一段练习曲后,是《降A大调夜曲》。晚霞染红了远天的一大片天空,乐曲不急于敲门,站在楼道的窗前,看着胭脂红一点点变紫,变蓝,直到完全融入夜色。他仿佛置身湛蓝天幕的音乐大厅,聆听着为他演奏的乐曲,这一刻太奢侈了。

他贪恋这样的时刻。

薄　冰

再从七楼上十四楼时，乐曲会找个由头在群里发一句话"我去送温暖了"，或"我去查岗了"，或"我去例行公事了"……每次，他都可以听到一首完整的乐曲。他站在窗前看云走云奔，看细雨斜飞，看狂风怒卷，看闪电划破夜空，看红屋顶在阳光下铺展出一片暖红……他成了 C 栋的常客，好在他有这样的特权。

不知不觉，乐曲的手机里存下了十一首钢琴曲，都是肖邦的。他转存到电脑，常常在夜里打开音响，循环播放。他每天在群里分享很多信息，但从没分享过宋老师弹奏的曲子，他怕这样的幸福会中断。

小梦在哭，乐曲的心缩成一团。对于小梦的哭，他太了解了，她遇上事儿了。"丫头，咋啦？和哥说说。"他努力装作轻松的语调，"智者说，这世上除了生死，其他都是擦伤……"话没说完，小梦的哭声像被扩音器放大了，乐曲握手机的手有些抖，"别哭别哭，好好说……你、你不舒服……"

"我、我咳嗽三天了，今天一早查体温 37.8℃，护士长让做了咽拭子，抽了血，吃了药，现在宿舍休息……"

"没事，肯定是着凉感冒。你们平时防护那么规范、严格，肯定没事的……"他说得小心翼翼，斟词酌句。

"我怕……"小梦的哭声又放大了，鼻涕眼泪交混在一起，"昨、昨天，师姐说，她护理的病、病人刚走了，能上的设备都上了，还是没、没……这病毒太、太邪乎了……呜……"

小梦近乎崩溃的哭声反倒令乐曲镇定了，他拔高音量："孟小梦同志，别忙着哭，冷静下来听我分析，咽拭子不是还没出结果吗，别自己吓自己！最近你们接诊的病人有确诊的吗？对呀，两个疑似，但没有确诊……"乐曲并不觉得自己说得多么理直气壮，可还是得理直气壮地安抚小丫头。一番话说完，手心里全是汗。

小梦的哭声小了些："谁也不知道潜伏期有多长，说不定哪次我口罩没戴紧，手套破了口，也可能脱防护服时手接触到了……"

"孟小梦，无端的焦虑是最没有用的，建议你先好好睡一觉，一觉醒来，无论啥结果，咱们都有力气应对……"

"我睡不着，才给你打电话……我脑子停不下来，一个劲想啊想，有没有哪个环节出了岔子，到底是哪个环节出了岔子……"小梦抽噎着，眼泪鼻涕糊了满脸。乐曲看得心疼，如果在身边，他可以搂着她，抱着她，说不定她就慢慢镇定下来了。可……他按开肖邦的《摇篮曲》，让小梦闭上眼睛，手机搁在枕边。就让宋老师弹的《摇篮曲》充当一回他的怀抱吧。

"这琴声真治愈……"三天后小梦又笑出了两朵米窝。乐曲模仿她涕泪横流的模样，哭泣时可怜兮兮的语调，逗得小梦在视频那头笑痛了肚子。乐曲没告诉小梦，他一连两晚没睡好，此时头重脚轻，感觉自己像个摇摇欲坠的不倒翁。当晚，乐曲躺倒了，高烧38.5℃，浑身酸痛，咽喉里像搁了块小火炭。

他按规定向社区主任报告情况，社区马上登记，上报，嘱他居家隔离观察，安排人上门做咽拭子检测，安排其他志愿者顶替他的工作。他通过微信和接手工作的小杜交接，特地嘱咐她每天上顾老伯和宋老师家看看。

小杜入了群，不知是她格外有亲和力，还是这个群已经磨合到位，也或者乐曲病了的消息不亚于一场小型地震，群友们没有障碍地接纳了她，纷纷给乐曲发来问候。乐曲故作嬉皮笑脸地一通回

薄　冰

应，末了回以一张动图：灰太狼大叫着"我还会回来的"。

深夜，手机调成静音，乐曲重新变回一个人。经历了那么多，此时的一个人和彼时的一个人，有了不一样的况味。虚汗，梦魇，晕眩，头痛……虚弱的身体，没有力气喂养理智，不断膨大的恐惧感彻底攻占了他。他的脑子被恐惧主宰了，一刻也不肯消停，他一遍遍回想自己几天来的行踪，和谁说过话，和谁交接过东西，和谁擦肩而过，哪只手按的电梯按钮，哪只手摸过扶手，有没有拿手摸口罩、擦眼睛……作为志愿者，他做了太多事，接触了太多人，漏洞实在太多太多，多得足以让人崩溃、发疯，搞不好哪个环节他就和那个该死的病毒劈面相逢了。万一得上了，怎么办？他还见得上小梦，见得上他爸妈吗？他要将情况告诉她，告诉爸妈吗？还有，他会传染给那些近距离接触过的人吗，比如每天见的顾老伯、宋老师。他们可是易感人群啊，如果真的感染了，他的罪过就大了……一身冷汗接一身冷汗，一阵心悸接一阵心悸。到处是林立的针尖，无论他怎么迈步，都踏在针尖上。原来人这么的脆弱，不堪一击。就在两天前，他还满身活力地奔上跑下，在群里咋咋呼呼，似乎自己无所不能，无坚不摧，是群里那些住户的依靠，是顾老伯和宋老师的依靠，是小梦的依靠。可是现在，他浑身软绵绵地躺在床上，意志脆如一张薄纸，一戳就破。

手机震动。反复震动。是宋老师。他惊诧，按下接听键，却是小杜。

小杜说她在宋老师家，宋老师想和他说话。

"小乐，你还好吗？"声音软软的，仿佛茶杯上氤氲的那团热气。他想起了茶水里那股异香。

"宋老师，我还好。您有什么事，就和小杜说。过两天我就满血复活啦……"一股潮热涌进眼眶，乐曲闭紧眼睛，喉头滚动两下，将那股潮热逼回身体。

"小乐，我弹首曲子给你听，你不要挂手机。"

熟悉的肖邦《降A大调夜曲》。乐曲闭上眼睛，仿佛站在了14楼走廊窗前，眼前是一片连绵向天际的红屋顶，淡蓝色的天空浮着朵朵白云，天地静谧，人间安详……

每天，宋老师都为他弹奏一首乐曲。她让小杜帮她接通电话，放在钢琴上，小杜去忙自己的事，一曲终了，乐曲和她聊上两句，挂断电话。每天如期而至的琴声，比所有的灵丹妙药都好。乐曲的咽拭子检测结果出来，是阴性，两天退了烧，毕竟是年轻小伙儿，身体恢复得快。只是按照社区的规定，他必须居家隔离观察14天。乐曲没告诉宋老师他好多了，天天享受宋老师专门为他的独奏，太奢侈了，他贪恋这样的幸福。

春分那天，乐曲等了一下午，一直没接到宋老师的电话。傍晚，他忍不住打过去，对方手机关了机。宋老师经常忘记给手机充电，每次乐曲去她家，都会帮她查看手机的电量足不足，那可是宋老师和女儿、和外界沟通的唯一渠道。今天小杜很忙吗，没时间去宋老师家？

傍晚，乐曲忍不住了，打小杜的电话，没人接听。再打，小杜接了，声音压得很低："乐老师，我在西山，宋老师走了……"

乐曲呆呆坐着，不知坐了多久。急性心梗，可能是凌晨发作，也可能是深夜。那一刻，宋老师有没有痛苦？这一刻，乐曲忽然想诅咒那个该死的病毒。

薄　冰

　　小杜说早上她去敲1403的门，一直没人应，敲了又敲，宋老师的电话也打不通，觉得不对劲，找派出所的人、找开锁的人，疫情期间都特别不容易，拖了不少时间。中午，门终于打开了，众人冲进去，只见宋老师安详地躺在被子里，睡着了一般。
　　按照疫情期间的规定，特事特办，所有遗体必须在当天火化。社区出面和宋老师的女儿取得联系，征求了她的同意，由她委托一位老朋友赶过来，代她送宋老师最后一程。还有小杜和小陆。三个人。
　　仿佛掘开了身体的一处泉眼，眼泪奔涌。乐曲想不通，他恨自己突然生病，恨自己现在寸步难行，恨自己没能送宋老师最后一程……他不知道自己体内埋着这么多眼泪，也不明白自己为什么这么悲伤。一个多月来，他们说的话加起来没有一百句，他为什么那么悲伤？
　　黑暗从屋子中心升起，四散弥漫，与窗外的夜色融为一体。乐曲也成了夜的一部分。他按开手机，将音量调至最大，宋老师弹奏的肖邦夜曲响起。他仰躺在床，闭上眼睛，任琴声的湍流将他浮起，漂荡……有那么一刻，乐曲坠入了梦境，他梦见自己变成了一粒小小的冰珠，在空中浮游，他的身边是大大小小一粒粒晶莹剔透的冰珠，他与他们连缀成一体，在黑暗中莹莹闪亮。

绿驼鸟行动

/王芸

十年时间,钟小麦长高了、壮实了,微微驼背的习惯没改。他穿一身制服,西服式翻领,硬挺的肩章。他到得最晚,说是刚送完信赶过来的。那身制服比军装颜色深,和警察制服一样挺括,穿在钟小麦身上,让他有了脱胎换骨的味道。那是孔莉自初中毕业后,第一次见到钟小麦。

那次聚会来了三十多个同学,孔莉和钟小麦没坐在一桌。熟稔的感觉乍然而生,是钟小麦过来敬酒:"白孔雀,你现在成白衣天使啦,可敬可敬。"

周围的同学顿时炸开了:"白孔雀?白孔雀!原来你叫孔莉白孔雀啊——"末尾的"啊"字拖得山高水长。"白孔雀"恐怕是唯一没在班上传扬开来的绰号。

"对了,你们可是'同桌的你'!换杯,换杯!"说这话的是"夜游将军",他将钟小麦手里的小杯夺过去,换上喝红酒的高脚玻璃杯,白酒"咕咚咕咚"跳进杯子里,雀跃得很。钟小麦笑得憨憨的,似乎不晓得反驳,也不晓得拿手去捂住杯子。一杯酒直倒得盈盈满满欲溢出来。"夜游将军"转过头,想换掉孔莉手里的杯子,钟小麦似乎醒了过来，一把护住："男女有别，男女有别。"

同学们哄笑得更来劲了。"到底是同桌啊，冲这感情，今天钟小麦也得干了这杯！""夜游将军"站到了椅子上，"感情深，一口闷。同学们，你们说是不是？是不是？……"

钟小麦将满满一杯52度白酒倒进了喉。孔莉只到他的肩头，看着玻璃杯里的酒少下去，少下去，见了底。她以为钟小麦酒量了得，可是很快，钟小麦就软成了一摊泥，歪在沙发上一声不响了。等醉醺醺的一众同学打算离开时，才有人发现他，这时的钟小麦面色惨白，任人怎么拍打都没反应了。大家慌了，老班长建议送钟小麦去医院，可半醉状态的老班长看起来很不让人放心。孔莉站了出来，和老班长一起送钟小麦去医院。

三人相互搀扶，歪歪倒倒地走进急诊科。挂号的时候，老班长和钟小麦坐在椅子上等，隔着五步远，就能闻到汹涌的酒气。孔莉远远望过去，白炽灯光下紧紧倚靠的两个人，一个满面猪肝红，一个满脸雪色白。苍白的那个头耷拉在胸前，头发蓬乱成一团，绿制服紧紧箍住厚实的肩背，真像一只埋着头的鸵鸟。孔莉不禁摇头。

两天后，钟小麦请吃饭，美其名曰"感谢宴"。孔莉到时，没看到老班长，也没见到其他同学，可她还是留了下来，甚至连一句话都没问。

"你是一只鸵鸟，绿鸵鸟。"席间孔莉没忍住，也像灵光一闪。钟小麦愣了，垂下眼睑，将一粒花生米送进嘴里，憨憨的脸上浮出了笑纹："女人的逻辑就是混乱，世上哪有绿鸵鸟？"

孔莉一翘嘴角，同桌一年多，她早谙熟了以其人之道还治其人之身："这世上哪有白孔雀？你不是说万事皆有可能？地球不过是无边宇宙中的一粒尘埃，尘埃之内，有难以穷尽的可能，尘埃之外，有更加辽阔的无限的可能，你就确定这世上没有绿鸵鸟？"

钟小麦憨憨一笑，说得认真："真有白孔雀，几时我拿图片给你看。"

白孔雀是钟小麦给孔莉起的外号。中学时代，用动物名称给人起外号，是钟小麦的爱好和专利。钟小麦平素憨憨的、蔫蔫的，不显山不露水，爱好有限，但他对动物世界情有独钟。他的课桌抽屉里塞满了不知从哪里找来的各种关于动物的书和杂志。有人喜欢满嘴跑火车，钟小麦是满嘴跑动物，一说起动物就滔滔不绝，眉飞色舞。孔莉觉得那都是些废话，每天的功课都消化不了，作业做不出来，还有心情去关心大象怎么睡觉，母螳螂和公螳螂结婚后会吃掉公螳螂，鸭嘴兽虽然是哺乳动物却和爬行动物一样下蛋，大眼睛的眼镜猴是世界上最小的猴种，仓鼠冬天会"假死"……钟小麦简直是一颗心完全扑在动物族群身上，成绩一直在班级下游浮沉，这让孔莉颇看不上眼。

"夜游将军"是班上一个皮肤偏黑的男生，爱拿手抠出鼻屎，放在拇指和食指间慢慢揉搓成一个球，再放到鼻子下闻一闻，才满脸不舍地扔掉。钟小麦悄悄向孔莉阐明了这个绰号的含义后，她仔细观察，果真是这样。

"辉亭鸟"是一个爱穿艳色衣裳、超短裙，跳炫感热辣舞蹈的女生。有次她上台表演迪斯科，在校园引起轰动。她的造型是艳红、明黄交织的紧身上衣配黑色超短裙，后面还翘出两根用铁丝弯成的、贴满了红纸片的东西，尾巴不像尾巴，羽毛不像羽毛，它们随着节拍在空中快速乱颤……

这些绰号，起先只在钟小麦和孔莉之间传递，有点像只有两人知道的暗语。但没有例外地会传扬开去，成为全班同学的共识。这些绰号太形象、有趣了，孔莉没法不和闺密分享。

起初，"夜游将军"十分得意，走路时不由得昂头挺胸，时时做出超拔威武的姿态，后来不知是谁捅破了玄机，"夜游将军"冲到钟小麦面前质问。钟小麦一脸憨憨的表情："'夜游将军'是屎壳郎？屎壳郎怎么会有'将军'之名？"

"你是个动物通，怎么会不知道？"

"鄙人识浅。长知识了！"钟小麦煞有介事地拱一拱手。

"你为什么不叫我别的将军，偏偏叫'夜游将军'？"

"你不是爱上课睡觉吗。"钟小麦平素有点驼背，此时从侧面看去，肩背缩得脖颈只剩一寸长，表情憨厚，显得十分无辜。

近在咫尺的孔莉有点意外。她本以为钟小麦会爽快地承认，男子汉敢作敢当嘛，可钟小麦不仅不承认，还显得一脸无辜。这让传播者孔莉不免尴尬。两人同桌坐了一学期零三个月，到毕业时，孔莉连毕业纪念册也没让钟小麦写。十年后，两人才重新连上线。

孔莉第一次见到白孔雀，是她二十八岁生日那天。钟小麦的生日礼物异乎常人，倒是让人期待。他送过一条天鹅造型的项链给她，是专门请城里的老匠人按他勾勒在纸上的草图打制的。

天鹅造型，孔莉很喜欢，钟小麦的诠释更让她喜欢。他说这不是普通的大天鹅或小天鹅，是珍稀品种疣鼻天鹅："你看它的前额突起，这是瘤疣，是疣鼻天鹅的独特标志。疣鼻天鹅又叫'无声天鹅'，通体羽毛洁白无瑕，体长一般是……"钟小麦给孔莉上了一堂关于疣鼻天鹅的科普知识课。孔莉听得津津有味。末了,孔莉说:"如果是一只白孔雀就更好了,不过白天鹅我也很喜欢。"这话说得有些矫情,钟小麦憨厚地笑了。

白孔雀站在他们家的地板上,尾羽张开如扇——一把白扇子,上面没有蓝莹莹的孔雀眼。孔莉不敢相信,真的是白孔雀?尽管它不是活的,是钟小麦花了不少工夫将它嵌进他们家的生活空间。多年前,钟小麦见过白孔雀图片,却记不清在哪里见过。答应孔莉后,他一直在寻找,跑图书馆,跑书报摊,问询信寄了一堆,反正他在邮局,方便,送信的时候,逮着人便问一句。还真被钟小麦找到了!

白孔雀图片背景是树林,钟小麦翻拍洗印出来,剪下白孔雀,从不同角度拍了家的内景照片,按不同比例洗印放大,反复挑选出最适合白孔雀嵌入的一张,重新拍照,印制成两米宽的图片,装进玻璃木框里,挂上了墙……

难怪有几个晚上,钟小麦都神神秘秘地在小卧室里鼓捣到深夜。孔莉坐在沙发上,将墙上的白孔雀瞅了又瞅,摸着肚子里不时踢腿伸拳的宝宝:"宝啊,这就是白孔雀,你爸没骗你妈。"

赵忠祥的《动物世界》,钟小麦期期不落。看过的,逢到重播,一样看得眼睛都不愿多眨一下,那劲儿就像一旦错过一个画面就再也补不回来似的。家里堆满了关于动物的报纸、杂志和书,钟小麦7岁开始玩剪贴、摘抄,那些本子摞起来齐他的腰高。钟小麦是邮二代,他爸是邮递员,他从小集邮,和动物有关的邮票攒下了十来本。恋爱期间两人约会,多半是窝在家里一起翻读这些本子、册子,边翻边听钟小麦讲动物世界,那是他俩恋爱的独特乐趣。

从一张邮票，钟小麦可以扯到非洲热带雨林里的一只鸟、大洋深处的一尾鱼，或是上溯到一百万年前冰川期的物种，听得孔莉不时发出惊叹。钟小麦完全颠覆了她对于动物的有限认知。她奇怪，算数字比别人慢一拍，背课文比别人多几处错，英语也说不顺溜的钟小麦，咋一碰到动物的话题就像被切换到了另一频道，瞬间换了一个人？她也觉得奇怪，当年难以入耳的那些动物知识，现在听来咋那么趣味横生？

钟小麦搬回家的动物资料源源不断。孔莉甚至觉得，他之所以愿意干邮递员这一行，图的就是这点便利。他咋不去做生物学家、动物学家呢？钟小麦自嘲"学习天赋不足"。但凡和动物有关的，钟小麦都舍不得丢弃，宝贝一样存起来，他有个愿望——办一个博物馆，关于动物的博物馆。

第一次透露给孔莉时，钟小麦忽然间变了语调，脸上涌现一抹羞涩，孔莉忍不住拊掌大笑起来。在她的笑声中，钟小麦一张脸涨得通红，连耳朵根都红透了。他自嘲地一挥手："小时候瞎想的……"

孔莉忽然意识到自己笑得不合适。小时候她也有过荒诞念头，像变成仙女啦，去挖古墓啦，北极探险啦，攀登珠穆朗玛峰啦，不过是些经不得岁月、一戳就破的念头罢了。眼前这个男人，居然还固执又羞怯地保存着小时候的一点热望……她端正了表情问钟小麦："这博物馆开给谁看呢？"

钟小麦低头整理翻乱的剪贴本，肩背微驼："孩子啊，年轻人啊，老人啊，反正像我一样喜欢动物的人呗。"

"像你一样喜欢动物的人，还真是少。"孔莉说得认真。

强者生存,不只是自然界的法则,也是社会生活的法则。孔莉似乎比钟小麦更早认识到这一点。女儿钟琴一岁时,钟小麦的动物资料被装箱打包,从小卧室一角移到了阳台上。家里空间逼仄,钟琴的用品不断增加,摇床、圈椅、儿童车、玩具、木马凳子、电子琴、画架、小书桌、儿童书柜……钟小麦将动物资料打包装箱时,有些失魂落魄的样子。几个箱子堆起来有一人高,再翻找起资料,就没那么容易了。小生命一天一个样,生活太过真切,不切实际的动物世界只能做出让步。孔莉想,作为父亲,钟小麦肯定能正确认识这一点。

医院分房时,孔莉月子里大出血刚出院不久,她让钟小麦去单位提交申请,他们从两口之家变成了三口之家,申请住房的理由更充分,也更迫切了。尽管分到房子的可能性微乎其微,她还是想为自己、为这个家争取一下。钟小麦下班回来,她着急上火地问:"申请交了吗?领导怎么说?"

"交了。"钟小麦闷头答一句,进了厨房。当着公公婆婆的面,孔莉不好再问什么。分房方案公示的时候,孔莉从同科室的姐妹那儿得知,钟小麦确实递交了申请,但他是寄到医院办公室的,收到时院里已经开完会讨论过了。孔莉感到一股闷火急速上蹿,当年钟小麦回答"夜游将军"的样子浮现出来,像一滴油砸进火里。

孔莉强忍着。入夜,公公婆婆在客厅搭地铺睡了,孔莉压低声音:"你们单位的邮票还真是多得没地方用了!"钟小麦眼睛盯着《动物世界》,生怕错过一个画面的样子。

光线明暗中,"油珠子"噼里啪啦往下落。孔莉抓起遥控器,按灭了电视。钟小麦转过头来,看着她,一言不发。两人都不说话。忽然地，像是一大盆水兜头泼下，孔莉心里的火灭了，可也寒透了。那些溢出来的水，扑簌簌从眼睛里掉下来。

　　孔莉主动转岗到急诊科，她想攒资历为下一次分房做准备。可几年过去，单位再没分过房，后来大家开始自掏腰包购买商品房了。他们一直住在小两室一厅里，这还是双方父母合力资助的。
　　急诊科素来缺人手，培养出一个多面全能型熟手不容易。转到急诊科的孔莉，急流勇"进"的孔莉，再想退出来就难了。好在急诊科待遇不错，孔莉的工资加福利很快涨到了钟小麦的两倍。女儿钟琴是在钟小麦的背上、胸前长大的。邮政所所长是钟小麦爸爸的老朋友。钟琴两岁半时，邮政所所长帮忙，让她提前进了托儿所。托儿所离邮政所不到一百米，钟小麦早送晚接，钟琴是邮政所的常客。
　　邮政所清闲，有了座机、BP机、手机后，写信的人越来越少。家里有点门路的职工纷纷跳槽，放下这个原本不错的铁饭碗，去捧银饭碗、金饭碗了。整个社会都在追求速度，总局和一些邮政所紧跟时代步伐，换成骑摩托车送件。偏偏钟小麦不换，骑着他的二八自行车跑他熟悉的线路。他说自行车骑着踏实。线路他也不愿换，那几条线路上的居民成了他的熟人、朋友，好些人家的家底他都知道个八九不离十。而且，线路上有宠物市场、集邮市场，不忙的时候他正好顺路去逛逛。
　　孔莉骑摩托车上下班，忙碌的她必须提速。在她的五年计划里，列入了购买小汽车一项，驾照拿几年了，就等汽车了。对于她的五年计划，钟小麦未置可否。他越来越沉默，孔莉很久没听他滔滔不绝地谈论动物了。她有时觉得钟小麦像进入了梦游状态，游离在喧腾的社会生活边缘。他们共同的那拨同学，不时有消息传来，班长升迁了，"夜游将军"开公司了，"辉亭鸟"舞蹈得奖了，还有谁谁当教授了，谁谁的生意做大发了。在孔莉看来，唯有钟小麦在原地踏步，还甘于原地踏步，一点奋进的精气神都没有。

钟小麦一成不变地守着每周的《动物世界》，看完首播看重播。阳台一角塞得满满当当，孔莉借女儿的话题发过一次脾气后，她再没看见钟小麦往家里搬动物资料了。有一天，她突然发现阳台上的箱子不见了，留下一处让她错愕的空白，她本想问钟小麦的，可事情一多就给忘记了。她升任急诊科副主任了，要操心的事情实在太多，无暇去留意钟小麦的动物世界搬去了哪里，也无暇去留意钟小麦的变化。

女儿钟琴倒是继承了钟小麦对动物的痴迷，大有长成第二个钟小麦的趋势。父女俩常凑在一起聊动物，只听见钟琴的小嘴巴吧啦吧啦问个不停。孔莉一靠近，父女俩就不约而同地噤了声。后来，父女俩干脆关在小卧室里面，一关小半天，美其名曰辅导作业，弄得一门之隔的孔莉心里酸溜溜的。为了培养和女儿的感情，没有夜班的时候，她哄女儿睡觉。一开始女儿不习惯，嚷着换爸爸来给她讲故事。孔莉特地买了几本童话书，这才稳固了自己睡前陪伴的地位。可她一周少不了值夜班，能陪女儿的时候还是少。

"妈妈，今天老师和我说对不起了。"

"哦，宝宝，为什么呀？"

"宝宝画得棒！"钟琴从枕头下面翻出一张纸。

"这是宝宝画的？真好看！中间的是宝宝吗？宝宝是什么呀？"

"宝宝是会飞的小飞龙！"

居中的小飞龙绿白相间，像长着翅膀的小蛇；左边是张开尾巴的白孔雀，头上别了粉色的蝴蝶结；右边是有着圆乎乎肚子和细长腿的绿鸵鸟，歪歪扭扭的长脖子。一个大大的心形将孔雀、鸵鸟、飞龙圈在一起，笔触稚拙。孔莉忍不住抱住钟琴，猛亲了两口。

"老师说琴琴画错了，没有白孔雀，没有绿鸵鸟，琴琴哭了……"

"哦，琴琴哭了？"

"嗯，爸爸去告诉老师了，有白孔雀，爸爸拿了图给老师看，老师和琴琴说了对不起，琴琴和老师说没关系……"

"琴琴真乖！"

"妈妈，真的有绿鸵鸟吗？"

孔莉语塞，还真没法和孩子解释。想了想，她拿手指着纸上的绿鸵鸟："爸爸就是一只绿鸵鸟呀，绿制服是他的羽毛……"

"妈妈，你可不可以给我做一对翅膀？我是小飞龙，有一对翅膀……"

"好，妈妈给你做。"

那张画被钟小麦装了相框，挂在小卧室的墙上。五岁生日那天，钟琴背着一对白翅膀去了幼儿园。电话里，听起来琴琴很开心。孔莉被抽调到医院定点发热门诊有一周了，省里一个县发现一例输入型"非典"病例，全省拉响了警报。

挂了电话，孔莉躺在值班床上，睡不着。转眼琴琴五岁了，女儿的成长日记，一直是钟小麦在写。她看过了，女儿第一次翻身是钟小麦在她身边，女儿独立迈出第一步是扑向钟小麦，甚至女儿第一次叫"妈妈",也是冲着钟小麦……孔莉翻来覆去睡不着,想象那对用风筝架子、旧衣裳、白纱巾做成的翅膀,和钟琴戴上翅膀的样子。

疫情没有蔓延到省城,孔莉从定点发热门诊撤出,得隔离观察21天才能回家。其间,钟小麦抱着钟琴来看她,隔着两道玻璃门,钟琴骑坐在钟小麦的肩膀上,她特意让钟小麦转了个圈,给孔莉看她的一对翅膀。从生日那天起,除了睡觉,她一直戴着这对翅膀。

"妈妈,爸爸收到了锦旗。"

"哦,爸爸做了什么了不起的事?"

电话里琴琴说不清楚,孔莉示意钟小麦接电话。"没什么,送信的时候发现一个老人病了,帮忙送到了医院。"钟小麦说得轻描淡写。

孔莉在报纸上看到了消息,钟小麦救的是一位80岁的老人。信塞进信箱三天没人取,钟小麦知道这家老人独自生活,儿子一家在国外,老伴去年走了。他不放心,叫了半天门没人应,便通知了管段民警。民警打开门,发现老人躺在床上发着高烧,大小便失禁,钟小麦和民警一起将老人送到医院,又帮着照护了两天,直到老人有亲人从老家赶来。老人出院后,他儿子请人将一面锦旗送到了邮政所。

钟小麦被推为邮政系统学习的典型。这个行业太需要坚守一线的榜样了。大小媒体记者被省局请来挖掘钟小麦工作、生活中的闪光点。都市报的一位女记者为了挖到独家素材,和孔莉热线联络,她说钟小麦太低调、太谦虚了,是个不合格的采访对象,问五句答一句，还干巴巴的，毫不出彩。在女记者的启发下，孔莉全力配合搜索记忆，将两人当年同桌的往事都倾倒出来，还有钟小麦对动物世界的情有独钟。女记者边记录边点头："太好了，太好了，这个有意思……"

《"绿鸵鸟"的动物情结——走进一位普通邮递员的精神世界》

通讯见报那天，孔莉特地跑了几家报刊亭，买了几份《都市周末》。事先她没告诉钟小麦，想给他一个惊喜。这一天是钟小麦三十六岁生日，文章写了钟小麦鲜为人知的一面——他对动物世界的极度痴迷。女记者文笔不错，让普通邮递员钟小麦散发出了光彩……孔莉将报纸分送给公公婆婆、自己的父母，再将一份报纸装进信封，写上"钟小麦（同志）收"，丢进了自家的信箱。这是她能想到的最浪漫的方式。

她家的信箱从来是钟小麦负责管理。她特地换了班，买了生日蛋糕，炒了一大桌菜。钟小麦带着钟琴进家时，手里除了书包，什么也没有。钟小麦的表情和往常一样，甚至显得有点沉闷。

"你爸开信箱了吗？"孔莉悄悄问钟琴。

"开啦。"

"里面没什么东西？"

"信封装的一份报纸，被我爸扔了。"

"扔了？"

孔莉糊涂了。钟小麦到底看了报纸没有？他可知道这是我为他精心准备的生日礼物？钟小麦的表情，让她的兴奋劲儿一沉到底。晚上，等钟琴睡下了，她将报纸伸到钟小麦面前，钟小麦瞟了一眼，没接。

"怎么，不高兴？"

"没啥，你高兴就好。"钟小麦的表情像平展无波的湖面。

蓦然间，漫天漫地的委屈攥住了孔莉。她费心费力为他做这些，居然换得这么一个态度。

"你以为我是为自己吗？我是为了你！你看看，同学有谁像你这样？十多年了没挪过窝，整天骑一辆破自行车，风里来雨里去。现在谁还写信啊？人人都有手机了，谁还有心思写信啊？你难道没有一点危机意识吗？打算一辈子就这样消磨下去？……"孔莉噼里啪啦地说着，越说越激动。

钟小麦始终不作声，肩背微驼，时光仿佛回到了十多年前的一刻，只是孔莉被无形之手置换成了"夜游将军"。

邮政所旁辟出一块门面，挂上了邮政储蓄银行的牌子。钟小麦有机会转岗到储蓄银行网点担任二把手，可他推辞了。孔莉知道时，已经板上钉钉。她没问他的想法，这样的选择在钟小麦那儿一点不让人奇怪。这位邮政一线的典型人物如昙花一现，很快淡出了公众的视线。钟小麦依然骑着二八自行车，自行车换了一辆，每天跑线路，线路有了微调。在钟小麦那里，生活似乎在极其缓慢地位移。可钟小麦又和以前不一样了，他在家的时间少了。

接送钟琴的任务移交到两边老人手上。很快，钟琴就不用老人接送，自己上下学了。她的学习习惯不错，成绩一直保持在年级上游。家务活儿少了钟小麦这把好手，孔莉发现还真是问题不少。以前她很少操心家里的事儿，两边老人的电费、水费都是钟小麦去交的。三家的液化气没了，是钟小麦换了新的扛上楼。三家的米、油，是钟小麦负责采买。母亲每月的社保金是钟小麦去取，公公的糖尿病药、父亲的高血压药是钟小麦去药店买，母亲冬、夏用的不同厚度的护膝是钟小麦提前备好，公公用来敷肩背的中药盐袋是钟小麦去医院抓了药方请人炒制的。钟琴的生活学习用品，是钟小麦操心打理，每天的作业检查、签字百分之九十落的是钟小麦的名儿，与班主任、各科老师联系沟通也是钟小麦的事儿……现在家里乱得一团糟，可孔莉不愿向钟小麦开口求救，她也说不清缘由。而一向不求就应的钟小麦也没主动伸出援手，他的心神不知搁在了哪里。两边老人看见他们这种状况，不好说什么，都撑着自己打理日常，遇到实在解决不了的事儿，才开口求助。在短暂的混乱之后，生活不觉又达到了新的平衡。

孔莉实现了买车计划，每天开车上下班，风雨都被挡在了车外。有了车，送老人上医院、办事方便不少。偶尔，时间凑巧，她也接钟琴上下学。这辆车是孔莉的专属座驾，钟小麦没学车拿证，孔莉也不去强求。那次之后，她和钟小麦再没吵过架，她不再对钟小麦提什么要求了，日子没波没澜、不咸不淡地过着，似乎也没什么不好。

钟琴顺利地考进了省重点初中，又考上了省重点高中，这让孔莉深感欣慰。不知不觉，她和钟小麦的两鬓都见了白发。

让她没想到的是，貌似寻常无痕的生活，却出现了一道裂隙。

乍一看到"绿鸵鸟"，孔莉心里一动。都市报上的照片不甚清晰，她凑近去看，飘飞的旗帜上依稀可辨一只形态稚拙的鸵鸟。这鸵鸟挺眼熟，是女儿小时候画的那只？

再看文章，里面几次提到钟小麦，说钟小麦创办"绿鸵鸟动物保护协会"八年了，麾下聚集了同城的八十多人，还有全国各地的网上会员三百多人。协会发起过针对动物保护的许多活动：针对虐猫事件的网上联名抗议，拒绝白色垃圾行动，对象牙制品说"不"，给流浪猫狗一个"家"……写报道的，是当年采访孔莉的那位都市报女记者。孔莉翻出电话号码，打过去，这么些年号码居然没变。

电话那头，女记者感到意外："姐，这事儿您不知道？不是您告诉我，钟大哥是个动物迷吗？"

孔莉不知如何回答，挂了电话。

报道里还提到钟琴，说她是协会创办时最小的会员，和协会一同成长，现在已经是一名经验丰富的资深会员。孔莉想起来，前不久钟琴拿了几个布袋子回家，给亲戚朋友各送了一个，拿给孔莉一个，说是以后买菜必须使用环保袋。布袋装在包里，没几天孔莉就给忘了。钟琴不满，找出一篇文章念给她听。文章讲的是海洋生物深受白色污染之害，每年有800万吨塑料进入海洋，在一条死亡的幼鲸的胃里发现了80多个塑料袋，数据惊心，图片惊心……孔莉直感叹，现在学校还真是进步了，孩子都有了环保理念。

孔莉从包里翻出布袋，袋面上印着一只绿色鸵鸟的剪影，挺像女儿小时候画的那只，下面一行小字"绿鸵鸟动物保护协会印制"。如果早一点注意这个，她是不是就不会这么错愕？

她将报道又读了一遍，逐字逐句。"绿鸵鸟"协会的根据地，在当年被钟小麦搭救的那位老人家里。老人住在一楼,将临街的屋子和院子无偿提供给了协会。

孔莉在办公室呆坐半晌,在值班床上翻腾了一夜。既然父女俩执意瞒着她,她不打算拿这事去问钟小麦和钟琴。她从女记者那儿要到了协会的电话,用申请的一个QQ新号,加入了"绿鸵鸟"QQ群。在群里,她叫"无名"。"绿鸵鸟"和"小飞龙"是群主,两人的QQ头像是多年前钟琴那张蜡笔画的局部。

"绿鸵鸟"活跃得很,会员询问的所有关于动物的话题,他都能答上来,还滔滔不绝地延展开去,仿佛一部动物知识百科全书。他是协会的灵魂人物,负责将各地会员提供的信息进行分析、汇总、梳理和理论提升,再推出适合协会的活动方案,并指导大家落实。"小飞龙"也活跃得很,是协会的宣传委员之一。

"无名"在群里一言不发。她说不上话。上班时手机QQ在口袋里振动,她没法看内容,但知道有一群人正聊得热火朝天。回到家,父女俩一个安静地做功课——还有大半年钟琴就高考了——一个锚定在电脑前,孔莉仔细看了,播放的都是和动物有关的视频。

坐在电脑前的钟小麦,肩背微驼,屏幕的一抹蓝光映亮他的脸部。

手机QQ振动个不停,"绿鸵鸟"在说话,在回答会员的提问,在布置新的活动。

一切都在无声地进行着。屋里显得那么安静,仿佛生活波澜不兴。

可是,现在孔莉晓得了,身边这个看起来浑身散发梦游气息的男人，并不是她以为的那样。

一腔情绪在孔莉身体里波涌，激荡，碎裂又重组。她得适应那道裂隙的存在。

两个月后，"无名"第一次在群里说话。她发了一个视频，电影《老炮儿》的片段。笼子里的鸵鸟不知怎么跑了出来，跑到了大街上，越过人流和车流，在大街上拔足奔跑。准备赴约的老炮儿骑车追着鸵鸟，冲它大喊："跑啊你，快点跑，跑……跑啊哥们，快跑……"

孔莉没想到鸵鸟跑起来是这个样子，高昂着头，细长的双腿快速迈动，步幅大得惊人，看似臃肿的身体显得那么轻盈。它纵情奔跑的样子，让孔莉震动。

"绿鸵鸟"艾特"无名"：谢谢你发的视频，让我有了这次活动的创意，今年的"世界动物日"我们将进行一次别开生面的表达……

还有半个月，是"世界动物日"。活动主题敲定："还动物自由天地"，呼吁人们不要猎捕、虐杀、贩卖野生动物。会员们分头收集动物惨遭虐杀的图片和文字资料，陆续发到群里。那些画面让孔莉不忍直视。资料由"绿鸵鸟"汇编整理，"小飞龙"设计制作成十几个展板，"世界动物日"那天在中心广场展出。同一时间，协会还将开展一次"绿鸵鸟行动"。

活动那天，天色未亮，孔莉做好了早餐，在父女俩醒来前悄悄出了门。

她开车先与都市报女记者会合，两人将东西运到出发点。九点整，数只"绿鸵鸟"将从城市的不同方位出发，一起奔向中心广场。"无名"是其中一只。

她的装备是都市报的女记者帮忙领的,后者答应替她保守秘密。她们已经秘密练习了几天。对于"绿鸵鸟行动",女记者激动不已,她说这样的活动在这座城市前所未有,她将写一篇与行动的精彩度匹配的报道。

在女记者的帮助下,孔莉将"绿鸵鸟"的头高高竖立起来,双腿套进灰色的裤套,身子钻进胖乎乎的鸵鸟外壳。鸵鸟身子设计得不错,前、后、左、右各有一块透明的塑料薄膜,可以看到四方外景。内部空间宽适,不影响骑行。这是钟小麦的设计。孔莉发现他还挺有设计天赋。

孔莉小心翼翼地将身子挪上自行车座,把前面的塑料薄膜调整到眼睛的位置,戴上灰手套的双手从洞口伸出去,握住车把。

喧嚣退远,她听见了自己的呼吸声,一下一下。世界变得不一样了,纵深向前,笔直去远方……

骑行路线约一千米,也是钟小麦精心设定的。女记者将骑着电动车跟在她身后。每只"绿鸵鸟"都有这样一位守护天使。

九点五十九分五十九秒,孔莉深吸一口气,右脚用力一蹬,车滑行向前,车把打个晃,被她掌稳了。两边的景物开始匀速向后滑行,越来越快,越来越快……

风拂过双手,从空隙处钻进来,消除了内部的憋闷感。孔莉握紧车把,用力蹬动双腿,越骑越流畅。

昨天,钟小麦在群里说:鸵鸟是世界上跑得最快的鸟,每小时可以跑七十二千米,比马跑得还快。他说:奔跑吧兄弟姐妹们,没有什么可以阻挡一只锐意奔跑的绿鸵鸟!

孔莉用力蹬动双腿。她仿佛看见一只绿鸵鸟高昂着头，在洒金的阳光中拔足奔跑。风吹拂着她身后的旗帜，猎猎有声。远远地，视线里出现了一只"绿鸵鸟"，又一只"绿鸵鸟"……

　　"绿鸵鸟"们像数支箭镞，射向中心广场。

地铁二号

/苏二花

1

朱大夫扎针如栽葱。少波怕疼,又不好叫出声,就挥舞两只手乱抓。这样,一只细白胳膊就不幸被少波抓到手里,再不肯撒开。

大家都看到了,长着细白胳膊的实习医师雨茹,挣了好几次都挣不脱。

少波对着雨茹嘻嘻一笑,半张脸生动,半张脸无动于衷,中分线不偏不倚当当正正。这个分割线绝对是神来之笔,上帝之手。

朱大夫"栽"得一手好"葱",欻欻欻三下,"栽"了少波一脸针。针"栽"好了,还要再把每一根都扶正,像捆好了葱还要拎起来蹾一蹾。这一蹾,蹾得少波满眼里长星星。少波抓雨茹胳膊的手收紧,根根指头都是在求救。

行针二十分钟。这二十分钟是相对不疼的,少波仰躺在诊疗床上,看玻璃窗外蓝天中,一架飞机无声飞翔,高楼探出一角朝窗户里张望,一切都是明媚的样子。少波把脸歪向雨茹这一侧,盯住雨茹。

雨茹穿着白半袖大褂，头发越显乌黑，腰身越显纤细，要不是口罩上方的一双眼过于严肃，简直可以亲近。少波顶住雨茹的严肃眼，既不松手，也不放弃对雨茹的盯视。

二十分钟一眨眼，该起针了，少波没理由再抓雨茹的细白胳膊了。雨茹的起针手法轻快又利落，让少波想起小时候去野外玩耍，粘了一裤脚的草刺和苍耳子，就坐在夕阳下把它们一个一个摘下来。

针起了，少波不急着走，坐在朱大夫的诊疗桌前，用朱大夫的笔在处方签上乱画，又学朱大夫的姿势往椅背上靠，笑嘻嘻地问大口罩捂脸的三个实习医师："小姐姐们中午怎么吃饭？食堂还是外卖？"实习医师小姐姐们并不理少波。少波特意问雨茹："你几点下班？我请你和朱大夫一起吃饭好吗？"雨茹白了他一眼。

朱大夫倒不讨厌少波，说："你还请吃饭？舌头能搅拌得动饭？"

朱大夫这一说，小姐姐们都看着少波笑，包括雨茹。尤其雨茹，全然幸灾乐祸的样儿。

少波现在的舌头的确有点搅拌不动饭，就问朱大夫："我这面瘫能治好吗？"声音里全是真诚的担心。朱大夫说："百分之八九十的人能治好，除非你是另外那百分之一二十。"少波放下心来，他生来就是百分之八九十这一拨儿的。

"这得扎多少天？"少波问。

朱大夫撵走坐在他椅子上的少波，说："少说也得二十五天吧，你到一楼缴费去。"少波接过缴费单，说："那我就能来二十五天了。"朱大夫疑惑着问："我怎么看你这么乐？没见过扎针扎到你这么高兴的，还挺由衷。"

第二天，少波早早就来到医院，还是在扎针时抓着雨茹的细白胳膊不放，也还是起针后不急着走，觑一张一半生动一半麻木的脸，笑嘻嘻，没话找话。这一回，少波给朱大夫和三个实习医师小姐姐带了一桌子零食。零食这种东西，也是天生属于百分之八九十这一拨儿的，只要往桌子上一放，四海之内皆兄弟。

有零食垫底，朱大夫和颜悦色道："说说吧，你干什么了就面瘫了？"少波说："我也正奇怪呢，也没吹凉风，也没开空调，中午睡一觉，醒来就面瘫了，我多无辜啊。"朱大夫说："哪那么多无辜啊？你分明是熬夜玩手机不睡觉这才面瘫的。"

朱大夫不但"栽葱"一流，还是"撑界"高手。人家腰疼来找他扎针，说了一大堆腰疼的缘由和经过，他回撑一句："得了吧，你肯定是广场舞跳太多给扭着了。"又有人膀子疼来找他扎针，他撑人家："是麻将打多了吧？八圈下来至少四个小时不挪窝，你膀子不疼谁疼？"朱大夫一反大夫常见的严肃与刻板，"栽葱"有暇还能如此幽默，患者尴尬地回笑一两声不等。神奇之处在于往往被说中，女人果然是广场舞跳得有些多，男人往往是麻将桌上落下的病，少波呢，还真是熬夜不睡觉看手机。

不睡觉是因为睡不着，睡不着可不就只能看手机？手机里，少波要找人聊天，却发现已经被拉黑，这加重了睡不着的夜的深长与无情。

少波看雨茹，雨茹低头看手机。这会儿是忙碌一上午终于可以歇下来的时间，再等等就是吃饭时间。

雨茹全身心看手机，少波凑过去，说："哟，网恋呢？"雨茹并不理他，与另两个小姐姐窃窃私语。一个说看照片可真是个帅哥呢；一个说聊这么多天了，情商、智商都在线，可以一见了。雨茹说："可是呢，就怕见光死，还不如一直这么聊着呢。"三人脑袋凑一起叽叽咕咕地笑。

少波插嘴说："想知道对方长什么样还不容易啊？"三个小姐姐一起看少波。少波说："手机给我，我把他弄出来见见光。"雨茹疑惑地看少波，并不把手机给他。少波笑，说："我保证你能见到他，你自己还不会暴露。"

雨茹迟疑着把手机递给少波，少波捧着手机一顿操作，说："好了，这家伙就住附近，马上要下楼来拿外卖，你是在远处看着呢，还是我给你拍张照片回来？"

"哇，你怎么做到的？你怎么知道这人住附近？又怎么知道他马上下楼来拿外卖？"小姐姐齐齐看少波，满是惊讶。少波得意，说："这里面有很大技术含量呢，一时半会儿说不清，但你们一定想要知道，我可以教。"雨茹一把夺过手机，轻诧一声："看把你能的。"

少波把照片拍回来了，不出所料，照片上的人不能直视。三个小姐姐都捂着嘴笑，脑袋扎一起叽叽咕咕又是一顿说。少波顺手买了一个大西瓜，送给小姐姐们做饭后水果。

牛仙桃是在吃晚饭时发现少波吃得比平时少，这才发现少波面瘫了。面瘫的少波，舌头是僵的，搅不动嘴里的饭，此外，少波的左眼一直在流泪。

牛仙桃跳起来："少波你怎么了？"

少波说："没怎么，面瘫而已。"

面瘫？还而已？牛仙桃心疼，要扳着少波的脸看，少波偏不让看。同在饭桌上的老张说："你看他干什么？他自己的事让他自己解决好了。"牛仙桃本来就没好气，老张这么一接茬，正好把气全撒在老张身上："什么叫他自己的事自己解决？他是没有父母的孤儿吗？"

老张不敢回嘴，低头吃自己的饭，吃了两口，抬起头问少波："去医院看了吗？"

少波一手堵着不断涌出的泪，一手往歪了的嘴里送饭，并不回答。少波这个样，老张看了也心疼，不由得看牛仙桃一眼。这一眼，饱含了太多深意。

牛仙桃看到老张这一眼，手里筷子往桌上一拍，问："你什么意思？"

这饭吃不下去了，少波轻轻把筷子放桌上，轻轻站起来，想要说一句来着，终于还是什么都没说，转身回自己房间了。牛仙桃兀自朝着少波的后背问："你吃饱了？你没吃多少啊！"转而又用眼瞪老张。老张本来专心致志地吃自己的饭，被牛仙桃如此高压的眼神逼视，只得含着饭示意牛仙桃吃饭。

牛仙桃追踪少波才追到针灸医院。知道朱大夫是少波的主治大夫，她一把抓住朱大夫的手腕："怎么办？要紧吗？要输液吗？要住院吗？光是扎针就能扎好吗？开药了吗？有后遗症吗？"朱大夫简直应答不过来，反问一句："这么大的事你咋才知道啊？"

牛仙桃也回答不上来朱大夫的问题，凑到少波脸前看。今天少波脸上针少，只在下关、地仓、阳白、四白、攒竹、印堂、承浆、鱼腰、迎香、风池等穴位有针，饶是如此，少波也还是被扎成个豪猪,仰躺在诊疗床上倒吸凉气。

"不是说针灸不疼的吗?怎么疼成这样?"牛仙桃问朱大夫。朱大夫说:"不疼,确实不疼,不信你躺下来我扎你几针试试。"

牛仙桃被气笑了,同时也明白少波这面瘫确实也不是什么大毛病。她把眼里的泪花擦干,拉住少波的一只手,脸上带出笑,安慰少波说:"没事的,没事的。"

少波就等着她安慰呢。

牛仙桃拉着少波,顺着少波的另一只手看,就看到少波一直抓着不放的细白胳膊,顺着细白胳膊往上看,就看到大口罩捂脸的雨茹,不由得说一声:"咦?"

本着对自己天生把好事变成坏事体质的防备,牛仙桃没敢在医院多待。"儿大不由娘,牛仙桃同志!"这一句是老张对牛仙桃说过的话,是天边的滚雷,常在牛仙桃耳边隆隆作响。老张还说过一句:"少波的事,让少波自己处理。"

好吧,雷人的老张。

牛仙桃走了,少波和雨茹都松口气,相互对视一眼。几乎同时,雨茹胳膊用劲要挣开少波,少波手指用劲牢牢抓住雨茹。两个武功大师暗地里比拼内力,偏偏表面上像谁也不认识谁。少波用的是紫阳神功,讲究气沉丹田,悬腕发力,紧紧扣住雨茹的手腕。雨茹是学医的,讲究力学,把体内的肌理、骨骼、韧带、关节、筋膜组织起来形成内力,再把重力、摩擦力、地面支撑的反作用力和空气中的浮力、阻力利用起来形成外力,非要挣脱少波。两人拼尽全力对决着。"哎哟!"少波叫出声来,这是紫阳神功达到第九层境界牵扯到脸上的银针,吃疼不过发出的。听到这一声,雨茹立刻撒去自己的洪荒之力，眼里全是关切。

　　起了针后，少波又笑嘻嘻，围着三个实习医师小姐姐转。小姐姐们也不理他，只顾脑袋扎在一起叽叽咕咕。这一回，雨茹的网恋对象是当红明星，看上去英俊又养眼，一点不猥琐。少波说不要"脑残"啦。三个小姐姐正吵吵得热闹，一个说那个谁谁是军艺校草哎，是她的菜；一个说国民老公她还是看好谁谁谁，太帅了。雨茹说："你们的审美能不能前进一大步啊？明明现在最好看最有潜力的是谁谁谁谁。"

　　"哪个哪个？"少波把脑袋挤进去，看到雨茹手机屏幕上一个白净脸的少年，雨茹正冲着手机屏幕嘟嘴挤眼睛。少波笑说："你这什么品位啊。"雨茹手机一扣："要你管。"

2

　　天生具有把好事办成坏事体质的牛仙桃，心里一万个不服。怎么"把好事变成坏事"这口"锅"就扣自己身上了？秦小雅对这口"锅"就不该负责任？

　　第一次见秦小雅，牛仙桃吃苦耐劳的劳动人民观就崩了，女人还能这样？

　　秦小雅是那样的一个人，猛一看很普通，仔细一看很不普通。从头发丝开始，到脖子到肩膀到腰身到双腿再到双脚，每一处都漫不经心，但没一处不是精心收拾的。头发是栗麻色，迎见亮就闪光，很随意地抓一个髻堆在脑后，用一个翡翠簪子插压着，慵懒、散漫，却高贵。脸上肯定有妆，但明净透亮，一点行藏不露。双眸剪水，那是因为眼睫毛一根一根交代得非常清楚，也与耳朵上垂着的那副小巧的珍珠耳环有关，珠白与眼白彼此呼应。嘴唇丰润，以白皙脸为背景，好像是有口红，又好像没有，似有似无之间，看的人先醉。衣服色泽偏暗，稍稍发灰，那是给懂的人看的，懂的人看了会吃一惊，深知道那衣服的价格与档次。秦小雅是一池春水，是上了谱的篇章，押着韵，抬高了眼睛的期待水位。

秦小雅往牛仙桃跟前一站，严重碾压牛仙桃。同一个年龄的人，牛仙桃看上去比秦小雅大不止二十岁，这还是朝前看。朝后看，秦小雅的腰身简直能自己开口说话。

没有道理与反常规的，都不是人，是妖孽。

"妖孽"秦小雅朝牛仙桃主动伸出手，十片指甲个个闪亮，十根指头根根不沾阳春水。牛仙桃赶紧伸出劳动人民的大手就握，连声说雨茹妈妈好雨茹妈妈好。一脸谄媚，但毫无由来。

少波和雨茹相处两年，好到大锯子都拉不开了，想到双方家长是时候见个面了。

"什么？都到这一步了？这么说，你决定了？"秦小雅正对着镜子卸妆呢，听到雨茹的话，急忙把腰身转过来对着雨茹，"你还小，该多经见一些人，阅历丰富，感情才能稳固。"雨茹说："不了，就他了。"秦小雅一只眼正在卸妆，另一只眼还没卸。正在卸的一只一片狼藉，还没卸的一只依旧含情脉脉。

秦小雅是见过少波的。小伙子长得挺精神，高个子，但不晃，稳稳地站，稳稳地笑，一脸太阳色，见了秦小雅不卑不亢，一看就是黄土高原养育出来的实在孩子。学历呢还高，是个硕士。伸出来的手也好，指头细长，指甲缝干净。

少波千好万好，唯一的不好——不是太原人。

"为什么？"雨茹问。

"还为什么。"秦小雅简直不知道该如何敲打雨茹了，"你一个太原人不找太原人，你找哪儿的？"

雨茹听不懂秦小雅在说什么："妈你倒是说说，什么叫太原人？"

太原人嘛，就是太原市出生，太原市户口，府东街府西街耍大；五中十中上高中，太原理工大上大学，那是"211"哎；桃园一二三四巷常溜达，柳巷钟楼街买衣服；迎泽公园里划游船，汾河一库去游泳；想骑自行车了去和平路，想看历史就去文兴路看博物院；有客人来了带着去晋祠看三绝，不想走那么远就去起凤街的纯阳宫，永祚寺里看一看牡丹，文瀛公园里赏一赏海棠，服装城里体验体验生活，食品一条街解一解馋，国贸六馆开一开眼；台骀山上居高临下，汾河景区把酒临风；发烧了在山大二院就诊，有纠纷了在杏花岭派出所解决。秦小雅说："瞧瞧，多舒适，多便利！"

"妈，要说便利生活，全国都一样，都便利着呢。你去一线城市看看，只比太原更便利。"

"你看你这孩子，怎么就领会不到精神？我说的是便利的事吗？"秦小雅倒替雨茹着急。

"想吃葡萄清徐的，想吃饼子太谷的；去海子边了就点一碗太原打卤面，去南肖墙了就点一碗丸子汤；在郝刚刚店里喝羊杂，在六味斋里买酱肘子；可以吃义井沾串，可以吃贾记灌肠；要摆谱就喝清和元的头脑，怎么那么有文化，要请客就去认一力吃蒸饺，怎么那么有档次；吃元宵有老鼠窟，吃月饼有双合成，吃醋有宁化府，喝酒有晋泉高粱白，喝茶有乾和祥；买表有亨得利，穿衣服有华泰厚，用毛笔有荣宝斋，看书有文宝斋，想看梆子戏了还有奶生堂呢。我说的这些，你能领会到精神不？"秦小雅问。

"狄梁公街的唐槐公园也是全国都有啊？阎锡山的阎氏故居也是全国都有啊？赵树理故居也是全国都有啊？蒙山大佛呢？太山呢？青龙古镇呢？天龙山呢？崛围山呢？也是全国都有啊？"

"妈你这话说得狭隘了，那济南还有大明湖畔呢，杭州还有西湖盛景呢，南京还有雨花台呢，上海还有东方明珠呢，太原有吗？"

秦小雅白了雨茹一眼，继续说自己的："帽儿巷，猪头巷，柴市巷，棉花巷，剪子巷，杏花巷，教场巷；东华门，西华门，南华门，水西门，旱西门，大东门和小东门；大小北门街，半坡东西街，文庙街；五龙口来桥东街，小五台来上马街，万寿宫来红市街；南肖墙来精营街，北肖墙来坝陵街，东缉虎营国师街，西缉虎营坡子街……这叫老太原，你知不知道？"

雨茹问："怎么了？这些小街小巷就只能老太原人走，老太原人住啊？忻州人来了不让走，晋城人来了不让进呗？长治人来了买房不卖，运城人来了下户不准，你是这意思呗？妈你是太原莲花落听多了吧。"

"这不是抬杠吗？"秦小雅白了雨茹一眼，只要看看雨茹的眼睛就知道了，那是只要决定了就八头牛都拉不回来的倔强。秦小雅说："跟你那个死爸爸一模一样。"

雨茹的那个"死爸爸"，与秦小雅离婚已经七八年了。

当初，秦小雅已经下了离婚的决心，但不动声色，既不磨爪子，也不咬牙根，是把自己弄成个趴伏在草丛中的豹子，与周围融成一色，只尾巴稍在轻微摇动。雨茹的爸爸还以为自己的事儿秦小雅毫无觉察呢，把男人该有的毛病集邮一样集于一己，明晃晃带着到处招摇，很快就被秦小雅拿住错，一招招在咽喉处。

雨茹的爸爸当年离婚，不是净身出户，是补偿出户。补偿给雨茹和秦小雅很多财物。爸爸有愧，不能好好照顾雨茹了，这惭愧只能用钱补，还有秦小雅，缘分虽已尽，半世有恩情，该补偿，补偿多少都应该。

秦小雅离婚，行动麻利心意果决，快准狠三字诀，段位不要太高。

爸爸有愧，但爸爸不悔，和秦小雅离婚说完再见，转头就给自己娶了新媳妇。新媳妇未见得比秦小雅好看，也未见得比秦小雅能干，唯一一个好处，比秦小雅年轻。因为把钱都补偿了秦小雅母女，爸爸和他的新媳妇只能租住在一个破旧小区里。那小区雨茹去过，真的是又破又旧。

秦小雅带着胜利者的鄙夷，说也只配住那种地方了。但其实雨茹没敢对她说的还有一句，爸爸看上去比离婚之前快乐多了。

秦小雅就雨茹这么一个闺女，早为雨茹安排好了：康宁街一套120平方米的房子，精装修，房产证的名字都已经写好了，高雨茹，并且只是高雨茹一个人的名字。另有新能源汽车一部，以及存款20万。拿这么好的资源，秦小雅说："我们雨茹想嫁谁就嫁谁，嫁谁都是带资进组。"

她倒不说这套新房子是雨茹的爸爸一个人还房贷。

雨茹很少违拗秦小雅，是天性里的温顺。温顺归温顺，雨茹有自己的办法，反正就是，秦小雅要是不同意少波，雨茹就不高兴。雨茹要不高兴了，就吃不像吃，睡不像睡，让秦小雅看着很心疼。

　　心疼归心疼，秦小雅还是暗自冷笑，热恋可以，但不见得就能成，不信你们能好到分不开。当初爸爸如何，号称离开秦小雅半分钟都无法呼吸，最后不照样离婚离得像赛马。

　　现在看来，完全不是那么回事。放开雨茹去搞爱情，这爱情还真让雨茹给搞成了，这都到双方家长见面的一步了。秦小雅后悔来不及，不好表示出来，只能说："见能见，但我不能保证肯定同意。雨茹，你可想好了，双方家长见面，事情可就没那么简单了。"

　　雨茹说，必经之路。

　　果然，秦小雅和牛仙桃一见面，火星撞地球。至于谁是火星谁是地球，还真不好说。不过，显然是秦小雅胜了第一局，毕竟旗袍加翡翠，你无论穿什么都比不过她。

3

　　少波带雨茹回家见牛仙桃时，牛仙桃无比欢喜。一大早就指使老张进菜市场，并给老张列了一个长长的买菜单，天上飞的、地上跑的、海里游的全都罗列其上。老张和少波看了都觉着没必要，雨茹只是个少女又不是匹饿狼，吃不下这么多。但牛仙桃向来脾气火暴，这火暴不见得能除暴安良，但使家里人瑟瑟发抖很有余。她脾气一旦上来，家里的血压计首先吃不住，收缩压和舒张压噌噌往上飙。这对血压计不好。本着对血压计的爱护和珍惜，老张和少波都让着牛仙桃，牛仙桃说一，老张和少波都不说二。

只知道一从来不知道二的牛仙桃，一见雨茹就心爱不已。瞧瞧这孩子，脸上，胳膊上，脖子上，凡是能露出来的皮肤，皆雪白。再看看雨茹整个人，身材高挑，双腿笔直，轻轻松松一个丸子头，没有梳进去的细碎头发毛茸茸的，越发衬得脖长而肩削，薄凌凌往她面前一站，俨然一株春天里栽在湖水边的海棠树。

雨茹的白，是真的白，是又细又白，让牛仙桃想起小时候家里的细瓷碗。就是那种平时舍不得用，只有在重大节日才拿出来，往里面盛了供品敬奉神仙的细瓷碗。不知道别人，牛仙桃小时候每次对神仙磕下的头，有一半是冲着细瓷碗去的。那是她的理想。

雨茹见了牛仙桃喊阿姨，嘴张开的时候脸跟着红。这红不是早晨开在太阳下的玫瑰红，而是把红酒往水里兑的那种红。只一小滴，在水里迅速晕染扩张，丝丝缕缕，袅袅娜娜，片刻就把无色水变成可有可无的淡红，成纱，成雾，成一切不可言传的美好，透着不可捕捉的氤氲香味。

牛仙桃由此想起自己的少女时代，就因为来太原姨姨家住了几天，她就发下宏愿，一定要在太原这座城里拥有一扇属于自己的窗户。姨哥姨姐都捂着嘴笑，说我们仙桃就是不一样，有志气。

有志青年牛仙桃，那时候真的是水蜜桃形，具有水蜜桃的一切特质。她用水汪汪的眼睛打量太原，太原就粉红红散发水蜜桃香气，每一栋高楼都是开了瓶的香槟，行走在其下的人都是高脚玻璃杯，只要对准光，发出的都是五光十色。不以开香槟为理想的人生，不是好人生。但水蜜桃形的牛仙桃户口在县城，她也只能在县城里找工作，在县城里结婚。

那一年，有志青年牛仙桃从单位下班，把自己站在县城十字路口，朝前看看，又朝后看看，朝左看看，又朝右看看。朝前看，一个不明所以却明晃晃的小女孩正对着她笑。朝后一看，妈呀，虚空里一支送葬队伍，孝子贤孙排两队，正中灵柩上的照片正是她自己。朝左看看，满大街的人个个是她的分身，是一模一样的无数个自己。朝右看看，无数个年老的自己或幼儿时的自己正与她无限重叠。

活这么大从未见过如此魔幻的场景，过电影一般。牛仙桃给吓坏了，回到家就浑身打战，面色苍白手脚冰凉，一身一身出冷汗，捂着三层被子还直嚷冷。老张忙给牛仙桃灌热水袋，煮红糖水，还不忘放一片姜、几颗红枣进去，同时疑惑，这几天不该是牛仙桃的生理期啊。

这县城不能住了，牛仙桃打着冷战说。

老张一愣，那住哪儿？

半年后，牛仙桃带着老张出现在太原街头。那一天阳光格外金灿灿，牛仙桃浑身发凉的病不治而愈，站在红绿灯下对老张说看到了吧，城市是给吃苦人准备下的。

牛仙桃果然是个只知道一不知道二的人，城市怎么能是给吃苦人准备下的？城市是给特别能吃苦的人准备下的。开始，牛仙桃和老张在服装城里给人打工，反正年轻，兼具县城人与生俱来的壮实，一个月下来，除去房租、水、电和吃喝，还有不少盈余。这也是后来老张和牛仙桃对服装城很有感情的原因，那是一个特别能装东西的地方，具有无限弹性，来多少人都能吃进去并一一消化，他们亲眼见证，有多少人在这里找到了天堂和弹簧跳板。

三年后，牛仙桃和老张有了自己的卖面皮的摊子，摊子不大，但足够两口子早出晚归。归来了最美好的事，是把门窗关闭了，把一天的营业额从鞋匣子里倒海水一样倒出来，然后给少波打电话。电话里少波奶声奶气地问，妈，你和我爸，你们两个干啥呢？牛仙桃说，我们两个在数钱玩儿呢。

到少波上小学，牛仙桃和老张把少波接到太原来上学。少波来了，家里只有一张双人床，老张把双人床让给牛仙桃和少波睡，自己打个铺盖卷睡地。

老张睡地的日子里，与牛仙桃成了《潜伏》里的地下党，白天是夫妻，到夜晚一个睡床一个睡地互不侵犯，是纯洁的革命同志。

别小看卖面皮，只要认真对待又足够勤劳，带给一家三口丰衣足食没问题。牛仙桃天生会干活，手脚麻利，多忙多乱，到她手里都是大齿梳子梳乱麻，三几下就通顺了。老张呢，生来会算，虽然是掰着指头一五一十地慢慢算，但从来算不糊涂，一条一条码得整齐。一个能干一个会算，一个面皮摊子很快就不够用了，老张说，那就加个夹肉饼项目吧。

面皮加夹肉饼，小摊子很快也不够用了，牛仙桃说，开个店吧，这样人既体面还不受风吹日晒。

这一开店了不得，有诚意加选址正确，生意一下火爆到意想不到。店里三张桌子，二十几把椅子，经常有人因为占不到座位打起来，这还不说店门外有人在排着长队等着呢。两人实在忙不过来了，老张就给店里添了两个店员。饶是如此，牛仙桃和老张也是拧紧发条的铁蛤蟆，一整天都在蹦，片刻不得闲。

那几年累呀，是真累，累到手脚各自成精，不用大脑指挥自己就能独立运作。人反而是空的，是张开口子的麻袋，用眼睛看着就好了，看钱自个儿往里钻。

有一天老张掰着指头一五一十地算，算完了对牛仙桃说，咱们在太原买房吧。

到少波上初中，牛仙桃和老张的钱正好够在太原买套房。一家人欢天喜地搬进新家，从此有了各自的房间和各自的床。

牛仙桃和老张终于又能合在一起了，反倒生分，彼此陌生，畏首畏尾。

要说能干，牛仙桃最能干，除非是重活，老张说不干不过去，不然所有活儿都是牛仙桃干。牛仙桃是架永动机，早起晚睡，十多年里从来舍不得睡午觉，她的字典里从未收录进"疲惫"和"偷懒"这两个词。我看见钱不亲吗？牛仙桃说。这也是老张处处让着牛仙桃的原因，到底谁才是这个家的挣钱小能手，老张不用掰指头也算得清。

老张就不一样了，老张是一贯性疲惫，经常性偷懒。对此老张有解释：根据科学道理，世上的人分两种，一种是血液稠的，一种是血液稀的。血液稠的人呢就是出汗多，湿气大，不爱动，睡觉还多。血液稀的人呢就是长不胖，坐不住，睡觉少，总想干点什么。血稠和血稀由不得自己，是上天生的。老张说："比如我，天生血稠。"

老张是上天生的，牛仙桃顶多是她妈生的，属凡胎体质，故特别能干活，特别能战斗。

这倒不能说老张不好，老张心思早不在一碗面皮、一只夹肉饼上面了，他另有想法。

也就是在新房装修那些天里，老张为省钱，没有包给装修公司，自己亲自跑。从水泥沙子进家到水暖电改装，从地板砖选购到大理石切割，从门套窗套到卫生洁具，从铝塑扣板到螺丝合页，从石膏板到乳胶漆，从镜子后的玻璃胶到橱柜上的门把手，老张——亲力亲为。一个家装修下来，老张掰指头一算，比装修公司报给他的价钱足足省了三四万，还全用了好材料。就算不用装修公司，找工人师傅半包，也省两三万不止。老张抚摸着嘴唇上的胡须，开始琢磨起来。

琢磨之后，老张给店里又雇了两个员工，再买台收款机，安排牛仙桃只管收款和管理员工，自己呢，跑去跟人家学装修。

外行入门，未见得就能挣到钱，离一碗面皮、一只夹肉饼带给他的利润不要差太远。但是自由啊，骑个电摩满城里风一样到处刮，与各色各样人打交道，穿插在各种建材五金市场，交往各工种的装修工人。你要是在一个地方狗拴绳子似的被拴久了，你就很能明白"随风奔跑自由是方向，追逐雷和闪电的力量"是有多教人口舌生津了。

自由的老张学到后来没有学成装修，但是被装修公司聘去做了预算和执行经理，挣工资。老张手里团着一批性价比高又有责任心的铺地师傅、刮腻子师傅、木工师傅、改水电师傅，还有卖地板的、卖橱柜的、卖卫浴的、卖灯具的、卖螺丝合页小五金的，他很知道怎么调度，怎么分配利益。老张掰动指头，一个五两个十，一条一条码放整齐，一个工程下来，装修公司不吃亏，还得让工人师傅挣到钱。

等到老张开始挣工资，牛仙桃已经浑身是病了，颈椎腰椎，肩胛骨和膝盖，手指头和脚腕子，除了头发丝，没有一处是不疼的。

这时候少波已经上了大学。

少波所在的那个学校离家很不近，怕少波上完大学不回来，牛仙桃和老张想尽办法。

其中的一个办法是又买下一套房，送给少波将来做婚房。这一套面积更大一些，装修也更从容富裕，老张已经是这行里的"内人"了嘛。

等到少波研究生毕业，考到太原市一所中学的教师编制，牛仙桃和老张这才放下心来。

牛仙桃和老张一直拧紧的发条能放松了。这一放松才发现，老张的腰不行了，一到天阴下雨就不得劲。腰不得劲吧，脑袋还晕，晚上还失眠，人也矫情起来，吃什么都觉着没味，看什么都看不顺眼。

牛仙桃也一样，一旦干活少了，回头一看猛然发现了自己，也开始节食减肥了，也懂得保养保健了，买衣服开始有品位了，用化妆品也成系列了。周末还要买个话剧票去看话剧，节假日了还要出门去添堵，飞机上下誓要饱览祖国大好河山。也愿意去公园学跳新疆舞了，也有闲情逸致养个大脸猫和萨摩耶了，起名字一个叫凯米一个叫瑞恩。晚上了拉着叫瑞恩的萨摩耶出来遛，手里还常带一卷卫生纸，瑞恩拉一路，她跟着用卫生纸捡一路。

4

秦小雅和牛仙桃见面，少波考虑再三，决定安排在星巴克。

秦小雅和雨茹都不敢开车。秦小雅和雨茹都是在开车过程中遇到紧急情况时不踩刹车、不轰油门更不打方向盘,是先捂住自己的眼大声喊妈呀妈呀妈呀!这样的事多了以后,娘儿俩都见车心惊,畏车如虎,从此轻易不开车。

牛仙桃呢,不会开车。自己不会开,也不允许少波开,牛仙桃说:"因为我没有安全感啊。"如所有父母那样,但凡少波迟回家十分钟,牛仙桃的想象力就开始自由奔跑,在这十分钟里少波可能遇到的意外,每一个都惨绝人寰。少波要是迟回来一个小时以上,牛仙桃的想象力就已经突破天际,后事都能安排过十几个场景了,自己的和少波的。牛仙桃说:"我有什么办法,父母都是坏心肠,都不把儿女往好处想,而我是心肠最坏的那一个。"

秦小雅住在城南康宁街,牛仙桃住在城北尖草坪,中间隔着四五十里地。要秦小雅坐公交车来尖草坪,显然不能够,她闪亮的重磅真丝裙也不支持这个行为。要牛仙桃去康宁街也不太可能,她脑袋里没装定位系统,一个月迷路十八次,离家超过500米就分不清东西南北。所以少波选了居中的星巴克,这样双方打车来赴约都用不了多少钱。

星巴克阔大的玻璃窗上,吊挂着层层叠叠的白纱窗帘,圆肚子打了好几个弯儿假装自己是波浪,两旁垂挂下来纱布八字开交,各绑了带金线的流苏绳,妩媚又端庄地堆在两旁。暗色的桌子,哑光白色的低靠背椅子,拉了花的咖啡以及纤细的咖啡小勺。秦小雅和牛仙桃面对着面,彼此脸上带着微笑,肚里暗自忖度做比较。

少波握住雨茹的手,两个人暗生欢喜,一切顺利的话,他们想今年年底就结婚。

秦小雅往下一坐,就吩咐少波从她的提包里往出拿披肩。明明她自己刚把手提包放下就使唤人。最可气的是，少波瑞恩般欢快地答应一声，拿出披肩，给秦小雅披在肩膀上。

到底谁才是他的妈？

秦小雅的披肩是山羊绒的，很高级的那种。怎么知道是很高级呢，牛仙桃曾经在商场里试过一次，颜色质地都看得上，一问价钱足足后退三步。不是买不起，是不值当，一只羊的价钱又如何？何况披在身上也未见得有多好看。现在，这条令牛仙桃足足后退三步的山羊绒披肩，披在秦小雅身上，使得秦小雅坐在那里咕嘟嘟直冒仙气儿。

冒着仙气儿的秦小雅对牛仙桃笑，说我呀打小就不精神，受不得风着不得凉，还做不得营生。秦小雅为自己的不精神抱歉，说你看我这瘦的呀，我连饭都吃不进去呢。牛仙桃忙说，你这哪里是瘦，分明是苗条，这么大岁数的没几个能如你这般把身材保持这么好。秦小雅手一挥，忽略牛仙桃"这么大岁数"几个字，笑说："要说我身体不好吧，真去医院检查，又什么毛病都没有。"

牛仙桃说："没毛病最好。"

秦小雅说的全是实话，她确实不做营生，以前家里从买菜到做饭到洗碗到各种收拾，都是雨茹的爸爸来做，她只负责挑毛病。

秦小雅说："少波呀，你帮我去吧台要个湿巾，我擦擦手。""好嘞。"少波一声应，瑞恩一般欢快地往吧台给秦小雅取湿巾了。

明明桌上有纸巾。牛仙桃一股真气打从丹田往上蹿，拦都拦不住。

好在现在的牛仙桃已经不是那几年的牛仙桃，受血压和血糖的双重打压，牛仙桃整个人开始往回收，性格温和了，态度柔软了，出气也不呼哧呼哧带响了，与人也不争什么了。不恼，不怨，不嗔，不骄，做的全是好事，说的全是好话，见了年龄小的一律称呼闺女或小伙子，见了年龄大的一律叫老哥哥老姐姐，最不济也要喊一声师傅好。公交车来了也不追了，骑电动车也不见缝插针了，见了便宜也懂得区分值不值得了，在小处上也肯吃点亏了。随着性格变好，整个人也逐渐变圆，尤其面部线条，越发往两边里括，大括号一样，括在里面的全是我能原谅你或我懒得理你。

这二年的牛仙桃，由一个生活的斗士转型成生活的捧哏，技术正趋向成熟，眼看着就能进入优秀行列了。天网恢恢，终于还是教她遇到了秦小雅这个瓶颈。

秦小雅的高档山羊绒扎着牛仙桃的眼睛，还有懒洋洋和端起咖啡杯的细长手指，以及说话的有气无力，包括翡翠簪子的摇晃，全都是故意的，无一处不扎着她的眼睛。

好吧。牛仙桃把来自丹田的三昧真火压下去，说："我很喜欢雨茹的。"说着，拉住雨茹的手。雨茹害羞，低下头去。少波看了心下欢喜，在桌下踢踢雨茹的脚，两人对视一眼，眼里都在说年底我们结婚吧。

秦小雅说："嗯，我们雨茹从小就这样，谁见了谁喜欢。"说时用眼睛看雨茹，自己满意地笑。秦小雅又说："喜欢归喜欢，可这孩子也有讨人厌的地方，你看看她的细胳膊，再看看她的细腿腿，就知道她什么活儿都做不来，是只好坐着等吃的人，像我。"

少波看着雨茹笑。以前雨茹把头靠在少波头上，说："我什么活儿都不会干，你以后别指望我给你做饭洗衣服。"少波说："哪能啊?你是牛奶和肯德基喂大的,是用来祸害人间的,不是用来洗衣服做饭的,你要认清自己。"说时两人都甜蜜地笑。

秦小雅如此一说,少波和雨茹都想起这个典故,不由得会心一笑。

牛仙桃说:"不会做就对了,叫雨茹来我们家,我们家的人什么都会做的。"

秦小雅笑着说:"少波也可以来我家。少波我是知道的,家务活儿样样会干,且干什么什么好。"牛仙桃自豪地笑,说:"我们少波从小就自理能力强,上小学开始起就不用我们操一点心,怎么吃怎么穿都是自己安排自己,再大一点还安排妈和爸。"说完了一下醒悟过来,少波家务活儿样样会做,那不正好侍候你们俩这对什么都不会做的母女?一想到此心惊肉跳,自己辛辛苦苦养个儿子,原来是给未来丈母娘培训出来的免费家政。果然儿子是给媳妇养的,闺女是给女婿养的。可是,媳妇就媳妇了,怎么还外加一个离婚过的丈母娘?再看看雨茹和秦小雅的亲密劲儿,不像是好离间的,只怕这丈母娘是少波休想摆脱的债了。牛仙桃端起咖啡喝一小口,使劲稳了稳随时要飘上来的血压。

回到家秦小雅就对雨茹说:"牛仙桃很好笑哎,以为少波是什么,天下第一呗,除了他天下就没男人了呗。"叹口气又说,"少波真是可惜了,咋出生在那样的家庭呀。"

雨茹说:"妈。"

秦小雅说:"结婚可不只是你们两个人的事,你要对你将来要进入的家庭有足够的了解和接受能力才行。"

雨茹不说话。

秦小雅说："就牛仙桃这种浑身散发浓浓淘宝气质的，雨茹你真能接受？"雨茹忙替牛仙桃分辩："她今天穿的衣服不是在淘宝买的。"又补充一句，"我们的衣服不也经常在淘宝买吗？"

"嗨。"秦小雅回答，"这是在说衣服的事情吗？"

"还有，牛仙桃那种雁北的后鼻腔口音你真听着不别扭？反正，"秦小雅说，"好婚姻是升维而不是把人拉低。"她倒不说她自己是一口太原话。"太原话怎么了？我说太原话我骄傲。"秦小雅仰起头。

牛仙桃回到家，气儿不打一处来，被秦小雅的言谈举止甚至穿戴深深扎过的眼睛根本还没缓过劲儿来，于是不合逻辑地开骂："她以为她是谁呀？要当皇太后她倒是先生个皇帝儿子出来啊。"

少波不明白牛仙桃在说什么，怎么一杯咖啡下去，升上来的全是火呢。

老张急忙问："怎么，亲家母不同意雨茹和少波啊？"

牛仙桃反而笑，说："她巴不得我们少波赶紧娶她闺女呢。"这话不符合事实，事实上秦小雅并没有表达这样的意图。

那老张就更不明白了："这不挺好吗？咱们也巴不得雨茹早点和少波完婚呢。是吧少波？"

老张有一套大平方米并装潢豪华的婚房做底，豪横得很。那婚房是老张藏着的宝，就等少波结婚拿出来亮呢，这是老张奋斗这么多年交出来的成绩。老张笑，说将来少波成了家有了孩子，我们二老就天天过来给小两口做饭洗衣服打扫房间照顾孩子。

他们现在住的房子和少波的婚房同在一个小区里，当初这么安排就是为了彼此照应。少波这个孩子实在太好了，没用爸妈操心，见风就长,还长得尽善尽美。不用爸妈操心吧,学习还好,学习好吧长得还帅,长得帅吧还孝顺,处处合人心意,简直就是上天安排来抚慰他们多年打拼的辛劳的,是令人念阿弥陀佛的一个存在。这样一个孩子,牛仙桃和老张就想对他好,无论怎么对他好都应该,都不为过。

5

咖啡店是双方家长第一次见面,火星与地球碰撞得异常激烈,但对少波和雨茹的婚事没有实质性推动。不但没有推动,这么看下来好像还起着反作用。

下一回,少波把双方家长见面安排在自己家里。有老张在,话题和气氛都不至于跑偏,老张务实,一桌饭应该达到一个什么目的他最会算。

提前一天,老张和少波把家整理打扫一番,采买了肉蛋菜蔬,牛仙桃把她的凯米和瑞恩寄放到了宠物店。

牛仙桃现在已经不卖面皮和夹肉饼了,她把店租出去,只要一年到头去收租金就好了。这是老张的主意,面皮店生意早不像前几年那么火爆了,牛仙桃该歇歇了。

前几年生意火爆,是因为面皮店前后有两所学校,前面一所是体育学校后面一所是中学,左方不远处还有个比较大的菜市场,牛仙桃的面皮店恰卡在3点中间,天然一个航海灯塔,闪烁着招揽生意的光。学生一放学就往店里拥,学生放假了还有菜市场的人往里拥,一年四季都是旺季。

现在不火爆了，是因为城市规划为缓解这一片的交通压力，把体育学校挪走了。中学呢，虽然没有挪走，但开了分校，学生减少了近一半。面皮店门前再排不起长队了，虽然生意还算不错，毕竟也不用那么忙了。钱是挣不完的，老张心疼牛仙桃浑身是病，主张把店盘出去。牛仙桃舍不得，面皮店对她来说已经是意义而不仅仅是挣钱。最后还是少波说了一句，人生里不该只有面皮店，才算把牛仙桃点化开。

牛仙桃从面皮店里走出，等于用斧子给自己劈开个新天地。她先是回老家县城小住了一段时间。这一住不要紧，发现街上走的人没几个她认识的，县城也不是她记忆里的样子，百分之八十的建筑是她没见过的，她与县城之间有道裂痕，她成了个土生土长的外地人或者是智商最低的本地人。

牛仙桃很快逃回了太原。

火车一进太原城，牛仙桃豁然放松，眼中所见全是她熟悉的。熟悉令她安全，安全产生舒适，果然住在哪里哪里就是家。站在新修的桥上往远处看，栋栋高楼如密林，密林深处无数个闪光点，那是高楼上每一个窗口都点亮的灯，只要一想有一个窗口是属于自己的，是自己能够回去的家，牛仙桃就嘴角上挑。没有比这个更有归属感的了。

反认他乡为故乡，不是乡愁，是自豪。牛仙桃的道理也简单，谁承认她，谁就是她的故乡；谁盛放她，谁就是她的故乡。

秦小雅和雨茹来了，从康宁街自己家到尖草坪少波家，被公交车曲曲折折走出五十来里路，足够她们看上去风尘仆仆！秦小雅咬咬牙。啥也不说了，只为雨茹。

牛仙桃和老张接王母娘娘下凡一样，盛大且隆重地迎接秦小雅。王母娘娘照例，一进门就对少波说："哎哟快给我找拖鞋，脚都快疼死了。"秦小雅穿一双高跟鞋，就不说走路，光是站着就够她受了。雨茹呢，穿一双高帮匡威，不怎么累但困。少波笑说："我知道，准备着软底儿拖鞋呢。"说时从柜里拿出两双怪好看的女式绣花布拖鞋，分别给秦小雅和雨茹换。那布拖鞋少波什么时候准备下的，牛仙桃并不知道。

但是，为什么是两双女式拖鞋呢？只有两双。

穿塑料拖鞋的牛仙桃请王母娘娘先参观自己的家。有不错的经济条件打底子，牛仙桃不怯。要知道秦小雅现在住的，也不过是老多年前的单位宿舍。秦小雅说："墙壁上挂这么多画，不觉得杂乱吗？"说完了又为自己的直接和多嘴道歉。

老张说："是，画是多了些，不过这些画都是少波妈自己画的。"

"噢。"秦小雅着重看了牛仙桃一眼，又仔细看墙上的画。是山水国画，用墨浓淡相宜，说不来好，但也不能完全说不好。是那种处处有破绽，但只要一提醒是牛仙桃画的就能被原谅一切不好的好画。

这是牛仙桃上老年大学的成果。她画一张老张就装裱起来往墙上挂一张。老张这个人有一是一有二是二，从不埋没自己家的得意之处。

想不到。秦小雅再次认真看看牛仙桃。

与上一次不同，这一次牛仙桃打的是有准备的仗，一大早就在美发店做了美发，盘了个贵妇髻，髻上用一排小珍珠别了做固定。

衣服是暗色的香云纱裙，收腰，但整体宽松自在。手腕处戴一串南红，与香云纱的暗色形成犄角，相互呼应。脚上是坡跟白宝色牛皮鞋，上缀水钻，走起路来暗沉沉地闪。

这是牛仙桃从体育学校学来的。面皮店前方的体育学校大楼，多少年来一直是白色瓷砖做外体，明晃晃地矗立着，每天俯视芸芸市民在自己脚下熙熙攘攘。牛仙桃与这大楼朝夕相伴，卖面皮间隙抬起头，第一眼看到的先是明晃晃的大楼，其次才是高于大楼的蓝天和白云。

看了十几年的大楼，忽一日被绿色环保围墙包起来，牛仙桃这才知道体育学校挪走了，而这座大楼要重新包装和改装。半年之后再来看，大楼主体改装已经出来，再不是原来的白瓷砖色外墙，改成以灰色、赭色和黑色三种颜色相搭配。三色搭配下的大楼暗沉下来，像一个人从飞扬跳脱的少年进入成熟稳重的中年。三色搭配下的大楼，隐藏在一树绿色后，沉思成一个大叔模样，却压制着一街喧嚣，莫名使整条街道都安静了许多。

牛仙桃长久地看改装后的大楼，开悟了。前不久解放路也趁着地铁二号线的修建进行半封闭改造，据说是要拓宽街道，街道两旁的楼也要拆旧建新和改造刷新，还没有全部完工，但肉眼可见那些探出头来的楼体，所刷颜色以灰、黑、白搭配为主。这，是城市新颜色。

低沉下来，压制喧嚣。颜色第一次给牛仙桃上课，对她道出一些属于城市的精髓。明晃晃是过去式，现在的城市新颜色更多渗透出的是缓慢、低调、安静和舒适。

秦小雅这次没穿旗袍也没戴翡翠，是穿了一件白色长恤衫，一条浅黑色牛仔裤,头发用一根老实的橡皮筋扎着。身形苗条的秦小雅在这一身装束下,精明干练,猛一看很普通,仔细一看很不普通,不像是那么好惹的。

秦小雅问牛仙桃:"你来太原以前,是干什么工作的?"

牛仙桃说:"在县煤炭交易所,做出纳。"

"噢。"秦小雅看着牛仙桃,说,"我也是搞财会的啊。那为什么不干了呢?"

牛仙桃说:"因为不待见。"

秦小雅拍掌笑,说:"我也是啊,我也不待见财会。我不待见财会却干了一辈子财会。老张呢?他原来是干什么工作的?"

牛仙桃说:"工人。"

"也不待见自己的工作?"

牛仙桃回答说:"那倒不是,是我要他辞职。反正我是不想在县城了,肯定要走。"

"他同意?"

牛仙桃说:"我,工作,他可以选一样儿。"

老张插嘴说:"你听她说呢,当时她逼我做出的选择是:接受,或者被迫接受。"

秦小雅哈哈大笑。一句不待见,既是雁北话又是太原话,在这一句上,牛仙桃和秦小雅倒是暗通了款曲,是孟光接了梁鸿案。

就餐在友好、沟通、开明的正确氛围下进行。少波挑着眉毛看雨茹,眼里有些许得意,年底这新郎官他是做定了。雨茹偏不看他,流转着眼波,认真剥手里的虾,剥好了放在牛仙桃碗里。牛仙桃一边给秦小雅劝菜,一边想,不待见财会工作却干了一辈子,不待见雨茹的爸爸了转脸就能离婚。所谓的理智大概就是这样的吧，永远知道什么是绝对不可以丢弃的，什么是可以转换的，心下里对秦小雅起了一层佩服。

秦小雅平时只吃蔬菜水果，很少吃肉，今天少波家的饭桌，荤素搭配科学，色彩铺排得法，菜不柴肉不厚，都可以搛一两筷子来吃。再看看雨茹，也比平时吃得多，且全过程眼睛明亮，面含笑意。始知饭桌才是一个人的幸福指标。牛仙桃原本在县城有安稳的工作，她不待见她的工作，她就能出走，还走得这么轰轰烈烈。这样想着，就在心里把对牛仙桃的一些想法重新整理一遍。

饭后，老张请秦小雅参观他本小区的另一套房子。秦小雅欣然答应，正发愁吃得太饱没法消耗呢，乐意见证一下牛仙桃和老张在同一个小区里有两套房子的自豪。

等进到另一套房间，秦小雅一下清醒，知道这是牛仙桃准备给少波和雨茹的婚房。老张今天高兴，吃饭时候多喝了几盅酒，酒不但烧红了他的脸，也把他的舌头烧到不受管束。喏，120平方米，精装修。你看看这砖，你看看这板，你看看这断桥铝和大理石，你再看看这铝塑扣板和包边条，都是我亲自把关的。老张只顾自己说，完全没有注意到秦小雅脸色开始不好看，兀自在那里说呢："家具我是故意不买的，把钱给雨茹，她住进来了，喜欢什么样的就买什么样的。"

秦小雅问："谁告诉你雨茹要来这里住？"

回到家了秦小雅还是气呼呼的，换过鞋直接把自己扔进沙发，脚都疼死了。问雨茹："你没对少波说过吗？你们结婚，我这里已经为你们准备好婚房了？"

雨茹为自己喊冤："我对少波说过的。"

秦小雅说："我不管你和谁结婚，但结婚只能住在康宁街，这是我的底线。"

这边少波责备老张："爸，我对你说过的，我和雨茹结婚，住康宁街那边。"

老张一拍脑袋，把这事给忘了。也不是忘了，是压根没当回事，娶媳妇，由男方来安置新房子，这不是天经地义吗？

我不同意。牛仙桃说："我娶一个媳妇，然后我媳妇没捞着儿子还没了？凭什么住康宁街啊？我们自己家没房子吗？我们是娶媳妇，又不是入赘当上门女婿。"

"妈。"

"你喊妈也没用，雨茹必须是娶回家来住在尖草坪。"牛仙桃敲桌子，"你们住尖草坪，一日三餐我和你爸来伺候，你要住康宁街了是你一人伺候她们母女俩。"

"这怎么还用上'伺候'两个字了？我和雨茹我们两个有手有脚，为什么要妈和爸来伺候？结婚了就是双方父母，都有孝敬义务，怎么能说是伺候？再说也不存在谁娶谁呀，大家都是平等的，我们这边出多少彩礼，她们家那边陪多少嫁妆，这不都是说好的吗？"

牛仙桃说："是啊，她们一分钱彩礼也没少要啊，凭什么就住她们家那边？"

"那难道，你希望她们一分钱彩礼都不要？"少波问，"那样我可真就只能住她们那边了。"少波朝牛仙桃摊摊手。

牛仙桃舌结，坐在那里翻不上话来。少波蹲下来，拉住牛仙桃的手说:"妈你想想,雨茹的工作在针灸医院,住尖草坪这边了她怎么上班?你让她早晨9点上班6点就得起床出发啊?还倒好几趟公交车?"

"那你的工作不也在尖草坪吗,你要是住康宁街了,你上班还不一样早起?还不一样倒好几趟公交车?哦对了,你还不是9点,你是8点就上课。"

"妈,我是个男的,不方便和困难该由我来承担。再说了,我不是可以开车吗?"

"开什么车,多危险。万一你撞了人呢?万一人撞了你呢?"

"一共加起来也没四五十里地,能危险到哪里去?街上还有那么多红绿灯,还有那么多交通警察,谁就轻易能撞着谁了?"少波哭笑不得。

6

雨茹的爸爸老高阅人无数,看少波一眼就知道,这是个能托付终生的人,不像自己。

老高对雨茹说:"爸同意。爸对你说,爸还给你攒着一笔嫁妆钱呢。"爸都住老旧小区了,还不忘给雨茹攒嫁妆钱。雨茹来不及感动,跺脚说:"爸,现在不是钱的问题,是我妈不同意。"就把事情的前因后果对老高说了。老高听后直挠头,给雨茹买房,是他和秦小雅在有效婚姻期内共同设计的事,他们把这个当事业来策划安排经营了那么多年。

"啧,要说吧,你妈也没做错。"老高摸着自己的后脖颈说。

完了，别指望在老高这里得到什么实质性的帮助了。雨茹噘起嘴。老高一看雨茹噘嘴，自己先慌了，说："姑娘姑娘你别着急，有什么事爸爸来解决。"雨茹一直都是老高捧在手心里的夜明珠，怎么能叫她噘嘴呢。

话虽这么说，但老高确实也很难再见秦小雅。怎么见呢，说秦小雅你这样不忘初心守护家业是不对的？那他是多嫌自己死得不够快。离婚多年，秦小雅余威仍在，他轻易不敢招惹。对于敬而远之的人，还就只能远远敬着。

老张是牛仙桃天边的一道滚雷，不定时隆隆炸响。像现在，只是饭后出来散个步，也不说少波这个事怎么办，也不说事情该怎么进行下去，却把自己臆想成个城市规划师，一边走一边对街道两旁的建筑指指点点，这个地方该建个公共卫生间，这个地方该把灌木丛铲去，建个停车场。还要给好几栋烂尾楼盘活，明确指出该改造成什么样，怎么样招租才能利益最大化。老张说得头头是道不管不顾，不知道的还以为是个市委大院里走出来的厅局级干部呢。

"张局长"用手指着一处烂尾好多年的楼，说这就很该改造成个青年公寓嘛。话没说完，被平民牛仙桃踢一脚，说："你能不能闭嘴？自己的事情还没搞清楚呢管人家什么青年公寓，那是你能管得着的事吗？"

这话说得，你不看满大街都写着标语吗，"建设太原靠大家""我是城市主人翁，我为城市做贡献"。怕牛仙桃真看不见，还要用指头一个一个指了给牛仙桃看。看看牛仙桃的脸，说："自己的事？我们自己有什么事？哎哎哎，你别生气啊，你是说少波的婚事是吧，少波的事你让少波自己去解决嘛。"

天雷滚滚。牛仙桃气极反笑："照你这么说少波是个爸妈都死绝了的孤儿呗。"老张说："这是什么话嘛，关键你给少波解决不了事啊。你给少波什么帮助了？"老张认真地问。牛仙桃这时候是由衷佩服秦小雅啊，她那么干脆利索就把婚给离了，是想得有多清楚啊。不像自己，还得每天遭雷轰。

这就又说到秦小雅了，牛什么牛啊？有什么可牛的？不就是出生在太原市吗，怎么了？牛仙桃出生在县城，但是名门之后，祖上出过好几辈榜眼探花进士，县城至今都留有状元街状元牌楼，是世代书香门第好不好。她秦小雅是什么？也就出生在太原随便哪个小胡同的小家碧玉罢了。

牛仙桃果真是个只知其一，不知其二的人，她要是知道秦小雅的祖上，是个能买下整条街的大商业家，临县碛口最大的那个院子只是秦家财产的一小部分，平遥、太谷都有他们家的票号和生意庄，上海和武汉都有过工厂，她就不这么说话了。

要是比祖先，中国人个个都牛，谁还不是炎黄二帝的龙子龙孙啊？现在，牛仙桃和秦小雅同是太原市普通市民，同是标语上写的那个"人人爱太原，太原爱人人"里的"人人"。老张揶揄说："咦，牛仙桃，你从街心公园剪回来的月季玫瑰枝，栽活了没？"

牛仙桃把公园里开得最鲜艳的那几朵月季玫瑰，偷摸剪回来好几枝，插在土豆块里，再把土豆埋在盆里，说是能收获更多月季玫瑰。一个月后，牛仙桃收获紫色土豆花若干。

牛仙桃在跟老张说婚事，老张在跟牛仙桃说土豆花。牛仙桃血压噌地就升起来了，说："你想怎样？"老张感受到迎面而来的杀气，忙解释说："但是我喜欢你这样啊。"

是月季玫瑰也罢是土豆花也罢,在老张眼里都一样,反正他也分不清哪个更好看,哪个更难看。在老张眼里,好看的是牛仙桃在花园偷剪的模样。她都已经是偷剪了,还避开主枝只剪侧枝,她还要顺手给花扶扶正,去去枯叶。她偷剪时猫着腰,蹑手蹑脚,眼睛滴溜乱转,比平时不知可爱多少倍。老张说:"乡下人进城多年,往往变成四不像,原有的淳朴和良善保不住,但城市人的雍容和优雅学不到骨子里。"

牛仙桃说:"我就是那个四不像呗。"老张说:"我给你讲个笑话吧。有个人买了一双昂贵的名牌鞋,十分心爱,每天都穿着。过段时间发现鞋底磨穿了,于是找修鞋匠把鞋底换了;再过段时间,发现鞋帮坏了,于是把鞋帮也换了;又过一段时间,鞋带也断了,于是把鞋带也换了。但这个人穿的依旧是那双昂贵的名牌鞋。"

牛仙桃问:"你啥意思?"老张说:"夸你呢,做贼心虚是中华传统美德,在你身上就保持得很好嘛。"

牛仙桃看着老张,说:"我怎么就越来越佩服秦小雅了呢?"

老张想不到牛仙桃这么容易就领悟到他的思想,无比高兴:"一说就通的是灵人,你看那些抱着自己的理不放的,全是些不通的蠢人。秦小雅不慌不忙的好姿态和好人生确实值得佩服。"

牛仙桃说:"我佩服的是秦小雅想离婚就离婚,绝不忍受。"

婚房成了少波和雨茹婚事的最大障碍,不是因为没有,是因为多出来了。这事闹的,没地方说理了还。

少波问雨茹:"你就不能和你妈好好说说吗?"雨茹反问少波:"你呢,好好和你妈说了吗?"少波说:"我说了,天天说,软磨硬泡地说。"雨茹说:"结果呢?"少波摊摊手,一脸委屈。不死心地还要问雨茹:"你好好磨你妈了吗?我看你妈最是通情达理,没想到也是这么不讲理。"雨茹说:"我妈怎么不讲理了?你还别拿这大帽子扣人,凭什么我妈就得通情达理啊?你妈就不能通情达理吗?"

两人都生气,背对了背。这是两人第一次生气,也是第一次发现对方生气不讲理的时候,有多面目可憎。雨茹用手肘捅少波,说:"你倒是想想办法啊。"少波说:"你废什么话,我要有办法我能愁成这样吗?"这一着急,调门还上来了。雨茹大睁双眼,一脸不可置信:"你吼我?你居然吼我?"

小雪这一天果然下起小雪。这雪是颗粒的,自高空旋舞而下。冬太原是灰色调,在这么一场颗粒小雪的荡涤下,变为天青色。崇善寺外狄梁公街最宜看雪,整条街是被左右朱红色高墙夹着的,两边的梧桐树在冬天不说话。以朱红墙为背景看雪,雪的每一粒不是雪白而是晶莹透明,这时候崇善寺敲响铜钟。钟声古来,回溯太原。太原成了晋阳城。

几天后解放路结束封闭改造,露出全新姿容。街道两旁的建筑都刷了以灰、白、黑为主调的新颜色,呈现出一种冷静、克制、高档的气质。最大的不同是多了地铁站,这是太原出现的又一种新。新让太原自带BGM(背景音乐),宽阔了的街道,冷静了的颜色,在节奏上行进,太原打鼓点踩节拍时,就成了龙城,是包容、尚德、崇法、诚信和卓越的龙城。

小雪过后是大雪。大雪这一天晚上,少波失眠。深夜后的玻璃窗幽深成一片海,海里浸泡的是城市森林般密集的高楼,这样一个夜晚,是不是每一扇窗户后都有一个失眠的城市人呢?海如果够深，会有鲸鱼跃出；树林足够密集，会起蓝雾，于蓝雾里能走出一头鹿。睡不着时，却见不到思念的人。

大雪过后是冬至，太原话说"冬至不吃饺子，耳朵冻成壳子"。秦小雅和雨茹在网上选了很多品牌的冷冻水饺，还是没有确定下来要吃哪一种。吃哪一种都一样不好吃。

砰砰砰，有人敲门。

进来的是老黄。老黄带来很多东西，菜、油、肉和面。有了老黄，这个冬天耳朵可以不用被冻掉了。很快，玻璃上哈了一层白气，灶台上一壶水开了，发出嘶嘶的响水声。老黄和秦小雅双手都沾着面粉，相视一笑。雨茹把电视机打开，新闻正在播报：地铁二号线将于12月26日开通运营，全长23.67千米，设23座车站，最高速度每小时80千米，标志色为中国红！

7

坐地铁，少波从家到针灸医院10站地，用时25分钟。

中医是越老越吃香。朱大夫已经具备中医所有的技术和气象，就等变老了。一旦老了，戴个拴绳儿的细金边眼镜，看人的时候目光在眼镜上方，看字的时候目光在眼镜正中。手上几块老年斑，搭在你手腕上诊脉，命令你舌头伸出来，再把眼睛翻上去。反正就是要你做鬼脸儿，多严肃的人都得遵命。诊脉完了结果就出来了：风寒阻络，气血两虚，脾胃不和，气滞血瘀。你也不知道这是啥，但你就是觉着对，太对了。老中医沉思片刻，在纸上画字：白芷白术白芍，防风党参桂枝，炙黄芪炙甘草制白附子，丹参茯苓全蝎。你还是不知道这是啥,但就觉得好有文化好深厚。把这药煎了按时喝,几天后病好一半,神了。

少波看着雨茹笑,想象五十年后雨茹戴着挂绳儿的细金边眼镜从医院里颤巍巍出来,抬头一看,来接她的正是满头银发但身材依然挺拔、相貌依然英俊的张少波。

雨茹看着少波脸上不明所以的笑,知道他又放飞自我了,嘴唇一抿,给少波摘针时就下了黑手。"哇呀呀!"少波大叫。朱大夫闻声过来问:"怎么了?"少波支吾说疼。朱大夫问:"哪儿疼?我再给你补几针?"少波对朱大夫的"栽葱"手段早有领教,说:"我只是脖子疼。"朱大夫说:"那太好办了,我可以给你正正骨。"

到下午下班时,雨茹一出医院就看到少波笑吟吟地站在那里等着她。雨茹并不理他,扭头就走,被少波一把抓住胳膊,甩好几次都甩不脱。雨茹看看少波的脸,不甩了。

少波拉着雨茹就走。雨茹问:"去哪儿?"少波回答:"坐地铁。"

在王村南站下的地铁站,雨茹的胳膊被少波紧紧抱在怀里,那是掉水里后能抓住的稻草。雨茹暗自好笑,但不肯松软。气还没消呢。

地铁呼啸着从地心开来,簇新又昂扬,这是2021年的春夏之交。外面各色鲜花在和煦阳光的照耀下竞相开放,把太原市开成锦绣繁华地。地铁里,少波终于把雨茹拥入怀中。

雨茹用拳头砸少波,砸着砸着,自己倒先笑了,眼还含着一闪一闪的泪呢。又哭又笑,粑粑蘸尿。雨茹扑哧一笑,鼻涕泡都出来了。

两人相互拥抱着，都心疼对方瘦了这许多。地铁如缝衣针在地下绗缝，南内环、体育馆、大南门、开化寺、府西街、缉虎营、大北门、胜利街、涧河、尖草坪，一站与一站之间，分钟与分钟之间，被地铁这枚大针绗成一体，空间与时间无非是此时，少波与雨茹在地铁里对彼此的凝视。

"雨茹，你觉不觉得，这《地铁二号线》是一篇小说的名字？"雨茹仰着脸看少波，少波说，"你看它一头连着翘首以盼的翩翩佳公子，一头连着宜室宜家的窈窕淑女。"雨茹说："宜室宜家的窈窕淑女我懂，但翩翩佳公子是什么意思？在哪儿呢？"说时笑，倒先把自己的脸红了。少波说："你有没有觉得，地铁二号线把太原城缩小了？"雨茹说："嗯，以前从南到北挤公交车起码两三个小时。"

雨茹对少波这个小说的比喻很赞成。受到鼓励，少波张狂起来，说："假如地铁二号线是小说，那这小说一定是网状结构的，是草蛇灰线的布局。你看，地铁里的每一个人都是不一样的言行举止，他们和我们一样，只出现在这一站和这一段，然后又被出站口分散到城市各个角落，去完成独属于他们的故事。这是独特性。但是在这一站和这一段，他们和我们同在一个车厢，我们就是一个群体，这是共同性。共同性造就一种大，那是繁华与宏盛；独特性是一种变，唯变才能呈现百态和多姿，是美和前进的来源。"

说完了，又修订自己："更像是一部科幻小说吧，是科幻照进现实的真实文本。地铁二号线运用物联网、大数据、云计算、移动互联网、人工智能技术，科技含量最前端的词语，都用在地铁二号线了。全自动运行、人脸识别、云计算平台，地铁二号线，这些科幻元素，在科学与幻想之间自由出入，让人分不清哪是现实，哪是虚拟。科幻在地铁二号线是想象的合理与科学的支撑，是理想变为现实。"

雨茹把头靠在少波肩膀上。少波说什么都对，但更主要是少波说话时声腔带动胸腔共鸣，胸腔把雨茹的耳鼓膜也带动着嗡嗡响，如果这是另一个世界传达而来的脉冲，则是科幻无疑了。

终点站到了。少波和雨茹手拉手出地铁，却一时不知道该去哪里，去哪里都没有彼此的凝视更好，去哪里都没有彼此说话更好。少波说："那我们再坐回去？"雨茹说："走啊。"这一回，换成雨茹抱着少波的胳膊不放了。与少波不一样，雨茹抱的不是稻草，是体温三十六度五。

"知道吗？"少波问雨茹。雨茹头枕着少波的肩膀，欲睡不睡，她的几根头发飞在少波的脸上。"什么？"雨茹问。少波说："缉虎营这一片有条街叫城坊街。"雨茹说："有啊，怎么了？"少波说："过去的老太原人都叫它城隍庙街，为什么叫城隍庙街呢？因为这条老街上有座城隍庙。什么叫城隍呢？城是崇墉为城，隍叫作环水为隍，所以这座城隍庙也就是太原的守护神。"

"原来是这样。"雨茹仰着脸看少波。

"钟楼街为什么叫钟楼街呢？"少波说。雨茹问："为什么呀？"少波说："因为这里曾经建过一个钟楼，是明代时候在傅山的祖父傅霖倡导下集资修建的。后来，钟楼街与大中寺、开化寺三街合一，连接柳巷、桥头街、柳巷南路，呈'十'字连接，成了太原市的商品集散中心。"

"知道大南门的名字怎么来的吗？"少波问。雨茹抱着少波的胳膊,头枕着少波问:"怎么来的?"少波说:"取自《南风歌》,'南风之薰兮,可以解吾民之愠兮。南风之时兮,可以阜吾民之财兮。'大南门最初叫朝天门,也叫迎泽门。"

顺着少波的思路,雨茹问:"那南内环街又是怎么来的呢?"少波说:"实际上是先有大营盘,然后才有南内环。大营盘因阎锡山曾经在这里修建兵营驻扎军队而得名。后来,大营盘东西街合并且向西延伸至汾河隧道,这才统一命名为南内环街。南内环街的特点是兼容并蓄,是太原经济发展的催化剂,是把太原从古老文明拉向现代科技的过渡地段。"

南内环站到了。随着报站声音响起,少波拉起雨茹下地铁。

"去哪儿?"雨茹问。少波并不回答。

"这是哪儿?"雨茹站在一个一室一厅的房间里,好奇地问少波,"这是谁的家?"少波说:"是你的、我的,我们俩的。"

少波说:"我想好了,我们将来不住康宁街也不住尖草坪,我们住在中间的南内环街。这样,我们无论是回你妈家还是回我妈家,都方便。同样,将来或是你妈来或是我妈来,都方便,坐地铁都是十几分钟的事儿。"

"可是这个家……"

"这个家是我租的。租过来后我重新装修,咱们做婚房用。你看看,是你满意的样子不?"

雨茹眨眨眼,再眨眨眼,原来这段时间,少波悄没声儿的,是在做这件事。雨茹一把拧在少波胳膊上,少波哇呀呀大叫起来。确知雨茹真是把黑手。

什、什么,南内环街?牛仙桃蒙了,这唱的是哪一出?自己家有房子，却要出去租房住？这超出牛仙桃的认知，她的知识结构里，这个世界有BUG（缺陷），真的有。

"妈，你知道地铁二号线开通意味着什么吗？"牛仙桃迟疑说："不，不会是，自己有房自己不住吧？"少波一笑，说："意味着出行便利、房产增值还有优质生活圈。爸，你懂了吗？"少波转头问老张。

少波说："爸，咱们买第二套房子到现在，房贷还完了吗？"老张摇头说："并没有，不过，房贷是我的事，我不会背给你，这个我老早就声明过的。"少波提醒老张说："爸，房产增值、出行便利、还有优质生活圈，你想想，咱家的房子是不是在地铁口。"

老张说："你直接说意思。"

少波说："把房租出去啊！你算算，房贷利息一年是多少钱？这么好的条件你租出去一年是多少钱？这一来一回又是多少钱？"

少波这么一说，老张还真就掰起自己的指头来。少波说："爸，你算算，我出去租房到底是合算还是不合算？"

老张掰完指头说："合算。但你在南内环租的那个房子，由我来出钱，这个你不许争。"

牛仙桃说："你住南内环了，我怎么去给你做饭？"

少波和老张同时说："做什么饭，你该学画山水画。"

半分钟后，老张和牛仙桃同时说："那还等什么，我们一起拜访亲家去。"

雨茹拉着少波的手并排坐在秦小雅对面。老张和牛仙桃带着真诚的笑坐在秦小雅左面。老黄不知所措地坐在秦小雅右面。雨茹邀请他来时，没说明是这个情况。

秦小雅嘴张成O形，半天恢复不过来。"妈，"雨茹说，"我是你女儿，但从出生那天起我就是我自己了，不属于任何人，我自己的事情我自己说了算，谁也不能指点我的生活。妈，你和黄叔叔的事我同意。我想的是，假如你真和黄叔叔结合——你不必因为考虑我一直不答应黄叔叔——你们就住康宁街的新房里吧，房贷由你和黄叔叔来还——妈，我爸这几年也挺不容易的，该帮他减轻了——你原来单位的旧房可以租出去，这样你也更宽裕。妈，你说这样好吗？妈。"雨茹把秦小雅放在桌上的手用力握住，"明年你退休，退休后你就不用再干你一辈子不待见的工作了。"

秦小雅嘴张成O形，半天接不上话来。她明白无误地知道，雨茹说得全对，全是大人话，只是一时找不到雨茹成为大人的那个节点。再看看雨茹晶晶亮的眼睛，那里面不是八头牛拉不回的倔强，那是对自己有规划有掌控的强大。她说得对，她是她自己，她谁也不属于。